Pine Cones

松果阅读

深夜暖心

Be Warmed in Late Night

松　开　过　去　的　自　己　·　改　变　一　生　的　结　果

我觉得那道印记是我一直亏欠杨思凯的地方，所以他从小到大无论做什么坏事，我都帮他尽量承担，哪怕总是搞得自己伤痕累累。我觉得是我欠他的，我要还他一辈子。

——《旧爱不归》

他们生活得很简单，洛云流每天放学做好饭坐在客厅的桌子上写作业等他回来，有时候晚了，洛云流就趴在桌子上睡着了。他回来的时候，看到洛云流在客厅白茫茫的灯光下侧趴的样子，静得像一只小猫，他抚摸她的长发，心里也是温暖的。他们坐在桌子旁吃饭，他问她学校的情况，她回答得很安静，空气里全是他们吃饭的声音，却又是温馨的。

这样的爱很绵长，很盘桓，却精致得不明深浅，可是就是这样的不明深浅，才越发显得珍贵和不舍。

——《洛云流》

每次305经过红枫路的时候，我都习惯性地抬头去看那里的天空，蓝得可以让心情变好。

——《305，路过红枫路的蓝天》

我那样爱着她，哪怕一开始就知道她是冒牌的杜若欢，可是我不敢对任何人说，我害怕父亲震怒，害怕她变成孤儿，害怕她变成众矢之的。为了让她有好的身份、好的背景，我将这一切都隐瞒下来。我只想平静地保留这一切，只是想就这样简单地守护着她，看着她幸福。

我和她都那样小心翼翼地维护着对方，我们都没有想到，因为这样的小心，我们竟错身而过。

这么多年，我只是看着杜若欢哭，却不知道，原来哭是一件那样痛彻心扉的事情。

——《合欢树下，不见不散》

我不知为何在那么小的年纪竟会如此狠心地对一个刚失去双亲的少年这般冷言相向。我想我是一个自私的人，我怕面对他，只好用这样的方式来掩饰自己的恐惧。

——《白色连衣裙》

夏晨跑到了芒山的山顶上，整个人倒在草坪里。我坐在他的身边，不知道用什么话来安慰他，一直坐到日落，星星和月亮都出来了。

他指着天空说："他们说仰起头，眼泪就不会掉下来了。可是我只有在看星星和月亮的时候才会掉眼泪。"

我看到夏晨的眼泪顺着亮晶晶的眸子落了下来，他的心里有巨大的伤无从诉说，堆积成愤恨，所以肆意地挥洒自己的青春年少。

我安慰他。我说："可是当星星和月亮都消失之后，迎接我们的就是一抹晨光。那就代表了希望。"

——《星光月光，不如晨光》

※彩页摄影：蝈蝈小姐
※模　　特：张芸欣

松果阅读

深夜暖心

Be Warmed in Late Night

# 这世间所有的纸短情长

张芸欣 著

吉林摄影出版社

·长春·

**图书在版编目（CIP）数据**

这世间所有的纸短情长 / 张芸欣著. -- 长春：吉林摄影出版社，2015.10
（松果阅读）
ISBN 978-7-5498-2415-1

Ⅰ. ①这… Ⅱ. ①张… Ⅲ. ①故事－作品集－中国－当代 Ⅳ. ①I247.8

中国版本图书馆CIP数据核字(2015)第236498号

**这世间所有的纸短情长** ZHE SHIJIAN SUOYOU DE ZHIDUANQINGCHANG

项目出品　意林松果阅读
著　　者　张芸欣
出 版 人　孙洪军
总 策 划　顾　平　蔡　燕
责任编辑　施　岚
丛书统筹　蔡　燕　黄　磊
策划编辑　黄　磊
特约编辑　刘思遥　黄　磊
设计总监　资　源
封面设计　资　源
美术编辑　孔凡雷
发行总监　李振红
开　　本　880mm×1230mm 1/32
字　　数　220千字
印　　张　8.25
印　　数　1～20000册
版　　次　2015年10月第1版
印　　次　2015年10月第1次印刷

出　　版　吉林摄影出版社
发　　行　吉林摄影出版社
地　　址　长春市泰来街1825号
　　　　　邮　编：130062
电　　话　总编办：0431-86012616
　　　　　发行科：0431-86012602
网　　址　www.jlsycbs.net
经　　销　全国各地新华书店
印　　刷　北京嘉业印刷厂

书　　号　ISBN 978-7-5498-2415-1　　　定　　价：29.80 元

**启　事**

本书编选时参阅了部分报刊和著作，我们未能与部分作品的文字作者、漫画作者以及插画作者取得联系，在此深表歉意。请各位作者见到本书后及时与我们联系，以便按国家相关规定支付稿酬及赠送样书。

地址：北京市朝阳区南磨房路 37 号华腾北搪商务大厦 1501 室《意林》编辑部（100022）

电话：010-51908602

自序

# 给自己的情书

夏天的时候表姐带着孩子来上海玩，正逢孩子放暑假，表姐说趁着有时间带他们出来长长见识。

表姐有两个活泼可爱的男孩子，一个十一岁，一个九岁，大的像郭靖一样愣头愣脑，小的像黄蓉一样古灵精怪，偶尔还会撒个娇，我们总笑他出生的时候生错了性别，否则怎么会像小女孩一样那么贴心讨人喜欢。

有了孩子的大人，所有的行程都围着孩子打转，所以我开始了为期半个月的保姆兼导游的生活。

我们每天顶着四十摄氏度的太阳奔走在上海车水马龙的街道上，从东方明珠到杜莎夫人蜡像馆，从外滩到长风公园，从锦江乐园到城隍庙，平日里连门都懒得出的人，因为有了两个可爱的孩子陪同，酷暑和烈日似乎都抛诸脑后了。

在上海工作之后，除了外滩，我平时从来不会去这些旅游景点，一是上海过分拥挤，二是没有了幼年时对游玩的爱好，哪怕出门去旅游，都是选择好天气、人少的时间。

我记得小时候自己是个很喜欢凑热闹的人，哪里有好玩的，我总要第一个冲过去，看舞狮、逛灯会，就连小小的庙会，我也要跟在我妈妈身后，往口袋里塞一包豆子，一边走一边吃。

在我的记忆中，人生最美好的事情，就是爸爸妈妈一起牵着我的手，我在他们的手心里，像个被宠爱的小公主。可惜这样的片段随着幼年时父母离异，在我的记忆中越来越模糊，模糊到我回忆起来，都常常觉得那只是自己做过的一个梦。

或许在最初我会写文章，并不是因为我热爱文字，而是我心里的黑洞需要寻找一个排解的出口。我选择用文字来做屏风，“他”任我涂鸦，任我发泄，每一

## 自序

次写完之后，我都会觉得心底的压抑得到了释放，我又可以站起来，去推开光明的大门。

只是我没有想到，当初随性写下的这些文字，竟悄无声息陪伴了我十几年。在我后来的岁月里，快乐、挫折、烦恼、背叛、伤害，“他”都陪在我的身边，为我带来快乐，为我治疗伤口。

我非常感激我与“他”的相遇。

我从初中开始写小说，高一发表文字，到现在已经过去十几年了，我周围的朋友，包括我的父母都不敢相信，从小做任何事情都十分愚笨的我，有了一件坚持了十几年的事情。

十几年的时间里，我写了几百万字，出版了七本长篇、一本合集，我尝试了很多种风格的小说，只要是我想写的故事，我都会去给每位读者呈现它最好的一面。

文字在不知不觉中成了我的爱人、我的知己，“他”活在我的指尖、笔下、字里行间，化作一本本书，长长久久地陪伴着我。

《这世间所有纸短情长》是我的第二本合集，收录的是我写文十几年来的一些比较成熟、文艺的作品，里面有甜涩的青春，有暗涌的生死，有很多曾存于我心底很甜蜜、很幸福，也很阴暗、很绝望的生活轨迹，每一个故事，都代表了我对某个时期的纪念。

小时候，我觉得分离是极大的痛，现在，哪怕是生死，我也能平静地看待。

人终究会成长起来，慢一些痛一些，磕磕绊绊地煎熬，都没关系。

只要还能写字，只要还能用故事记录。

这是我的第九本书，长长久久，感谢你们一直陪伴左右。

所有的爱，尽在不言中，尽在纸短情长的故事里。

张芸欣

2015年仲夏

# 目录

# 目录

# 我们的爱

他站在梧桐树下，满地的落叶，穿随意的休闲服牛仔裤，洗尽铅华的样子。头发微微卷曲。笑容那样好看，历久弥新。

一

初识沈清千的那日，是大雨初歇的夏日。我刚从一个小女孩家做完家教出来，一袭粉色的连衣长裙，流苏下摆，在清新的雨意中微露笑颜地绽放清幽之意。

那时，我刚到上海来念大学。青涩的年龄，对一切都充满了憧憬。

我不高，且偏瘦。长相极其普通。笑容始终干涩。于是总无法引人注意。

而沈清千却是那种特别引人注意的男子。风度翩翩，彬彬有礼。略带笑意的眼眸和姐姐如出一辙，都是喜悦中带着灵透的色彩。

我由衷地热爱光华流转的事物和衣着鲜亮、笑容明媚的男人。我的热爱是在我和齐明分手后才显现出来的，我把他赠我的蜜色玛瑙手镯砸碎之后便再也没有对任何男人有爱的感觉。只是突然开始迷恋在街头、地铁、公交或是高楼建筑里见到的每一个衣着鲜亮的男人。眼巴巴地这么看着，看着，然后目送离去。然后会很安静地微笑。

沈清千是第一个被我这样看还坦然自若的男人。他从容不迫地朝我走过来，靠近我，在商场逼仄的有透明玻璃的电梯里俯身吻我。

我记得当时我刚买了一支“资生堂”的唇膏。我一直有用唇膏的习惯，无论春夏秋冬。

那种唇膏有淡淡的药物味道还渗透些许的薄荷清凉，涂在唇上有丝丝的凉爽，在阳光下会散发点点的璀璨。

沈清千的这一吻，想必吻得极深。所有的感觉全在口中蔓延扩散，变成很浓重的药味。使得我脑子一片混乱，像中蛊般沉重。

待我清醒推开他时，他已是得意忘形地笑出声音。

我面带愠色，却不知怎的不讨厌他这样的笑，似乎还有些久违的感觉。

真是胆大的人，商场这种人多口杂的地方他也敢毫无顾忌地做此举动。

匆忙逃离，隐约感觉到身后有异样的目光。

二

与齐明分手后，一直不太习惯在人群中奔走。一是害怕孤独，二是害怕孤独带来的寒冷。和齐明的那场恋爱，几乎耗掉了我所有的情感。想再付出却又已经找不出爱来给谁了。

齐明是姐姐的同班同学，大我两届。由于我读书早了两年，确切地说齐明是大了我四岁。

姐姐是大姨的大女儿。

姐姐有一个很好听的名字——桥卉欣。听名字就知道是那种让人疼惜让人怜的女子。事实也确实如此。姐姐的美貌从小便有，并且跟随至今。长相灵透清秀，古韵十足的江南女子。

自小，追姐姐的男子便不计其数，但其中不包括齐明。

齐明只是以姐姐好友的身份与我相识。笑容灿烂，颇有趣味的人。我初见他，饶有兴趣地看他，眼带揶揄的笑。他不恼，陪我疯闹。

我由此便把他当作依赖，没来由地。

姐姐见我如此，只是叹息摇头。我不明，姐姐却也不语。

那时，我十三岁，姐姐十七岁。花朵般的年龄，却不知爱为何物。只觉得时光总是美好，未来总是色彩明丽。

很小很小的年龄。

三

在上海要学会快节奏地生活。要学会自私，学会独立，还要学会戴面具生活。

这句话是同寝室的一个上海女孩告诉我的。我亲昵地喊她若若。她很可爱，教我说很多上海话，告诉我买东西要掌握怎样的砍价原则，告诉我什么牌子的护肤品适合我用，告诉我商场一般在什么时候打折打得最厉害。

那时我刚考到上海，因为齐明在。从小开始他便是我的依靠，甚至可以说是一种信仰。我似乎从小便认定了这个男人，于是如此笃定，从一而终。这是母亲自小教我的传统。

姐姐考的却是浙江的一所师范学校。离上海并不远。

姐姐有写信的习惯，几乎隔一周给我来封信，她开头总是写：小云，姐姐想你。

我最想念的人却是齐明。即便他已经不是我的男友。我从花鸟市场买了两尾细小的热带鱼。细若无骨，灰白色肉身，几近透明。那是一种生命力极其顽强的鱼。一个月不换水都不会死去。吃的食物是水蓝色透明状的颗粒物质，很是漂亮。

我把它当成一种思念，装进透明光亮的鱼缸内。当成一种信仰来膜拜。

肖晴当时很不屑我的这种行为，在她的爱情准则里，从来没有自己付出这一项。她是我们系的系花。皮肤白皙，身材高挑。美丽孤傲，不可一世。眼眸散发的光，妖冶、勾人心魄。

她给很多时尚杂志做封面模特，家人也是体面之人。

她的美丽，无懈可击。

这样一个几近完美的女子，就算成绩平平，紧随其后的男人也定会络绎不绝。

而我只拘于自己的世界中。

齐明偶尔来看我。一如既往地对我展露明媚的微笑，我拉着他的手站在寝室的窗口看着窗外缩得很小的人字形杨浦大桥对他说："我每次去复旦看你都是从那座桥上经过。"

齐明会把我的手包裹得很紧很温暖，然后再对我说："这座桥可是我们见面的纽带哦。"

我抬头的时候正好顶着他的下巴，他太高了，一米八几。我总要仰起头才能看清楚他的样子。

他是一个多好看的男人啊，浓眉大眼，棱角分明。从认识他的那一天起，他几乎就是我生命的全部。只是如今，我不再爱他。

我的心被拘禁了，囚在自己臆想的空间里，无法自拔。

四

大二快要结束的时候，姐姐几乎不给我写信了。我们开始用短信联系，姐姐家境不好，大姨和姨夫都只是普通的工人，每个月只拿着那微薄的工资还要负担三个孩子的所有费用。连姐姐上大学的钱也是向亲戚朋友借的。

我记得姐姐要上大学的前一天来我家，面容憔悴。一副被折磨的样子。她抱着我对我说："小云，姐姐其实很想考齐明那所学校的，可是……"姐姐没有说下去。

我说："我知道，因为学费太高。师范类学校学费会低些。"

姐姐抬头看我，眼里有很深的幽暗，我几乎看不出里面写了什么。

姐姐不说话，只是叹气。

"你还小，以后自然就会明白了。"

后来我先去送的姐姐，和齐明一起去送的。临上车前，我抱了抱姐姐，齐明也抱了抱姐姐。

姐姐说："你就是到了上海读书也要好好对小云，否则我不会饶你的。"

齐明嘻嘻地笑说："那是当然。我会对她很好的。这是我答应过你的。"

火车进站，姐姐拖着大大小小的箱子往车厢里走。

齐明蓦地松开我的手把姐姐所有的行李都拿了过来，然后走进车厢，帮姐姐找到座位，再把行李都放好，最后才下来。

我站在火车旁，隔着透明的玻璃窗看到齐明做完这一系列动作后黯然神伤的表情。

齐明待我，何时有过这般珍视与疼惜？

我发现我长大了，能分辨一些事情了。

没过几日我便又送走了齐明。在车站我突然不想拥抱他，只是轻轻在他的脸颊上落下一吻，并对他说保重。

我仔细看他的脸，波澜不惊。宽和地笑。他总是这么笑，从认识他到现在。太温和了，温和到我看不出他的爱。

我在人群嘈杂的车站很平静地对他说："齐明，我们分手。我会好好地读书，请你放心。"

他瞪大了眼睛看我。我漠视他。转身，大步朝前走。

就这样分手。还是朋友。

齐明，我不能去爱一个从未爱过我的男子。即便我很爱他。

五

我做家教的女孩家在徐家汇，这是一个繁华的地段。充斥着物质、金钱，以及许多媚俗气息。太平洋百货，美罗城，东方商厦……我偶尔带女孩去徐汇中学旁边吃KFC（肯德基）。

女孩初三。高高束起的头发，光洁的额头，穿规矩的学生装。但表情叛逆。

她说："姐姐你知道吗？其实你给我上的那些课我都会，我是故意考不好气我爸爸妈妈的。"

她边说边把手中的圣代用调羹搅成一团。她要的是草莓味道的。惨惨的红一点点地渗透到雪白的颜色里去。

我伸出手抚摩她的头，她的头发那么柔软。

我说："浅浅乖。姐姐知道你很乖的。"

浅浅望着窗外突然就哭了，她说："姐姐你看，那是爸爸的宝马，你看爸爸车里坐着的那个女人。我恨死她了。我恨她。"

是啊，那么亮眼的女人我怎能看不出，那样婀娜的身段，只看见上半身，就足够让人迷醉。

"浅浅不哭，浅浅不应该哭的。"我把新买的印有维尼熊的护腕拿出来送给浅浅。我说："浅浅，你把这个套上，手上的伤疤从此就没人能看到了。"

浅浅手上的伤疤在左手腕上，触目惊心的裂口曾被缝合起来。她说这是小时候和同学打架的时候被人推倒在地上时留下的。

浅浅只是哭，眼泪全掉进杯子里去。

她说："只有姐姐对我好。"

我能帮她覆盖她手上的伤疤，可她内心的伤疤，却该如何弥补？

六

浅浅的话让我想起了我的姐姐。她在浙江，那样一个山清水秀、清丽温婉的地方。她在做什么呢？她是否找到了疼她的白马王子？她那样一个人见人疼惜的女子，定有很多人甘愿为她赴汤蹈火，前仆后继。

而我的王子呢？曾经我觉得他是齐明，可是，可是我要得起吗？

养在寝室的小鱼总是欢快地游弋。看它们的时候，那样小小的身骨，那样顽强。被囚禁在小小的鱼缸里，依旧快乐。

衡山路上的法国梧桐很多。这样的烂漫几乎被张爱玲写到极致，所以我用再多的语言也不及她描写的分毫。

沈清千总是在我漫无目的行走的情况下出现。

他向我招手说："同学你好。"

我问："我认识你吗？"

"你记不起来了吗？"他回问，满脸的坏相。

我不予理睬，继续朝前。

他一把拉过我，然后他的吻铺天盖地地席卷而来。

我狠命地推开他，说："你干什么？"

他笑着说："我让你回忆一下，我到底是谁。"

在衡山路旁，我微微抬起头。仔细地看他，眼眸那样清澈。他站在梧桐树下，满地的落叶，穿随意的休闲服牛仔裤，洗尽铅华的样子。头发微微卷曲。笑容那样好看，历久弥新。

他多像齐明啊。

我如今依稀记得我们第一次接吻的情景。张皇，期待。很短的时间，什么都没感触到，有的只是无尽的惊恐。

于是我拉起他的手，说："走吧，走吧，我们就这样，一直往前走，好吗？"

七

寝室的周末总是没人的，约会的约会，外出买东西的买东西。在上海这个消费的天堂，有钱就不怕没地方花。

我是很安分的女子。有时间就拿着苏童或是张爱玲的小说细细翻阅。小小的宿舍里，从我坐的位子总能看见杨浦大桥上有若隐若现的人形。它是一个象征，一个证明。它证明，在苏小云的心里，曾经那么牵挂一个男子。

他的名字叫齐明。

我坐在镜前用木梳梳理自己浓密秀丽的长发，然后用质量很好的夹板把它们拉得很直很直，直到服服帖帖地垂在我的肩上。温热的气息，使我怅然若失。

沈清千打电话来，说："宝贝，下楼来。"

我方才惊醒过来，他已经到达楼下。

彼时我才知道，沈清千就是哲学系那个有名的才子。绝妙的文笔，有一个自己的工作室，接很多广告Case（业务），还自拍了一部校园DV（数字视频），圆满成功。

这么优秀的男子，他唤我宝贝，第一次见面，就肆无忌惮地吻我。没有一点儿上海男人的小家子气。

给姐姐打电话的时候将沈清千的事告知。姐姐轻声地问："小云，你真的喜欢他吗？如同喜欢齐明一般喜欢他吗？"

彼时的姐姐，已经大四。在一家公司做实习编辑。每天应付大量来稿，异常辛苦，工资却不喜人。

喜欢不喜欢对我而言都已经不重要了。我只知道这个叫沈清千的男子，他唤我宝贝，他在种满法国梧桐的衡山路上让我回忆，他到底是谁。

他到底是谁，抑或，我到底把他看作谁？

永远没有答案。

八

陆续有人知道了我和沈清千的恋情，校园内流言四起。的确，像我如此平凡的女子，是不配有这样惊心动魄的爱情的。

若若给我买了很多护肤品和化妆品，她说："恋爱中的女子都要把自己打扮得漂漂亮亮的！"

我笑，很淡地微笑。

肖晴转过头看我，挑衅的目光。她的手上有一根细长的女士香烟。忽明忽暗地闪动。她的身段婀娜，微启双唇，风情万种。大圈的水钻流苏耳环顺着午后的阳光一寸一寸流动下来。

我和她是永远无法比拟的，她的美，到哪儿都是一阵惊涛骇浪。而我，永远都只会浅浅地笑，暮气沉沉。

我想，她定没有得不到的东西。

沈清千赠我一块石头似的东西，用红色的小绳穿好，那石头翠绿，像娇艳的硕果散发灼灼光彩。我记得这家店的广告词是：世间仅此一件，今生与你结缘。

仅此一件的东西只有人了。不是吗？

九

请了假跑到金华去看姐姐。沈清千执意要跟。我拗不过他，只好让他同行。

我们坐汽车去。沈清千始终拉着我的手，一刻也不曾放松。他说："宝贝，你永远是我一个人的宝贝。"

金华这样一座城市，不如上海那般节奏快得让人窒息。它的温婉似乎跟随着姐姐延展开。

姐姐笑靥如花。高档时尚的打扮，略施粉黛，烘托典雅的气质。微笑间，春暖花开。

沈清千说："你姐姐真美。"

我说："你不是第一个说这话的男人，但也不会是最后一个。"

姐姐走上来，拥抱我，她身上有淡淡的香水味，我蹙眉。昂贵的香水、高档的衣服，还有价格不菲的化妆品。这些，岂是做一个月编辑就能得到的？

她是我最好的姐姐，我不该怀疑她，她依旧那么美丽，美丽得犹如一个天使，举手投足，优雅动人。

沈清千也许后悔选我这么一个普通的女子吧？

姐姐带我们去高档的餐厅里吃饭。去咖啡馆喝咖啡。我始终不言语，我就这么看着姐姐，看着沈清千，看他们之间的客套，似乎总在围绕我叙述。姐姐的手机没一会儿就响了起来。姐姐抱歉地和我笑笑。我注意到她讲电话的内容很少，几乎局限在"嗯""哦""知道了"这样几个普通的字眼上。

但我已从中看出端倪。

后来才知道，那个男人可以给予姐姐想要的一切帮助。包括改变大姨家的处境，包括解决弟弟妹妹即将面临的学费问题，包括很多很多。

就这样，姐姐无法选择。

十

彼时，我大四即将毕业。沈清千守着他的工作室开始很努力地工作。我无聊的时候就一遍一遍乘坐大桥五线去复旦。来来回回穿梭在杨浦大桥上。

偶然忆起我和齐明。

我似乎被吊在一个很高的角度，俯视桥下被缩得如积木般大小的建筑。感觉这人生，就如过家家般，拼凑来拼凑去，总归没有完满的结局。

我的小鱼，在某日清晨就不知去向。我似丢失了生命般疯狂寻找它们的影子。没有，到处都没有。最后在某个垃圾桶里看到鱼缸的碎片，还有些许的蓝色颗粒状食物。

我几乎崩溃。

从来没这么愤怒与绝望过。

我冲到寝室，第一次用吼的声音叫肖晴的名字。

她从被窝里坐起身悠悠地燃起一根烟，吞吐中缓慢地说："大清早的，你嚷什么嚷？"

"你知道我嚷什么！"我把从垃圾桶里拣回的鱼缸碎片重重地摔在地上。

寝室里所有人都醒了过来。

"你凭什么说是我？"她看了看破碎的鱼缸，然后看向我。

早晨微凉的空气就那么凝结在那里。奇冷无比。

"凭什么？就凭昨日沈清千的那一巴掌。"我缓缓开口。

骤时，她脸色惨白，恶狠狠地看着我，眼神似乎要把我洞穿。我迎面而视，那也许是我最勇敢的时刻。我从未那么面对面地和肖晴对视过，她从来都是一个公主，我根本无法瞻仰的公主。她美丽，灼灼放光。光芒让我睁不开眼。

可今日不同，她把我的小鱼给弄死了，它们是我的命，我的爱。我养了整整一年，它们那么顽强，虽然长得如此平凡。它们是我心里最大的安慰和寄托，而如今，它们死了。我浇灌进去的爱和生命，在顷刻间，“轰”的一下，全没了。

我如同一只发了疯的小狮子。张牙舞爪的。

“不就是两条破鱼吗？有必要那么大惊小怪吗？”半晌，她故作镇定地抛下了这么一句。

我冷笑，凝视她，她依旧那么美，美丽中可以看到岁月。

我说：“是啊，只不过两条鱼，它们的死无论如何也不及你破坏别人家庭来得厉害。”

说完我就突兀地笑了，越来越大声。

然后我往外走。一直走下去。没有尽头。

十一

有什么事情是苏小云不知道的呢？没有。尤其是感情。

从高三和齐明分手的那天开始，从我的蜜色玛瑙手镯被我砸坏的那一刻开始。我已经学会了察言观色分辨是非。

我不爱说话，我习惯仔细看每一个人的脸，他们的眼睛里有很多话，我能看出来。那么多，满满地装着。永远不会溢出来，深深地埋藏，我亦能读懂，例如齐明爱姐姐。肖晴爱沈清干。而沈清干，他爱我。

是的，我知道，我都知道。我并非火眼金睛。但每一个人爱的眼神我亦能读懂。它是那般的炽热，散发诱人的气息。

我知道的事还并非这些。

那日在KFC浅浅指给我看的女子，便是她——肖晴。

那样婀娜的身段，勾人的曲线，我怎能分辨不出？

叹只叹，人世间的事过于纷杂，让我理不清其中的纠葛。

肖晴，你不该怪我，你要怪，就怪你销毁了我的爱。是你在自取其辱。

十二

沈清千来找我，他对我说："小云，你不应该把肖晴的事情全说出来的。那么多人。"

我笑了，手上的蔻丹颜色鲜艳无比，我说："沈清千，你看这个蔻丹的颜色，这个颜色好看吗？"

他说："你知道吗？我和肖晴是从小一起长大的。我们两家是世交，她从小开始就依赖我，可是她太清高，太漂亮，太引人注意。我不喜欢守着这样的一个随时可能走失的女子一辈子。我喜欢你的安静，你的普通，你笑的时候透露出来的乖巧。喜欢你第一次牵我的手的时候对我说，我们就这样，一直往前走，好吗？那时候我觉得，这个女子多好，是我要疼惜一辈子的。"

"我把肖晴当成亲妹妹般疼爱。"他继续说，"可是她多让我失望，多让她父母失望，她居然去破坏别人的家庭，我问她为什么，她对我说，她报复我，报复我不要她。她说她爱我，很久很久的时间。"

沈清千和我说了很多，直到倦了。

我看见时光流转，倒退到高三那年的夏天。我在学校的假山后面看到齐明和姐姐。齐明拉着姐姐的手，眼波中诗意流转，浓情蜜意。那刻我就知道，这个我依附了许多年的男子，他的心早就给了姐姐。我只不过是他和姐姐的纽带。如杨浦大桥，是我去复旦的纽带。没有色彩和情感掺杂，有的只是无限的感激。

他无法给予姐姐任何东西。就算他成绩优异，才华横溢。等他拼搏到足够娶姐姐的时候，已经是年华老去，姐姐没时间等他来给予，她只有提早把自己交付出去，换取家里需要的一切。

齐明知道的。所以，从一开始，他便已没有爱，确切地说已经把爱隔离在心底最深的位置。任由它溃烂消散。

我于是知道了，姐姐考去浙江的原因，知道了姐姐看着我的幸福总是叹息的寓意。

可是，知道了，又该如何？爱，能回头吗？

城市间的纠葛如此循环复杂。

十三

上海的夏天炎热得让人焦躁。我开始喜欢穿有粉红色流苏下摆的裙子，有褶皱的，风吹过，泛起阵阵涟漪。

搬离了寝室，独自在外面租了一间房。推开窗是一片暖色。

在清晨醒来，还是会想起我的小鱼，它们细若无骨，灰白色的肉身，平凡无奇，却倾注了我所有的爱恋。想起我的十三岁，认识齐明，他嘻哈的笑容。想起姐姐绝美的脸宠，光华消逝。想起沈清千疼惜我的样子，无限柔情。想起浅浅，她哭泣中的无助。还有肖晴，她永远冷淡的眼神。那么哀伤，那么哀伤。

可是，很多很多，关于爱关于恨关于痛，它们却在时光持续的流淌中烟消云散。不再回来。

歌里唱：我们的爱，过了就不再回来。

是的，我们的爱，过了，就不再——回来。

# 旧爱不归

我想起桐尤里的居民在刮风的时候习惯把手放到玻璃上，说那样就能减轻内心的恐惧，当然这个荒唐的传说是杨思凯告诉我的，可是每次刮风的时候，我还是习惯把手放在玻璃窗上，眼睛里直直地望着窗外肆虐的风，内心涌起一片渴望。

1

早上九点十五分，杨思凯的电话准时炸响在我的耳旁，他冲我喊：“起床啦起床啦，太阳晒屁股上啦。”我开始以为是闹钟，因为我为了督促自己好好学习，选择了杨思凯的这句话作为闹钟铃声。

所以当出现在我闹钟的声音突然变成电话版的时候，我习惯性地在我的手机的闹钟暂停键上按了下去，可是声音没有消失，我咕哝着怎么那么烦人。结果那头杨思凯用小时候被鸡砸到头的尖锐嗓音冲我喊：“简山鸡，你再不起床，太阳公公就把你烧成一只蠢鸡。”

我这才清醒了过来，确定不是闹钟，是真人秀，难怪一点儿都不美好，我边坐起来边接电话，打着哈欠说：“大哥，你有什么事吗？没事能让小妹多睡会儿不？扰天扰地就是别打扰别人睡觉你没听过啊？”

我刚说完，杨思凯就在电话那头喊：“我上个礼拜和你说今天陪我回家看奶奶你记不住啊？我昨天打了多少个电话和你千叮万嘱你忘记啦？”

我一听，彻底清醒了，杨思凯那个从乡下进城的奶奶特意招呼杨思凯要带“女朋友”回家去给她看，今天是最后期限，看看她孙子两小无猜青梅竹马的女朋友到底符不符合她的标准。

我挂了电话，开始梳头换衣服，卷发立刻拉直，只是一头的黄头发不知道如何是好。算了，我就顶着这一头黄发去见奶奶吧，她喜欢算我运气好，不喜欢就让她孙子再找，反正我本来就不是正牌“女朋友”。

2

我想我有必要先做一个自我介绍，我叫简善一。景坊大学历史系二年级学生，刚才给我打电话的是我的好朋友杨思凯，我们认识的起因是一只鸡。所以他根据我的名字谐音给我取了个外号叫“山鸡”。照所有青春校园小说的套路来说，我们算是青梅竹马，十年时间太上老君的仙丹也炼了好几炉了，只有我们还保持在纯哥们儿的交情，所以按照我们另一个好友飘摇的话说：“你们俩是午夜场熄灯——没戏。”

我们相识的真正意义就是应验了一个贬义词——狐朋狗友。小时候他考试成绩差了，我帮他改分数骗他妈，我把隔壁邻居的窗户打破了，他骗人家说当天我在河里和他摸鱼。我们从小就互相帮衬着“无恶不作”。他知道我有咬手指的习惯，我知道他有流汗比流眼泪还多的毛病。我们都挺鄙视对方的，但就是好了这么多年。

本来我们上大学上得挺好，结果他远在乡下的老奶奶来了一通电话，非要逼他带个女朋友给她看。

老人家身体不好，觉得自己时日无多，怕见不着孙媳妇面就直接见上帝挺憋屈得慌。杨思凯这个人条件太好，父亲是市长，妈妈有个店。自己也长得帅，五官很立体，像小混血。多的是女生眼巴巴地追，可惜他喜欢的美人一直没答应他，他又怕随便找一个女的带回去以后人家黏住他不放，所以他思前想后觉得我最合适。

他来找我的那天，我在学校后门吃牛肉粉丝，辣得我整个脸都红了，杨思凯拿了一大瓶汽水给我，特文艺地说：“善一，我能不能找你帮个忙？”

我一听他说这话，辣椒直接呛嗓子眼儿，飘摇在一旁边给我递水边埋怨他：“杨思凯，你是脑子短路还是怎么了？你这态度让我们姐俩以为要地震了。”

杨思凯大拍桌子说：“你们两姐妹就是欠人骂，给你们点儿好态度，你们就以为全世界都地震了，所有人民都变善良了。”

我缓过来，说："原来你也知道你不善良啊，那你装个什么劲啊？"

他说："好了，言归正传，简善一，你做我女朋友不？"

这下更糟糕，伙计端上来的鱼头豆腐汤被我一个起身，当场打翻在我的肩膀上，痛得我龇牙咧嘴的。

在医院的时候他告诉我，不是真的让我做他女朋友，只是骗一下奶奶。我说："你找飘摇不行啊？"他说："不行，她长得太像男人。"他一说完马上说，"这话你别和她说，虽然你们俩都像男人，但是相比之下，你还有点儿女人的样子。"

我当时把医生桌子上最重的东西朝他脑门上一丢，说："杨思凯，你上一边去。"

他躲过了，站在窗口说："一千块。干不干？"

我看着窗外明媚的春光，想起我想买的一条雪纺长裙，我这边敷着药，那边望着杨思凯在太阳下立体的五官，缓缓地说了一句："成交。"

3

看到杨思凯的时候，他站在校门口和中文系的美人说话，当我站到他面前的时候，他显然被我吓住了，美人看着我问："这位是……"

杨思凯立刻说："她是我家请的保镖。"

美人惊讶了，说："你在学校还有保镖啊？"

他说："那可不，这世道坏人太多了，有个保镖比较安全。"

美人对他有保镖这件事感到很惊奇，仔细地看了我几眼，我心想你连这也信啊？难怪都说美人无大脑，真是这么回事。

杨思凯给美人拦了一辆出租车，再递给司机一百块，特绅士地给她关上车门，挥手说再见。整个过程中，他体现了一个优雅的男士应尽的所有责任。我拎着我唯一的女式包，憋着一肚子气站在原地看着他。

当他送完美人转头面向我的时候，刚才和天使一样的笑容立刻变成了黄世仁的刻薄，拉起我朝另一个方向走去。

我说："你干吗呀，男女授受不亲，我要等出租车，你要带我去哪里？"

杨思凯停下来，揪着我一撮头发说："谁说要坐出租车了？我们坐公交车回去！山鸡！"

我内心那个火啊，我说："你是不是人啊，我为你打扮成这个样子，你还让我坐公交车，你怎么一点儿道义都没有？"

杨思凯一脸无赖地说："和你讲什么道义啊，如果有道义你收我一千块干吗？你把五百定金还我我立刻让你坐出租车。"

当我坐在公交车上，在学校那条没修好的小路上一颠一颠地前行的时候，我仰望着窗外的天空，内心在咆哮：这都是什么社会，都是什么人！

4

那天的行程不太顺利，老奶奶突然听说有位高僧在灵光寺内讲课，且是位得道高僧，不轻易来，来就来半天，老奶奶等不及和我见面，就先见高僧去了，所以我到杨家的时候，面对的就是杨思凯的爹妈。

他妈妈一看到我，脸都绿了，她还不能忘记小时候我和她抢一只鸡的事。这件事说起来要追溯到十年前，我刚搬来景坊，住在景坊郊区的"桐尤里"，那时候家里有院子的人自己会养些家禽什么的，有一天我在杨思凯家门口逮着一只鸡，正准备抱回家，他妈妈正好开门出来，非说是她家的，要我把鸡放下。我怎么可能同意。

争执不下的时候，我妈妈来了，杨思凯妈妈就说我偷了她家的鸡，我妈上来就啪啪给我两巴掌，我当时疼得哭也没顾上，一股火气上来，从杨思凯家门外狠狠地把鸡丢进他家院子。我当时的意思就是，我把鸡丢进去，让鸡血溅杨家院！

后来杨思凯说："山鸡，你打小就是一只活蹦乱跳的鸡。谁都不敢得罪你。"

我知道我脾气不好，我和别的孩子不一样，别人都有爸爸有妈妈，有幸福完整的家，而只有我爸爸很早就丢下我和妈妈，自己去了大城市发展，妈妈那一点儿微薄的工资和仅存的自尊让我从小就学会一件事，那就是——坚强。

自小杨妈妈就不待见我。她对大家宣传我的恶劣品性，说小时候偷鸡，长大偷金。搞到后来我怒了，我说我以后如果偷金，第一个就偷你家的金！盗光你家产，败坏你家名声！

他妈妈气得不行，让杨思凯离我远点儿。小孩子就是有逆反心理，你越不让我干什么我越要干什么，所以尽管我和杨思凯都互相看不顺眼，但是，因为他妈妈的不允许，我们就死命要待在一起。

当他妈妈意识到自己偷鸡不成蚀把米懊悔的时候，已经晚了。我和杨思凯好得像一杯水一样。

但是她绝对没想过她的儿子会找一个家世不好、学业勉强、长相一般的女生。并且还是在她觉得没有可能的时候，突然就如晴天霹雳一样出现在她面前。

杨爸爸对人还是很好的，没有官架子，热情地喊我去吃饭，中途我抬头望望他们家院子里的葡萄架，原来那个位置是我丢弃那只鸡的地方，没建葡萄架的时候，我常常和杨思凯坐在那里，摆个小板凳研究作业。天黑的时候，我们会一起抬头看星星，景坊的星星一大颗一大颗出奇地明亮，杨思凯说："听说每个人都有一颗代表自己幸福的星星。"那时候的夜非常寂静，蝉鸣声声，他的侧脸是温和的线条。

我一想起，眼睛便蒙了一层雾，低头扒饭。

出门的时候，他妈妈塞给我一把伞，什么话都没问。我知道她对于我这个儿媳妇是很不满意的，但是多年邻居一场，又不好表露。我拿着伞走到外面，杨思凯站在门口说："山鸡，我不送你了，沿着小路就能走出去。"

我冲他做鬼脸，说："我知道啦，这条路我走了十年我能不清楚吗？"

我走到我们小时候常去的油菜花地，蹲在地上，想象我还是十年前那个扎着辫子跑来跑去的小女孩，而那个时候的杨思凯，顶着一张眼角乌青的脸站在我的面前，面孔干净，一脸淡漠，却掩不住好看的五官。那天落了好大的雨，我们站在那里死都不走，一直看着油菜花，他说："怎么办，我又考了80分，我妈说我再考不到90分就打断我的腿。”我淋着大雨没好气地回答他：“改分数你不会啊？”

杨思凯立刻就兴奋了，说：“你真是一个聪明的小孩儿。”

5

你们看看，从小我就是个仗义的孩子，为什么我就捞不到一点儿好处？

我走出“桐尤里”，天开始黑了，杨思凯的妈妈真有先见之明，知道会下雨。我刚要上公交车的时候，雨就下下来了，一个老婆婆从车上走下来，和我擦肩而过，我把伞给她，她道谢离开，我坐在公交车站等下一趟车。

雨很大，像一串一串的珠帘子，我把手伸出去，雨就滚在我的手心，我感觉侧面有一道目光，我转过头一看，一个穿着咖啡色竖条纹衬衫的男生正遥遥地看着我，嘴角噙着笑，眉目俊朗，剪裁合体的裤子衬出他完美的身材比例，我被他看得脸有点儿烧，车正好来了，我跳上车去，他也随我走过来，我坐下，他就坐在我旁边。

我低头假意找纸巾擦身上的水，没想到他递给我一块手帕，纯白色，我看到他握着手帕的好看的手指，他说：“用我的手帕吧。刚才你把伞给了别人，你心地真好。”

从来没有人说过我心地好，这都是杨思凯妈妈的功劳，桐尤里那一片的父老乡亲都虎视眈眈地看着我哪一天盗光杨家的财产。所以当这个长得无比明亮和俊朗的男生说我心地好的时候，我就觉得我十年来受的所有委屈终于昭雪了。

我对他微微地笑了一下说：“谢谢。”

擦完之后我把手帕还给他，他看着我，拿过手帕，帮我擦头发上的水，我一下愣了，他的眼睛就在我眼前，皮肤白皙细腻，脖子上挂着一条金属链子，落在他的锁骨上，姿势实在太性感。

他帮我擦完头发之后，我脸发烫脑发昏，我觉得我在做梦，太不实际了，太没谱了。车到站的时候，我坐在那里不动，他说：“你怎么还不下？”我惊讶地抬头说：“你怎么知道我在这一站下？”

他说："简善一，历史系的跆拳道黑带，进学校一个月和校外人打架，一个人对付十个。"

我有点儿窘，这件事的起因是杨思凯开学不久追了一个女生，不承想那个女生的男朋友是外面混的，找了十个兄弟教训他，他提前知道消息，让我去和他们决斗，傻傻的我就去了，和他们打完之后我就伤痕累累地回来了，还被学校记了大过，通告批评。

我这下也知道装淑女是很不地道的事了，我说："好吧，我承认我就是那个进入学校黑名单的简善一，那又怎么样？"

他看着我，阴阴的天空下薄薄的水汽在周围发散，他把他好看的手指拍在我染得金黄的头发上，笑着说："没怎么样，很高兴认识你，我是颜云。"

6

颜云高我一届，学医，可是他身上没有消毒水的味道，相反总是散发淡淡的芳草香。据飘摇说，学校第一号校花曾经追他未遂，还被他用手术刀吓跑了。

他经常来找我玩，我们一起去食堂吃饭，一起去散步，一起去看画展，他还带我参观他的实验室，他有一套手术刀，会给小动物缝合伤口，把它们放在我的手心里，软软的绒毛浅浅的体温让我每一次触碰就想起小时候丢进杨思凯家的鸡，它没有血溅杨家院，它砸在了杨思凯的脑门上，鸡爪狠狠地在杨思凯的眼角抓了一道疤痕，现在还能看到浅浅的印记。

我觉得那道印记是我一直亏欠杨思凯的地方，所以他从小到大无论做什么坏事，我都帮他尽量承担，哪怕总是搞得自己伤痕累累。我觉得是我欠他的，我要还他一辈子。所以他让我冒充他女朋友哄他奶奶的时候，就算没有一千块，我也还是会答应的。

那天的见面未成功之后，杨思凯说他奶奶要在庙里住两个月，两个月回来再见我。

我和颜云熟了之后的某一天，他在我宿舍楼下等我，幽暗的宿舍楼，昏黄的灯，每天站在楼下十八相送的情侣都盯着颜云含情脉脉的眼眸看。

我收获了周围所有女生羡慕的目光，我刚想说点儿什么，杨思凯就像游魂一样出现在我眼前，扯着大嗓门儿喊：“山鸡，去不去唱歌？”

我说：“你怎么不约你的中文系美女啊？”他说：“中文系美女要求我要带朋友去她才肯去呀。”我说：“估计是你那可怕的豺狼样吓到美女了吧？”他说：“山鸡，你到底挺不挺兄弟到底？”我看一眼颜云问，“帅哥那你去不？有人请客。”

杨思凯这才注意到我跟前还有一个人，他看着颜云三十秒，才发出不屑的声音：“他哪里帅啊？山鸡，你的眼光还真不怎么样。”

我有点儿恼怒杨思凯质疑我的眼光，我开玩笑地上前钩着颜云的腰说：“我觉得他帅就行了，情人眼里出西施，你学没学过语文啊？”

颜云顺势把手放在我的肩膀上，对杨思凯说：“你就是善善的好朋友杨思凯吧，我常听善善提起你。”

颜云的话一说完，杨思凯的脸都抽抽了，我也吓得浑身发软，我心想你小样儿的把我周围的人脉搞得是一清二楚。你是间谍吧？

我想赶紧从他的臂弯里逃出来，结果不管我怎么挣扎，人就是牢牢地被抱在怀里，一动不动。

后来我们三个人各自怀着鬼胎去了学校附近的钱柜唱歌，中文系美女来得比较晚，那会儿我正在唱《广岛之恋》，这是杨思凯的拿手歌，我唱到“不够时间好好来爱你，早该停止风流的游戏”，美女就款款而来，穿了一身粉红色的纱织裙，蕾丝花边，目光轻盈，人似蝶飞。她一进来就盯着颜云，脸色苍白，她问：“你怎么在这里？”

音乐还在放，颜云剥了一颗花生给我吃，他说：“我陪我女朋友来唱歌，你们认识一下，她叫简善一。”

美女突然走到我面前，拿起桌子上的红酒就泼到我的脸上，她说：“你是故意找个丑女人气我吧？让我知难而退也犯不着用这样的方法！”

我一抹脸上的酒，拿起酒杯，也泼过去，结果杨思凯那只猪，立刻挡在美女前面，被我泼了一身，他说：“善一，你别冲动，萧萧她不是故意的。我替她和你赔礼道歉。”

我指着杨思凯的脑袋喊：“去你的赔礼道歉，从小到大，我需要你赔礼道歉的事情还少吗？少在那边和我假惺惺。”说完我就冲出了房间。

我在路上一路狂奔，我想起小时候杨思凯和他妈妈吵架离家出走，我也在街上四处狂奔去找他，后来我在油菜花地找到他，他缩成一团瑟瑟发抖，他看到我的时候，哇地就哭了，抱着我说：“山鸡，天太黑了，我不敢走回去。”我都不知道是哭还是笑，抱着他说：“傻瓜，我带你回去。”

我真的不知道杨思凯算我的兄弟还是姐妹，他有时候脆弱得像根树枝，一折就断了。但是却真的，让人心疼。

我带着满身的酒味在风中穿行，觉得自己就像一瓶陈年的红酒。我跑得累了，扶着栏杆大喘气，眼泪哗啦啦地往下掉，我心想凭什么啊，凭什么我从小到大为他担风险为他做坏事，我被人欺负了，他也从来不会站出来帮我，我到底图什么？

后来有人轻轻地拍我的肩膀，说：“善善，你没事吧？”

我抱着他的腰把头扎在他怀里，说：“我有事，我有事。”

他安抚地拍我的后背说：“没事的，有我在。”

我哭得更厉害了，我狠狠地吸他身上的芳草香，恨不得那是一种毒药，立刻让我七窍流血而死就好了。

7

杨思凯因为这件事和那个叫萧萧的校花好上了。我才知道，那个萧萧一度追求颜云未果。

我和杨思凯走得远了，一是萧萧让我们隔了一层，二是在KTV（配有卡拉OK和电视设备的包间）的那个晚上突然让我意识到十年的朋友还不如一个没追到手的女人。爱情和友情，总是爱情占上风。真让人失望。

我坐在宿舍的床上，从枕头底下拿出那五百块钱，我想还给杨思凯，他有了正牌的女朋友，就再也不需要我假冒了，我应该把钱还给他，可是我拿着钱走到校门口时，看到杨思凯在萧萧旁边像个小奴才一样送吃送喝，我心想我凭什么要送钱给你让你给别的小妞花。我把钱又塞到口袋里，转头就看到颜云站在我身后。

他说："你鬼鬼祟祟的干吗呢？"我否认，我说："我要去跆拳道馆，你去不去？"

他笑了，说："走吧。"

我和颜云在跆拳道馆大战了几个回合，我摔得他脸都肿了，可是他只是淡淡地笑，在我打累的时候帮我拿了水过来，我对他有点儿愧疚，说："看你身手挺好的，可是为什么都不还手呢？"他只是干笑着。这时候教练走过来，冲着颜云喊："师兄，今天怎么有空过来？"

我瞪着颜云看，教练冲我说："善一，这是我师兄，你别看他年纪轻，从小就学跆拳道，已经是黑带九段了。"我看着颜云，如果现在能给我一根棍子，我立刻打昏我自己，只当教练说的是一场梦话，可是我死命掐了自己的脸，我知道，这是真的。教练走后，我靠在颜云的肩头，说："颜云，你是九段干吗不还手？"

他说："你有没有听过一句话——我爱你就像你爱他，好像风儿遇见沙。"

我扑哧就笑了，说："你这是从《还珠格格》里改编的吧？"

可是他却一本正经地摸着我的脑袋叹了口气说："善善，我觉得这是最可悲的一句台词，因为爱，所以甘愿付出，因为爱，所以能忍受痛苦。你呢？你是这样的吗？"

我的心突然空洞洞的，我想起我和杨思凯这十年的时光，和小沈阳的台词一模一样：人这一生其实可短暂了，有时候一想，跟睡觉是一样一样的。眼睛一闭一睁，一天过去了，眼睛一闭不睁，这辈子就过去了。小时候我们手牵手走街串巷，爬树捣蛋，长大了一起考初中、高中、大学，我以为我们的感情很牢固，没想到区区一个女人就让我们的感情有了裂痕。

我窝在颜云的怀里，他的怀抱让我感觉温暖踏实，我说："颜云，那你呢？你是这样的吗？"

他抱着我，幽幽地说："哪怕你现在就在我的怀里，我却还是得不到你的心，你说，是不是呢？"

跆拳道馆外刮起了大风，我想起桐尤里的居民在刮风的时候习惯把手放到玻璃上，说那样就能减轻内心的恐惧，当然这个荒唐的传说是杨思凯告诉我的，可是每次刮风的时候，我还是习惯把手放在玻璃窗上，眼睛里直直地望着窗外肆虐的风，内心涌起一片渴望。

8

我和杨思凯就真的没有再联系，我知道他的手机肯定被他的女朋友监控了，我认真地学习，考试，练习英语，有空的时候我还会教小朋友跆拳道，他们在跆拳道馆里跑来跑去，用稚嫩的声音喊我："教练姐姐。"

我的黄色大卷发慢慢地长了，我染了好几次，它变得枯燥没有光泽，颜云每次摸着我枯草一样的头发目光怜惜，飘摇说我变了，变得安静了。我好像老了，再也不能像以前那样扯着大嗓门儿骂人。我整天拖着颜云柔软的手，在校园里慢慢踱步，这是我最向往的爱情，芳草萋萋，景色旖旎。好看的少年，温柔的眼神。

大四快要毕业的时候，杨思凯突然来找我，他说，奶奶还是要见见我。我算算日子已经两年了，奶奶难道在深山老林里住久了真的成仙人了吗？

杨思凯说："不是的，善一，奶奶在我房间看到你的照片，她说她想见见你。"

杨思凯已经很多年不叫我善一了，他只叫我山鸡。我不知道为什么，我以为我不会答应，可是看着他眼里的恳切，我还是毫不犹豫地答应了。我想我是上辈子欠了杨思凯的，这辈子就让我还他吧。

飘摇说："善一，我高一认识你的时候，你就是个傻姑娘，杨思凯那只猪一直就没有把你当回事，你还为他做这做那连自己的命都不要，你以为你在拍八点档电视剧呢？”

我把脑袋压在枕头上，缓缓地把眼睛闭上，是的，这么多年，杨思凯这个名字，就是我的罩门，我在任何地方都坚强不屈，唯独在面对杨思凯的时候不堪一击，或许人人都有那么一个让自己不堪一击的人，你会爱他胜过爱你自己，为他赴汤蹈火，刀山火海，无怨无悔。

第二天，我穿上我最满意的套裙，慢慢地坐车到杨思凯家，老奶奶坐在葡萄架下剥花生，穿蓝色的袄，皱纹爬满了她的脸，她看到我来，招呼我坐下，她问：“你是善一吗？”

她问：“你是不是喜欢我们家思凯？”我愣了一下。她说：“我虽然在乡下，可是从小就听思凯提到你，他说，你从小就帮他剥花生，陪他在油菜花地行走，还会帮他出头打架。”

她说：“其实喜欢一个人就要告诉他，奶奶人老了可是心不老。不要让自己后悔。”说完奶奶就进了房间。奶奶真是受过观音大士的点拨，在我要放弃的时候突然来指点我。

我一转头，杨思凯站在院子中央看着我，十年前他也是这样看着我，目光单纯，五官俊朗，拿手遮住头顶的阳光。一晃十年，就这样过去了，我们顶着同一片阳光，却找不回当初的明亮。

我走近杨思凯，说：“好了，你不要有负担，我喜欢你那是我的事，你喜欢谁那是你的事。”

杨思凯张了张嘴仿佛要说什么，可是张了张嘴就再也没讲出来。突然门被推开了，萧萧站在门口，显然听到了我们刚才的对话，她气鼓鼓地转身跑开，我追上去想和她解释，我知道她是一个心眼儿很小的女生，我怕我不解释，她会和杨思凯闹翻，那样杨思凯这么久的心思都白费了。我跑到一半的时候天空开始下雨了，大雨瓢泼，萧萧跑上了一座小桥，可是路太滑了，她一下就摔了下去，我想也没想就跳下去，杨思凯在后面跑，我游过去救萧萧，杨思凯跳下来的时候，我突然萌发了一个很奇怪的念头，我想我和萧萧，他到底会救谁，所以我故意等着他过来。

他游过来了，他朝萧萧的方向游过去，那么急切，锁着眉头。我内心无比绝望，轻轻地闭着眼，憋气游上了岸。

9

我知道所有的一切都已结束，我做完毕业论文，和颜云一起去另一座城市生活。离校前大家坐在一起全都哭了，夜晚的操场上有人在弹《同桌的你》，星辉下，我想起我和杨思凯看的第一颗星星，他说，每个人都有一颗代表自己幸福的星星。我曾经以为我的幸福是杨思凯，现在，我握着颜云的手，我相信他会给我真正的幸福。

我离开的时候，从枕头下面拿出杨思凯给我的五百块放在信封里寄给他，我把手机里他的录音删除，我带颜云走了一次我最喜欢的油菜花地，黄色的花朵，颜云拿着数码相机给我拍照，我苍茫地笑着，用手遮住头上的阳光。

在车上，我抱着妈妈的骨灰，谁也不知道，我妈妈在我上高三的那一年死于车祸，她本来遇到了一个良人，想与她一起去景安生活，可是在景安不到一个月，她就死了。叔叔让我考去景安，我固执地不肯，我留在了景坊，拿着妈妈卖房子的钱生活了四年。我染了那么多年的头发，因为杨思凯说过他喜欢黄头发的女孩子。他还说过我们要一直在景坊生活，谁也不离开谁。

我一直守着这个承诺，一直在等那个人来陪我同行，可是原来，他一直都在承诺之外，他一直都没有走进来。

颜云曾经和我说过，我爱你就像你爱他，好像风儿遇见沙。这世界上最难懂的就是爱，我爱你，你却爱她，兜兜转转，总是无法相遇。

我依然会保留我们曾经的美好，可是，却再也不会去爱你了。

# 洛云流

像是一根无形的感情线，纠缠住两个人的命运，避不开，也剪不断.爱很绵长，很盘桓，却精致得不明深浅.

【今时·朱家角】

那个晚上空气沁人心脾，夜色袅娜，刀霜一般的光逶迤消长。江南水乡的风景在夜色中越发古意盎然，东遥旧时落，西望近时光。

她准备去周庄看纪微紫的演出。

傍晚的车，从上海旅游集散中心起程，目的地是古镇周庄。车在途中抛锚，到了朱家角就再也无法前行。

她打算在朱家角过一夜，明早再前往周庄，想必还能赶上纪微紫演出的第一场。她雇了一辆小三轮车，驶向了朱家角里面。

夜色是有些迷暗了，她昏昏欲睡，车驶到一半的时候，狠狠地抖了一下，两辆三轮车撞到了一起，她一下子就惊醒了，背着包包跳下车。两个车主开始对骂起来，阵仗不算精彩，却也有一些喧嚣。

她深深地打了一个哈欠，对面有人拿出手机照向她这边，缓缓踱步过来说道：“你想看好戏吗？”

她摆手回：“如果你觉得这算好戏的话，就算是吧。”

对方说：“不如我们谈和？”

她这才知道，对方原来就是另一辆三轮车上的事主。

于是两个不爱惹事的人化干戈为玉帛。

走到有些光亮的地方，她才看清楚他的样子，高大，目光如水，头发偏分，傻气中有些无法抵挡的阳光灿烂。多么熟悉的青春年少。她的心里有些恍惚。

朱家角并不大，却河港纵横，古建筑依水而立，也没有别的古镇丰富的风景，但是对于她而言，有说不出的印记。

她轻轻哼苏州小调，像水细细从弯月中坠落，曲调是悲伤的、长情的，甚至是扑朔迷离的，却格外动人。

那个晚上她和苏浅凉坐在泰安桥上数星星，暗红色的藤蔓顺着石桥一点点地盘踞在桥的两端，半夜累的时候，她把头靠在苏浅凉的肩膀上，苏浅凉微微地抖了一下肩膀，略带紧张地问她："我叫苏浅凉，你叫什么名字？"

她的眼睛半眯起来看星空，星星闪烁的浅薄光线在她的瞳孔里微微地涨出了稀疏的潮水，她附在苏浅凉的耳边，缓缓地说："洛云流。"

【旧时·洛云流】

洛云流是罗铭给她取的名字。他第一次把她从人贩子手里救出来的时候，她只有十四岁，整个人脏兮兮的，嘴里还塞着一个馒头，像一个乞丐。

可是罗铭注意到她的头发，长到腰际，黑顺光亮，服帖中带着一小丝的妩媚。那么吸引人的黑发。

他问她："你叫什么？"

她摇头。

警察上前说："她的脑袋在之前受过撞击，之前的记忆已经全都没了。"

罗铭看着她，好端端地生出了无法割舍的情愫。罗铭那年二十二岁，就读于苏州大学，即将毕业，在一家报社里做实习记者。那是他第一次和苏州警方合作逮捕了一个偷盗团伙，这个团伙把从全国各地拐来的小孩儿经过毒打的训练培训成了这个城市里的小偷。罗铭无意中发现了这个团伙，赶快报了案。

很多小孩儿被送了回去，大多数来自偏远的山区，而只有洛云流，她没有归处，她站在那里，公安局里白炽灯的光聚拢到她的身上，她的眼神清澈灵动，闪动着和别的小孩儿不一样的沉静，没有惊恐，没有欢喜。

她走到罗铭的面前说："哥哥，我能不能跟你走？"

事隔多年，罗铭都会记得洛云流说那句话时的坚定和自信，一是要和他走的决心，一是对他一定会带她走的肯定。像是一根无形的感情线，纠缠住两个人的命运，避不开，也剪不断。

那时罗铭没想到，他和洛云流一住就是七年。

他以为洛云流的父母看到电视的新闻后很快会找上来，他就可以把洛云流归还给他们，可是一年两年三年过去了，洛云流的父母始终没有出现。

而他也渐渐习惯了洛云流的存在。

罗铭不是苏州本地人，他的祖籍是浙江，可是他收养了洛云流之后，觉得整个人生充满了责任感和压力。二十二岁的年轻人和十四岁的女孩，一起住在四十平方米的小房子里，罗铭开始昏天暗地地赚钱，报社的工作不算太忙，因此他在闲暇的时候还要兼两份工，还好他家境不错，不需要他寄钱回去，所以拼命工作的钱还是够他和洛云流生活的。

洛云流从来没有让他操过心，她非常独立，也非常听话，而且乖巧懂事。刚刚上学的时候，罗铭害怕她跟不上，让她从初一读起，第一学期末她就以全年级第一名的成绩拿了奖学金直接跳级到初三，这让罗铭觉得非常不可思议。后来他才知道洛云流在读书上有多下苦功，几乎连走路都不离课本。她回到家，主动打扫卫生，做饭洗衣服，温习功课，样样事情都打理得井井有条。罗铭在遇到洛云流之后，才突然意识到，自己是有家的人了，只不过这个家的组合非常奇怪，常常让他不知道未来应该如何走下去。

罗铭没有让洛云流跟他姓，而是给她取了一个洛姓，这是他妈妈的姓氏，如水女子。而"云流"就来自她似水流般的头发，飘逸得似从云端飘落。

【今时·周庄】

天际鱼肚白微露的时候，洛云流和苏浅凉坐上了去周庄的汽车，苏浅凉让洛云流在车站等他，他去问问车子的情况，洛云流朝他离开的方向眺望了好久，柳树的枝条在她的头顶袅娜飘飘，一切都娴静美好。她想起罗铭在她上高中的时候也常常让她在车站等他来接她，是一辆有些老气的黑色电动车，载她去观前街买豆腐干，载她去苏州乐园玩碰碰车，载她去山塘街听评弹。她喜欢看罗铭的背影，像个父亲，像个长辈，更像一个男人，屹立挺拔永远不倒的样子。

汽车很破，车上贴满了广告纸，客人不多，司机耳肥脸大一派慢悠悠的作风，苏浅凉从包里拿出两个花卷和一罐水给她，她感到这个男生的贴心。

苏浅凉问："你去周庄做什么呢？昨天忘了问你。"

她吃一口花卷，眼睛眺望出玻璃窗，她说："我去看纪微紫的演出。"

苏浅凉一惊说："你认识我姐姐吗？"

洛云流吃花卷的动作停止，她转头去看苏浅凉："你为什么没有姓纪？"

苏浅凉笑起来："我随父亲姓，她随母亲姓，从小我们父母就离婚了。"

洛云流点头，这奇遇般的巧合震荡得内心泛起层层涟漪，路上就再也不发一言，只是靠在苏浅凉的肩膀上假寐。

汽车终于开到周庄，他们一起雇了一辆小车过桥，小车上不去的时候洛云流就跳了下来，她说："有些东西真是勉强不得。"苏浅凉跟在她的身后走向周庄门口的牌坊。

洛云流看到了罗铭。

三十岁的罗铭再也没有了青涩的表情，他成熟老到，西装领带黑色裤子，站在烈日下露出严谨的表情。他看到洛云流眼眸里闪过一丝惊愕，但很快就抚平了。

他走到苏浅凉面前说："你是浅凉吧？你姐姐让我来接你。"

洛云流在旁边静静地注视着他，看他眼角旁长出细细的皱纹，看他看她的目光淡然如水，她并没有和他打招呼。

是苏浅凉先介绍洛云流："姐夫，这是洛云流，我的……一个朋友，也是来看姐姐演出的。"

洛云流，罗铭怎么会不知道洛云流，这个总在他午夜梦回的时候出现的名字，纠扰了他许多年的洛云流。他微微颔首道："你好。"

洛云流有些轻笑，走到苏浅凉身边，挽住他的手腕，目光婉转地说："你好。"

苏浅凉自是一惊，身子有些颤抖，罗铭轻轻皱了皱眉，还是不动声色地递上了访客证。

洛云流设想过罗铭见到她时的场景，绝对不是这样。她以为她会出现在纪微紫的表演台下，斗志昂扬，盛气凌人，搅一场好戏出来让罗铭下不了台。

纪微紫是罗铭寻觅了这么多年，第一个决意要结婚的女人，也是苏州评弹团的青年演奏家。罗铭的婚期很仓促，大概就是在谁也不知道的情况下定了下来，洛云流虽然人在上海，但这区区一个小时的距离，很容易就让洛云流得知。

她蓄积了这么多年的镇静和乖巧，要在这一次的旅途中全部消弭。她想发挥女人最擅长的歇斯底里，以达到报复的目的。

可是当她再次看到罗铭，不知道为何，之前在路上所酝酿的斗志都瞬间瓦解了，仿佛只要她站在罗铭面前，她就一直都是那个十四岁，留着黑色长发，乖巧懂事的洛云流。她只是巧妙地利用了旅途中巧遇的苏浅凉。

罗铭安排他们先住下，住的是靠河边极近的木楼，窗户是歪斜的红木，玻璃也不够明亮，可是房间另一扇门直抵河塘的台阶，台阶下的水面靠着一只挂着橘红色大花的乌篷船。

波光桥影，桥楼互称，游客喧闹。洛云流却像置身在自己记忆荒芜的山丘，有些许的孤凉。

【旧时·微吻】

罗铭收养洛云流的消息在苏州城不胫而走，上至父母，下至同事，都开始对罗铭和洛云流的关系关心起来。

一个有为青年，一个动人少女，难免成为城中人议论的话柄。

他们生活得很简单，洛云流每天放学做好饭坐在客厅的桌子上写作业等他回来，有时候晚了，洛云流就趴在桌子上睡着了。他回来的时候，看到洛云流在客厅白茫茫的灯光下侧趴的样子，静得像一只小猫，他抚摸她的长发，心里也是温暖的。他们坐在桌子旁吃饭，他问她学校的情况，她回答得很安静，空气里全是他们吃饭的声音，却又是温馨的。

这样的爱很绵长，很盘桓，却精致得不明深浅，可是就是这样的不明深浅，才越发显得珍贵和不舍。

洛云流越长越漂亮，长发始终乌黑亮丽，用黑色皮筋束成结，穿白色的校服，黑色长裙，瞳仁明亮如漆，面孔有少女的精致。并且成绩优异，年年都拿奖学金，却对人不言不语，冷得像一块冰。却因为这种独特的气质，渐渐在学校里受到许多男生的关注。

有一个疯狂的追求者在放学后强行拉住她，趁她没反应过来的时候强吻了她，她从包里拿出美工刀狠狠地在那个男生的脸上划了一刀，血就随着男生的惨叫落到她的手上，灼热的。

她感到恶心，迅速地往学校外面跑，一路跑去罗铭工作的地方找他，她在报社楼下的电话亭给罗铭打电话，罗铭下楼的时候，她突然抱住他哇哇大哭，罗铭惊慌失措地说："云流，你这是怎么了？"

他买了"一品香"青菜包和虎皮凤爪给她吃，他知道只要洛云流吃了青菜包心情就会变好，可是那天洛云流不停地哭，什么都吃不下，问她什么都只是摇头。

第二天，他接到学校的电话，才知道洛云流把人划伤了，学校要求他去一趟。

罗铭自称是洛云流的哥哥，学生家长把他从头到尾骂了一遍，一直扬言要告洛云流，他只能不住地赔不是，说抱歉，卑躬屈膝地央求学生家长。好不容易平复了学生家长的情绪，和老师交代完，一出门，就看到洛云流站在转角处，眼睛通红地看着他，细密如织的目光锁住他，无处遁逃。

他帮她擦眼泪，笑着说："云流，别哭了。"他回家，洛云流就跟在他后面走。十月的风清清爽爽，不经意间，就转冷了，罗铭把外套脱下来给她穿，她问他："哥哥，你为什么要对我这么好？"

为什么呢？罗铭也不知道，直到后来，他才知道原来他对她的爱，早就像密匝匝的蜂巢一样，慢慢地塞满了所有的孔，有甜蜜，有疼痛，有最简单的关爱。

那天半夜，罗铭起床，在客厅看到洛云流，她散着长发，穿着红色的棉布睡衣，在沙发上照镜子，眼神有些骇人。

她看到罗铭，直直地走过去，她说："哥哥，你能不能吻我？一下下就好了。"

罗铭心里像敲打战鼓一样，说："别说梦话，快回房间去睡觉。"

洛云流眼睛一红，冲他大喊："你一定是嫌弃我了。"

罗铭说："你乱说什么呢？"

洛云流不知道哪来的力气，搂住罗铭的脖子，把嘴压了上去。那是一个十七岁少女发自内心的吻，柔软的嘴唇，身上发出淡淡的幽香，那么使人陶醉和沉迷，罗铭有点儿沉溺在这个美好的吻中不能自拔。

理智还是战胜了他的冲动，他推开洛云流，假装生气地说："别闹了，回房去。"

洛云流笑了笑，自言自语般地说："原来和喜欢的人接吻是这么幸福的事。"那也是罗铭第一次看到洛云流的微笑，是真正从内心发出的笑容，他的心里开始有些燥热。

那天他深深地发现，这个小女孩正在一点儿一点儿地长大，一点儿一点儿地吸引着他，像聊斋里的狐狸精，美得让他不知不觉掉入陷阱。

【同时·双桥和N号女友】

纪微紫的演出定在一日后，在"伊楼"。水红色花榜写在门口，洛云流从双桥下来，就能看到黑色的毛笔字，纪微紫在忙着排练，并没有与洛云流相见。倒是苏浅凉时时都陪在洛云流的身边，司马昭之心路人皆知。

此时，他提着有名的万三猪蹄，和洛云流说双桥，他说："双桥是周庄成名的代表，画家陈逸飞一九八四年以双桥为题材画了《回忆的故乡》，架起了我们国家和别国的友谊桥梁，它还有个名字，叫作'钥匙桥'，我觉得这个名字更好听。"

洛云流从桥下去看眼前的双桥，实景并无特别之处，只不过由一座石拱桥和一座石梁桥石级相连而组成，而它最特别的是，桥面一竖一横，桥洞一圆一方，颇带些钥匙的雏形。更像是两个深深相爱的恋人，纠缠，连接，比翼永远。

她又想到了罗铭和她在一起的七年。

谁也无法消除的七年，即使是七年之后，她失踪已久的父母再度出现，她随他们去了上海的祖屋，父母生意兴隆，待她极好，这些都无法抹去这七年她和罗铭的时光，是心上落下的斑驳血迹，渗入心脏内壁，永不磨灭。

她在这个古镇上行走，吃着一只肥硕的猪蹄，和她艳丽的容貌极不相称，她想起她以前常和罗铭在观前街买章鱼小丸子吃，咬一口，要冲里面吹好多的气，才能把热烫给去除，他会买好大一杯的甘蔗水给她配鱼丸，拍拍她的头捏捏她的脸，笑起来，是丰神俊朗的样子。

罗铭也交过几个女朋友，他凭借自己的帅气、才气、可靠上进，成为很多女生追逐的对象，只不过每个见过洛云流的女人，都对罗铭说："如果你不送走这个女孩，我是不会和你结婚的。"

不知道是女朋友几号，假意大方地接受了洛云流，在罗铭面前"妹妹妹妹"地叫得甜，洛云流只是轻声应着。有一回在家中的厨房，女朋友N号切菜，洛云流在旁边洗苹果，罗铭在房间里写采访稿，女朋友N号故意刺探洛云流："妹妹，你喜欢罗哥哥吗？"

洛云流平静地关上水龙头，说："与你无关。"

N号怒了，转过身，举着切菜刀说："你再说一遍。"

洛云流走上前说："你砍啊，我给你砍。"

N号手发抖，洛云流却笑了。

N号怒吼吼地在门外喊："你们两个变态，你们乱伦去吧。"

洛云流蹙着眉，小心翼翼地看着一脸怒气帮她包扎的罗铭说："哥哥，对不起，姐姐问我是不是和你有什么关系，我没有回答，她就这样了。你明天去哄哄姐姐吧。"

罗铭心疼地看着她说："你可千万别胡来啊！"

洛云流笑了，藏在静幽目光下隐秘地笑了。她不言语，不代表她没有心机，在她的记忆中，她所有的东西都是稍纵即逝的，如果她不使用手段去抓牢，很快就会不见。

她以为她和罗铭是可以一直在一起的，不能生生世世，也是一辈子。即使她走了，罗铭也会记得她，不会爱上别的女人。

可是她错了，罗铭在与她分开一年之后，就和别人订了婚，辞职来到周庄旁边的房产公司做小小的业务员。

洛云流失望，愤怒，伤心欲绝，她和学校请了假，孤身前往周庄来会一会罗铭的新娘纪微紫。

【同时·纪微紫和深处江南】

洛云流一个人坐在“伊楼”的大院子中央，她搬了木头长椅，正对着的是纪微紫的演出场地，方顶红圆盖，左右两边各有红色布帘。她化了一个裸妆，暴晒在太阳下，能看到细微的血管，她感到自己在奋斗的前夕是最最精神的，她目不转睛，盯着舞台上随时可能走出来的人。

纪微紫出现的时候，面孔是素净的。穿改良的素色旗袍，上绣杏花斑斑，杜鹃栖息在绸布上，像要婉转啼血。苏浅凉站在她的身边有些羞涩地说：“姐姐，这是洛云流，你的粉丝呢。”

纪微紫妥帖地一笑，说：“不敢当。”

洛云流凝视她，她长得并不美艳，只能算清秀，笑起来却是极干净的，分辨不出好坏。

纪微紫在洛云流投过来的目光中沉沉一笑，算是接过了她的凝视，嘴角一抿，目光越过洛云流，直奔她身后的人，语调轻淡地喊：“罗铭，一会儿到后台去帮我看看妆。”

洛云流不知罗铭何时站在她的身后，她却没有发觉。纪微紫喊罗铭的语气是随意的，感觉两个人关系笃定。

随后纪微紫冲洛云流灿烂一笑道：“我要进去化妆了，你自己在楼里逛一逛。回聊。”

洛云流颔首，看着罗铭和纪微紫在眼前消失，自己慢慢走到楼内的参观处。伊楼平日里基本是用来表演和展示的，展示的全是戏曲的服饰，有黛青色的绣花褶子，有大红的帔帛以及耀眼夺目的水钻头面。她慢慢地在那个水钻头面的玻璃窗前蹲下，玻璃窗上映出她透明的脸。那张本来充满斗志却在看到纪微紫的时候败下阵来的脸。

表演要开场了，人陆续进来，主持人的声音也从外面传了进来，她和苏浅凉坐在后排，纪微紫出场的时候，抱着一把红木琵琶，上了浓艳的妆，一下就妩媚起来。她唱的是《珍珠塔》：“他们在花丛间轻轻弹唱。我们在水波间荡漾。这深处的江南，让人怎不流连难忘？”

一字一句像是唱给她听的。她所有要对纪微紫显露的强势和斗志，在这一刻，莫名地熄灭了。

她又忆起两年前，她并没有离开罗铭，闲言闲语已经成为罗铭生活中最常见的部分，罗铭什么都没有对洛云流讲，依旧上班下班，做采访写稿。

最后，罗铭的父母出现在洛云流的面前。

亲人说话直接又有力：“你要养这个丫头到什么时候？她和你非亲非故，你养她那么大，耽误自己的大事，你怎么会这么傻啊？”

罗铭在饭桌上不说话，闷闷地喝酒，洛云流在他的房间里，能感到他的烦闷和不安。

“把她送到学校寄宿，读完高三以后是死是活和你没关系了。难不成你真要和外面传的一样养她做老婆吗？”罗铭的母亲怒了。

“当然不是。”罗铭终于回应了一句。

那场争吵最后以“不把她送走我们就不认你这个儿子”收场。一桌的菜没有人吃一口。罗铭却喝下了五瓶啤酒。

洛云流出来的时候，罗铭已经倒在桌子上不省人事，他本来就不胜酒力，一下子喝那么多，一定是顶不住的。洛云流拖着罗铭到沙发上去，客厅里一排彩色的水晶灯灯光斜斜地照在罗铭的身上，洛云流给他拿毛巾擦脸，他微微睁开眼睛，近距离地看洛云流，然后扣住她的脑袋，含糊地说："云流，"你说我该怎么办？"

洛云流说："如果你怕我成为你的包袱，我明天就走。"

罗铭把洛云流的脑袋拉近自己的脸，很重的酒气吹在洛云流的脸上，他说："从我决定把你带回家的那一天，我就什么都不怕了。"

这样轻轻的一句话，胜过了千言万语。她把头轻轻地放在罗铭的肩膀上，双手抱紧了他，她说："那我们谁也不离开谁，谁也不离开谁。"

【今时·高手】

纪微紫邀请她去吃饭。苏浅凉来告知的时候，洛云流有些开玩笑似的问："鸿门宴？"

苏浅凉大笑，说："你真可爱。"

他的笑声爽朗，面孔清晰，是洛云流喜欢的样子。洛云流和苏浅凉在夜晚的周庄行走，星星仿佛镶嵌在夜空，上了双桥的时候，洛云流的鞋子有些滑，一个趔趄，倒在了苏浅凉的怀里。

少年的怀抱总是暖的。眉毛下还有传情的眸子。

他放开洛云流说："小心点儿。"

洛云流却把头靠在他的肩膀上，双手搂抱住他的腰，迎着吹来的风问："你爱我吗？"像是问他，又像是问风。

她听到苏浅凉的心跳，一声一声，他也抱着洛云流，在她耳边说："第一次看到你，就觉得你是特别的。"

洛云流的目光拉得很长，飘向从"伊楼"刚走出门的纪微紫和罗铭，罗铭驻足看过来，纪微紫也看到了，她只是笑，在罗铭耳边说了一句什么，罗铭便将外套脱下来给纪微紫披上，牵起纪微紫的手朝另一个方向走去。

洛云流显得沮丧，回到房里坐在房门后的台阶上看着碧波湖水，拿出笛子吹《春到湘江》，夜景只有阑珊的灯光，长廊静寂，楼宇安详。她想起罗铭牵纪微紫的那个动作，有一种近在咫尺的恐慌，她本以为以她的聪明才智，利用苏浅凉这一局棋，即使不能收复失地，至少也能让敌人元气大伤。现如今看来，她不仅没有收复失地，受伤的那个人反而是她。

这叫她如何甘心？

次日的饭局，洛云流有意要揭开她与罗铭的关系，她想看看在她面前总是笑而不露其他面色的纪微紫到底会如何应对。所以在点菜的时候，洛云流点了几道罗铭最中意的菜：蒜蓉鸡丁、干炒鲜贝、水晶虾仁。点完之后把菜单给纪微紫，故作不经意地说："这几道菜，都是我一个哥哥很喜欢的。"罗铭在喝茶，茶杯在嘴边顿了顿。

纪微紫说："是吗，口味倒是和罗铭很像，不知道你那位哥哥是否喜欢蟹粉蒸饺和鲫鱼汤。"仿佛是说笑，洛云流觉得纪微紫好像看出了什么，她警惕地看着纪微紫，纪微紫还是一副笑脸，对着服务员说："再加一份蟹粉蒸饺和鲫鱼汤。"

洛云流发现纪微紫对罗铭的了解一点儿也不少。

吃饭期间，罗铭给纪微紫夹菜，苏浅凉给洛云流夹菜，四个人吃饭吃得相当和谐，纪微紫突然问："洛小姐是哪里人？打算和我们浅凉交往吗？"

"姐，你这是干吗？"

"我这是帮你询问人家的意思，要不你傻傻地栽进去，别人当你是旅途风景怎么办？不过我看洛小姐也是长情的人，否则也不会特意到周庄来看我的演出。罗铭，你说是不是？"

纪微紫的一席话一出，带出了三个人，一是弟弟的感情，不知洛云流是不是出于真心，二是洛云流来看表演的目的到底是什么，最后把问题丢给罗铭，好像预示着已经知道了些什么。罗铭点头，没有接话。

洛云流见罗铭不答，以为他心虚，紧接着问："纪姐姐平时看电视新闻或者报纸吗？"

纪微紫刚夹过一只蟹粉蒸饺，放入罗铭的碗里，笑笑说："我自小唱评弹，活来活去像是活在古代里，新闻、报纸基本不沾。"

洛云流喝了一口汤，轻描淡写地说："我倒是常在报纸和电视上看到罗铭的名字呢。"

纪微紫眼眸一掠，想了一想道："经你这么一提醒，我倒是想起来了，罗铭之前是在报社和电视台做过。不过我喜欢他现在的工作，安逸轻松。"

这一场饭局除了苏浅凉以外，每个人都心怀鬼胎，洛云流有一点点领略到纪微紫的厉害，见招拆招，水过无痕地把她的话给压过去了。

洛云流觉得这并没有结束，她还没有看到纪微紫的疯狂和嫉妒。

于是夜晚的时候，洛云流故意行到罗铭的住所，罗铭开门看到她的时候，目光也是一亮，他问："你怎么来了？"

洛云流侧身进入罗铭的房间，说："哥哥，你是不是忘记云流了？"

罗铭严肃道："你应该回去了。"

"为什么？我们在一起这么多年，我相信你不是对我没感觉的。"

罗铭背过身说："云流，我已经有了爱的人。"

洛云流的心在瞬间有被撕裂的感觉，她爱了这么多年的人，亲口告诉她，他已经爱上了别人。

洛云流暴怒，她不容许罗铭爱上别的女人，她的思维里，罗铭是不能爱上别的女人的，她拉开房间的后门，那里直抵河塘，洛云流对着罗铭大喊："我要以死来证明我对你的爱。"

"你别傻了，没用的。快回来。"罗铭对她说。

洛云流不管，转身跃入水中，她想以死来让罗铭后悔。

可是她并没有掉入水中，她掉在了一艘乌篷船上，摔疼了手骨，扶她起来的人，是纪微紫。

纪微紫说："你以为你这么做他就会记得你了吗？"

洛云流咬住唇，用猩红的眼盯着她看。

纪微紫靠近她，一点点地用目光锁住她："我知道你爱罗铭。你这次来所做的一切都太愚蠢了。"

洛云流一惊，原来纪微紫早就知道她。

纪微紫说："你不必吃惊，你应该早料到我知道你，从你来的第一天，我就知道，有这样盛气凌人的目光的女子，绝不是来看我的表演这么简单。你利用了浅凉，想让罗铭嫉妒，又在吃饭的时候利用话语来让罗铭慌张，你其实很聪明，只不过掩饰得还是不够好。"

洛云流在纪微紫的瞳孔里看到了睿智。纪微紫非常聪明，是高手中的高手，她运用了不动声色、临危不乱、假意逢迎的方式来面对洛云流的到来，而不给洛云流任何机会破坏她和罗铭。

"既然你已知道有我，为何还要和罗铭在一起？"

纪微紫依然笑，那种笑容过尽千帆，她说："因为我和他才是一种人。我们对爱情有共同的认知点。你要的是爱，他无法给你，我要的是生活，如此而已。"

洛云流坐在乌篷船上，看着眼前的纪微紫，她发现她无论怎样努力，都不及纪微紫的通透豁达，纪微紫早已不是凡夫俗子，只有纪微紫才配得起罗铭清寡的一生。

突然感到好累。仿佛她和罗铭这暧昧纠缠的七年，都随着这水的冲刷变得清晰起来。

【今时·离开】

清晨的古镇褪去了静谧夜色，正迎来一片喧嚣，早点的叫卖已经开始。妇人已经开始在河边洗衣，楼房矗立在水中，客人把酒临风。

洛云流顺水而走，她仔细看了看双桥的结构，它们还是像一对恋人般生死相缠，可是终究是死物。

她走的时候没有通知任何人，她在朱家角停留了一会儿，她给苏浅凉的信中写道：谢谢你给过我的美好。

她和苏浅凉短暂的相遇，她和罗铭七年的纠葛，其实都不过在一声道谢中，成为江南的浮景，一掠而过。

回上海后，洛云流随父母移民加拿大。从此隔着一个大洋，再见亦是无期。

她爱过的、为之付出过的、伤过她的人，她会记得，却不必耿耿于怀。

【今时·真相】

浦东机场的另一端，疾步而走的人群里，有两个身影。那是罗铭和纪微紫。

纪微紫说："很心痛吧？养了七年的宝贝，就这样飞了。"

罗铭说："不，我很开心。她的青春才刚刚开始，终于可以有自己飞翔的天空。"

一年半前的春天，洛云流正在上海读大学，她旅居加拿大的父母突然找上门来，他们道出了洛云流十岁走失时他们寻了四年无果，最后旅居加拿大，七年都不曾有所出，这次听到朋友带来的消息，寻着报纸而来。他们要带洛云流去加拿大。

罗铭知道以洛云流的性格，一定不肯，于是他着手安排了一切，先是和洛云流断绝关系，再就传出婚讯，安排纪微紫出场，一切就是这么简单。

纪微紫曾经问过罗铭："为什么找我？"

罗铭说："我看到你，就像看到了一个成长后的洛云流，我想除了你，任何人都骗不了她。"

罗铭在洛云流走后的小房里吹了一曲《春到湘江》，回忆起他从青少年朝壮年过渡的过程，他慢慢地爱上了总是在家里等他给他做饭的洛云流，他曾经想过要给她幸福，带她去一个无人的地方，也想过永远不要离开她。可是爱情终究不是生活的全部，他不能自私地剥夺她刚刚开始的青春和拥有父母的幸福，也不能遏制她的未来或是轰轰烈烈的生活。

他记得她十四岁时明亮的眼睛、乌黑的长发，记得她在他的摩托车后座抱紧他的羞怯，也记得她吻他时候的幸福。而他能给予她的爱，却大概就是在她正值青春的时候放开她，让她朝更锦绣的世界奔去吧。

他握着他曾经送给她的笛子，笛膜已经脱落，竹子也有些许斑点，坐在陪他们一起生活了七年的桌前，像他们以前很多个共处的白天和夜晚一样，吃着"一品香"的青菜包和虎皮凤爪，混合着眼泪，慢慢地，一点儿一点儿地，吞进肚子里去。

# 两生花

爱也是悲，不爱就是痛。悲好了，痛就更深，甚至蔓延到全身，噬骨穿心的疼，伤疤被层层揭开，是我内心深处一个永远无法弥补的伤。

1.花离枝

二〇〇五年，父亲去世。遗留一小笔财产与我。

我开了一家书店，在生花路上。书店分为两层：楼上供人阅读，收取费用，有茶水点心供应；楼下用上好的木头制成精致的书架，摆满杂志、书、画册。

书店的书可借可买，会员制。热门的书籍一应俱全。

生花路上尽是中学、专科及本科院校。开业数天，已经门庭若市。

店里员工是四个样貌美丽的女子。附近学校招来的。她们有不同的样貌，却有一致的特点：嘴角上有小小的梨窝，笑的时候含蓄娇媚。

偶有爱慕的青年前来，还书或借书间便递上害羞的眼神，那般单纯。

我便不忍看见，常常在外流连，把店交由四个美丽姑娘打理，夜晚打烊时才回来算账。

姑娘们都叫我“花姐姐”，我以笑应许。

偶有小孩儿叫我“阿姨”，我胆战心惊。背着包带着数码相机一逃就是半个月。

风霜遮盖了笑颜。我的青春亦不再现。

2.江庆生

其实我能逃离的地方很少，无非就是周边的一些古镇。那些小镇虽被开发，但商铺却仍保留了古时候的样子。古人的浪漫爱情总是能直抵我的内心。

我便在古镇上找寻了一处租借的房子。那样木质的楼。朱红色门面，半掩。似女子欲迎还拒、若有若无的暧昧。

每次到古镇来住，定是要去江庆生的店帮他做门面。

谁叫我租的是他的房子，开始他便让我答应：不收房租，只要我每次回来都到他店里帮忙。

这样合算的事总不好拒绝。

只要我到，他定是笑逐颜开，伸手拥抱我说：“花姑娘，我想念你。”

心里明知是玩笑，伸手就推开他说：“江老板，姑娘来向您请安。”

这一来二去，店中伙计都笑成一团，热热闹闹地聚在一起寒暄。仿佛时光倒退。

初遇江庆生时，在古镇上听一出不知名的戏。四周幽暗，微露浅黄的亮，顶灯点亮了各个楼面，衬托出一种别样的伤感。

我坐一方长板凳，木制，摇着“吱呀吱呀”响，我坐此端，他坐彼端。中间无任何人加入。戏散了后，他折过头来看我，问：“姑娘，可知这曲的故事？”我摇头，起身，他一个重心不稳跌坐在地。

我扬起嘴角微笑，走过去扶他。他的棉布衬衣柔软似纱。他也不恼，起身，说：“能问你的名字吗？感觉你似曾相识。”

这真是一个很老套的问名方式。不过我不介意，盯着他的双目，说：“我的名字，叫花离枝。”

出了院门，隔一条马路，便是小河，河的两旁，柳树依偎，鲜花朵朵。这样三月的天，遍地繁花。

他摇一只小船，开始和我讲戏曲里的故事：“说的是明代一个书生，赶考途中路过此处，便没了盘缠，于是在一家茶楼给人当伙计，与茶楼楼主之女相爱，于是茶楼主人赠予书生盘缠，让他早日考取功名归来。”

“那后来呢？定是他夺魁归来风光迎娶此姑娘？”

江庆生摇头。

讲完后，他看我半晌，眼眸微动，无半丝歪斜之色。而后他拉我上岸，指指对面的茶楼："不知能否请你喝茶？"

如此结识了江庆生。

江庆生的茶庄，祖上传下来的基业，从明清时期开始繁盛。后来渐渐衰败，几乎快成遗址。他的父亲去世，他便辞了工作，好好接管这个祖传老店。一晃便是三年。

他喜欢叫我"姑娘"。在这个江南小镇的茶馆里，这样的称呼似乎理所当然。亭台、水榭、楼阁，促成了江南古镇的特点。

江庆生亦是复古的人，门面做得极其考究，只开出一扇小门，门上印着不知是哪个朝代的凤凰图景。刻工精细，一看就知年代久远。红灯笼高挂，纸做的，上面的仕女图还是他的笔墨，仕女有盈盈的下摆，手执纨扇。发髻绾起，顾盼流连间，烁烁闪光。

茶楼的名字颇得我心——江南西。因为倚靠于西面，故此得名。

他还为我在隔壁的布庄定做了两套旗袍。我分不清什么好坏的缎面，只由得美丽的老板娘拿尺在我身上比量，然后选上最柔软的绸缎。完工后，绸缎上还会绣上精细的牡丹，鲜艳夺目。

我不明白他这么做的寓意何在，只好归结成他有严重的复古情结。

我有时便笑他："江老板若是身在古时，定是令众女子觉得甘之如饴的好才俊。"

他只微笑，递过来泡好的龙井，一小杯，陶瓷杯上有细细的裂痕似的图，仿佛一握即碎。

他从不问我职业。好似在这个古镇上，外面的世界就与他毫不相干。

入夜时分，人来人往。我穿着他给我定制的旗袍，倚在门框上，印有仕女图的红灯笼在眼前摇曳。发髻是绾好的，插上一小朵百合，有时候是金步摇，伸手从发髻的左端斜斜插入，走动时晃得叮当响。

店里门可罗雀，伴随着孤灯残影。打烊的时候，江庆生便把红灯笼取下，点亮，然后牵着我的手，走过一个又一个紧闭的店面，还有小桥、逶迤的路，走回他的主屋。月光下，他的身影是柔和的，安静并且温暖。

这样，很容易让我想起我的少年。那时候，也有温柔的月光。他牵我手，把我从黑暗的房子里解救出来，像一个王子，带我穿过每个肮脏的巷口。

我想我一定是那个时候爱上他的。我生命中第一个带我走过黑暗的男子。

3.麦若蔻

少年的手电筒让我想起麦若蔻。

她是极细致美丽的苏州女子。上大学的时候，她跳完美的国标征服了学院里的大部分男子。

她平日里极爱粉色与蕾丝有关的衣裙。

我第一次见到她，是在阶梯教室里。晚上的课，她坐在我旁边。半眯着眼，拿着最新款的手机发信息。课程要结束的时候，纤纤玉指伸过来，只是柔和地抛下一句："笔记借我抄。"我就如听话的小猫一样双手递上。

她掩嘴笑了起来，说："你这姑娘真可爱，素昧平生的也这般听话。"

我这才注意看她，穿着一身扎染的长裙，染色从绿到白到紫，都是那种渐渐变化的，似一幅水墨画。裙子看似非常柔软，裙边绣了绯红色花朵，妖娆妩媚闪耀，看清了，才知，是玫瑰。

那时大一刚开学没多久，母亲刚刚过世，办完丧事，我面如缟素，仓皇地逃离了那个充满黑暗的地方，孤身南下。

没有朋友，没有爱人，甚至没有亲人。

还患上了一个怕黑的恶疾。

麦若蔻是第一个发现我有此病的人。这不是一般地怕黑，是一种极度的恐惧，如若没有灯光，一切都足以将我吞噬。

她常换着不同的美丽衣裳出现在我面前，与我手挽手同去上课，还买来一个小小手电筒挂在我的钥匙扣上，命令似的叮嘱："一定要随身携带。"

隔月就向系里申请搬来和我同住。

她待我如亲人。好到我自己都受宠若惊。

我问过她原因。

她只是笑着说："我一看就知，你与我是同一类人，脆弱，敏感，渴望爱。"

我们怎么会是同一类人呢？她艳丽，貌美，开心，常乐。而我，平凡，普通，抑郁，谦卑。除了成绩，无一登得上台面。

她心里所想我永远不懂，可是她待我这般好。就足够了。

回到阁楼里，从床头柜上抓出一瓶叫"脉若寇"的香水。是兰蔻的。简单的粉红色瓶子，扁扁的。更深一层印着粉红色英文：so magic（太不可思议）。闻到香味就像若蔻在我身边一样，温暖而清香。

喜欢兰蔻，就是因为它的标志是玫瑰。开放在每个爱美女子的脸上，明艳动人。

我便闻着香味，沉沉睡去。

梦里不知身是客。

4.粉红回忆

我又开始思念起麦若蔻。

想念她的眼角弯弯的妖娆的笑，嘴角边的小梨窝，和她一套套与粉色有关的行装，以及粉色的蔻丹、粉色的小发簪、粉色的衣裙、粉色的高跟鞋。

就连第一次和苏暮表白，都不能避免粉色。布料上等且非常透明，用了雪白丝线绣花，绣多了便又不那么透明，若隐若现，自胸以下敞开，像小仙女，非常动人。

苏暮是学院里第一个俘获麦若蔻芳心的男子。像麦若蔻这样美丽的女子，光华是盖也盖不住的，总会有许多前赴后继的追随者跟在后面。

可是，越是这样，麦若蔻就越不喜欢。

她单单喜欢上了苏暮那样一个只会读书、成绩永远比任何事都重要的书呆子。

麦若蔻几乎是在众人面前宣布此事的。

在图书馆的门口，她拦住苏暮，镇定而从容地问他："可以做我男朋友吗？"声音是那样笃定且坚定不移。

苏暮只是把眼镜往鼻梁上推了推，慢条斯理地说："我回去想想。"

过路的行人纷纷停下，听到这样的回答，又鸟兽般散去。有批评，有赞叹，有惋惜，也有不屑。但每个人都在等苏暮想后的回答。

三天后，苏暮给了麦若蔻明确的答复。那就是好的。

麦若蔻一脸欢喜。回来便抱着我欢天喜地地喊："宝贝宝贝，他答应我了。看吧，这个爱情，有时候是需要勇气的。"

我笑笑，说："宝贝，那你要好好地对待这段爱情。"

但如今，这些都是回忆了，是一些陈年旧事了吧。

5.柳梦寒

有时想江庆生。就打包些衣服，乘着最后一班列车跑到古镇上去找他。

书店里的每个人都知道我喜欢乱失踪，不去个十天半月是不会回来的。没人知道我的去处，都认为我是去会情郎。像我这样二十五岁，算是一大把年纪的女子，这是再正常不过的事了。

到古镇已是傍晚。我先回屋换了一身旗袍，然后对镜贴花黄。整个人都有了妖气，铜镜只映出泛黄的面孔。头发只稍稍地向后拢起，玫瑰色发卡卡住一小部分的头发，丝丝绕绕，牵扯不清。

我踩着细步走到江庆生的店，一如既往的冷清，却没在柜台后见到江庆生本人。

有店员过来说："花小姐，我们老板带着客人在里间说话，一会儿就出来。"

我说："没事没事。这又不是第一次来。"笑容都有点儿僵硬，不知何故。

我便自己从厨房里端出细软的糕点，小小，嫩黄，四方形，一口气吃了四个。再想喝茶的时候，江庆生便夺了去，责备地说："都和你说了喝茶不能这样喝，那和水有什么差别？"

我噘了嘴抱怨："凶什么凶啊！我一来你就凶我。以后我不来了……"

话还没说完，就看见江庆生的身后站着一个穿粉红色衣裳的女子。她的衣服是那种荷叶领，开一点点口，木扣子由小到大排开。下摆有点儿卷起，却是点睛之处。她的嘴角边亦有一个小小的梨窝，不深，却足够迷人。

若不是她样子年轻，我差点儿误以为是麦若蔻。

那女子抢先一步走过来，挽住江庆生的手，笑靥如花地说："花姑娘好，我是庆生的未婚妻柳梦寒。"

连名字都这般飘逸。

江庆生，难怪你对于爱情一直如此笃定。原来，一切早已有了定案。

我支起了笑容道："你真美。江庆生好有福气。"

江庆生站在一旁，一句不多言。只是看我，似乎要看透。

终于是这样。每个人的一生，都必经这一路，才算一辈子的吧？连江庆生这样不问世事的人都不能免俗。

夜真是长。长到一生一世都过不完一样。

打烊的时间，江庆生收下了灯笼，把握柄放入我的手中说："你今天自己回去。我送梦寒回家，离我们这两条街，柳氏古玩店。"

原来这家古玩店是柳梦寒家的。想必两个人从小青梅竹马，两小无猜。

我颔首："我又不是小孩儿，可以自己走。"

柳梦寒的手紧紧攀住江庆生的手，似乎宣示归她所有。

我目送他俩离去，站在紧锁的门前，凉意从脚到头升起。这一条老街，飘荡着被人丢弃的塑料袋，白色的。每家店的门都带着阴森恐怖的气息。我开始怪自己为什么要换了这一身旗袍来，手电筒却没带在身边。这样一个红灯笼，原来根本不能照亮前路，原来我一直在依恋着江庆生的牵引和他手上传来的热量。

很大的风，猛地吹落了手中的灯笼，呼的一下，唯一的光亮也灭了。我更加不敢前进，站在茶庄的门前，害怕非常。

我想起曾经隔壁家的少年，在我大声哭喊救命的时候打破了窗子，带我走了出去。他握着我的手穿过一条又一条的街道，他带我去吃小馄饨，把他的围巾裹在我冻红的双腿上。他是我生命中出现的第一个王子，在我听过的童话里拯救公主的王子，英勇无畏。

那样，我就爱上他了，爱上他的温暖，爱上他温润的眼角。

可是现在，没有人来为我引路。没人带我走过黑暗走向光明。我就这样被人丢弃在城市的角落里，我痛苦，我害怕。我蹲在地上，掩面哭起来。歇斯底里地大哭。整条古街都回荡着我的哭声，再一声一声地传回来。

有人把我从地上抱了起来。我止住了哭，抬头看他。

江庆生。

"你怎么搞的，不是说自己可以回去吗？怎么一个人蹲在地上哭，不知道的人还以为闹鬼了。"江庆生边说边抱着我走。

"你怎么回来了？不是说送你未婚妻吗？"我拿着熄灭了的灯笼问。

"我就知道你总是状况百出的，不放心就返回来看看。没想到大老远就听到一个人哭得那么难听，就知道你没走了。"他的口气是无奈的。

我的心立刻就温暖起来，把脸埋到他的臂弯中，有些开心地笑了。

整条街上的红灯笼在风中摇曳，加上江庆生的怀抱，一切都是温暖的。

## 6.寂寞长夜

古镇的日出时分，江庆生便起床了，端坐在大厅中品茶，藻绿色的棉布衣服在清晨的第一缕晨光中放出碎裂的光来。他的眼神是寥落的，看不见未来。

我睡眼蒙眬地踩着拖鞋重重地踏着木梯下楼，倒杯开水大口大口地喝。

江庆生说：“我准备结婚了，你是否要来喝我的喜酒？”

我大声地咳起来，水呛到气管，说不出话。

他走过来，低下身，温柔地拍我的后背：“真不知道像你这样的姑娘，以后谁能照顾好你。”

我的眼睛有点儿酸涨，红着眼眶看着他。我说：“是啊，没人会喜欢我这样的姑娘的。”

有稀疏的鸟叫传来。新的一天尾随而至。

柳梦寒在茶庄里俨然是一个女主人的样子，她张罗着清冷的店，想出层出不穷的点子，还打算找人来重新装修茶庄。

江庆生什么也不说，由着她闹。我便对茶庄失去了兴致，终日在茶庄附近的布坊里呆坐，听老板娘叙述往事。

断断续续知道了柳江两家的故事。两家在很早以前便是世交，在镇上当时是出了名的。两家的长辈为了亲上加亲，小时候就给他们定了亲，有交换东西为证。但这个柳梦寒到外地读完大一后就闹着说要解除这种世俗的婚约。双方父母都不同意，意见闹得很大。

没想到江家当家的突然就去世了，江庆生接管了家里的祖业，不到一个月的时间便上柳家把这门婚事给退了，连当初交换的信物也一并换了回来。

从此两家就没有瓜葛了。柳家姑娘也很少回来，想必是自觉理亏没脸再回来。

老板娘说到这里，就絮叨起来，不停地说："你不知道，这两个人小时候多好呢，江庆生可是见不得她受一点儿委屈。谁欺负她了，江庆生就和他打得头破血流。"

"既然如此，那姑娘为何又改变心意？"

老板娘叹了口气，默默地离去。

其实这中间的曲折我大致能猜出一些，定是这姑娘爱上了别人，才抛弃了小时候的婚约。

可是如今，她回来了？她终于发现了江庆生的好，于是又回来了吗？

我坐在冰冷的石桥上想这个问题。湖水清澈，碧波荡漾，我的倒影立在水的两侧，是寂寞，也是寥落。

江庆生就在我的身后，为我披了一件青色的长袍。

他说："离枝，你不用想太多，只要静静地等着喝我的喜酒便可。想多了，只会伤了身体，得不偿失。"

我看着眼前这个男人。无论遇到多大的事情他都是处变不惊的，没有丝毫的波澜，沉静得不像世间人。

我轻笑着说："有时候觉得你好像已经死了一样，没有事可以引起你的情绪变化，你总是平静，像没有灵魂的躯体。"

他手拎着那个挂在店门口的红灯笼，透过层层夜色，看着我。眼神辽阔。

我走上前去，看着他，似玩笑般地问："庆生，如果我爱上你，你会娶我吗？"

问出这样的话，自己都觉得奇怪和好笑起来。

他不语，只摸索着从怀里掏出一个玉镯子，执起我的手细细地套到手腕上。然后伸手紧紧抱住我，空气中有些湿濡的气。他说："离枝，如果你真的爱我，我会娶你的。一定。"

玉镯通透碧绿，还泛着晶莹的色泽，冰凉透骨。我瞬间惊怵，慌乱得说不出话。抢过他手中的灯笼，沿着路，大步地跑开。

寂寞长夜，无人的荒园，我的心空空如也。爱也是悲，不爱就是痛。悲好了，痛就更深，甚至蔓延到全身，噬骨穿心地疼。

何来爱，又何以不爱。从得知少年死亡的消息的那一刻开始，我便不再去爱任何人。

少年是我年少时的一个梦。在那个只有黑暗的世界里，少年是唯一的光亮，唯一的神话。

而他却死了。如同我的父亲母亲，如同一个个身边的仅有一点儿关系的人一样，突然地，在这个世上消失了。甚至没有留下什么。

我的心就此空了，用什么都填补不了。

收拾好了在古镇里的所有东西，装进包包中，在清晨离开。

我把江庆生为我定制的旗袍整齐地叠放在床边。

江庆生，最后，还是我来和你道别，感谢你如儿时的少年那样给我温暖，带我走过黑暗。

一切都已定。从此，我会离开你，离开这个小镇。我不想参加你的婚礼。我自始至终，都是一个过客，路过，喜欢，停下，再离开。

我的眼角有泪水滑落。古镇上，有人在放《春江花月夜》，缠绵，悱恻。而我，却要离开。

在关门转身的瞬间，柳梦寒蓦地站在我的眼前，她笑着看我，用一种我从未听过的声音问道："你要离开了吗？"

……

7.命运纠葛

回书店后，我知道的第一件事是我的两个瓷花瓶被人打碎。每个人都知道我将这两个花瓶视为珍宝。

出事的缘由是一位貌美姑娘来找伊凌落，当时书店正好只有他一个人在，还没到开店时间，只是刚拉开了门。

而后不知姑娘为了何事与伊凌落争吵。争执间，不慎将花瓶打碎，成了一堆残片。

我头都大了，对着伊凌落一字一顿地说："你走吧，我们店请不起你。"随后便把他的包和东西从二楼的窗户扔了出去。

我不想再对任何男子用一点点的情，不是爱情也罢，总之，是不要了。

伊凌落不走，把东西收拾了，站在门口。

有姑娘来求情，被我打发走。我早早地关了店门，自己坐在二楼小房间里的床上。

小房间很干净，一张床、一个书桌和很多的泡面。书桌抽屉的一角有点儿敞开，露出一截纸片，我用力地向外扯，扯出一张美术纸，一幅人物素描。是一个美艳女子，笑容迷人。最美的是她的嘴角有一个小梨窝，说不出的风情。

我将画放下，下楼去，把门打开，伊凌落果然还站在门口，他的瞳仁漆黑，泛着透明。

我说："你进来吧，我们要好好谈一谈。"

我便又上了楼。他在我身后跟着。

我坐着，把画放到他的面前，然后缓缓开口道："你现在是不是可以告诉我，你和麦若蔻到底是什么关系？"

怎么会和麦若蔻有关呢？连我自己都觉得是一场戏剧，剧中所有人都有瓜葛，全部纠结成一团，你系着我，我离不开你，相互衬托，相互维系。

可生活中怎么也会出现这样的情节？伊凌落居然是麦若蔻毫无血缘关系的弟

弟。而伊凌落深爱麦若蔻，等来的却是她坠机身亡的消息。

伊凌落的眼睛里流出了很多很多的眼泪，他对我絮絮叨叨地说：“你知道我第一次见到若蔻的时候就爱上她了吗？我那时还天真地想她妈妈嫁给我爸爸，她也会嫁给我。我那么爱她，那么爱她。她居然爱上了别人，和家里闹翻了，与那个男人一起走。结果飞机就失事了。她真是个笨蛋……”

我听不下去了，捂着耳朵喊：“那你来找我做什么？又不是我害死她的。”

他一个箭步走上来：“谁说不是你害死她的？就是你！你难道不知道吗？苏暮那个臭男人一直就不爱若蔻，他爱的是你，可是你竟让他好好地去爱若蔻，那个笨女人知道了居然一点儿也不介意，还要背弃家庭和他在一起。如果当时你不是那么大方，他们最后也不会走到无法挽回的地步！”

伊凌落的话一字一句地敲打在我的心上，像一把利刀，割遍我身上的每一寸肌肤。

伤疤被层层揭开，是我内心深处一个永远无法弥补的伤。

麦若蔻爱苏暮，苏暮爱我。在麦若蔻向苏暮表白的第二天我才知道。

他来找我，他叫我的名字，他说：“离枝，我是爱你的。”

我只是蹙眉，冷冷地和他说：“可是我并不爱你。你应该好好待麦若蔻。”

这是我对苏暮说的唯一一句清楚的话。一字一句，我牢牢记得，今时今日都不能忘却。那天的夕阳染红了半边山，云霞满天，覆盖到我们的头顶上空。苏暮露出痛苦的神色，他说：“难道你对我真的一点儿感情也没有？”

我看着他，坚定地点点头，说：“没有，一点儿都没有。”而后，转身，离开。

三天后，苏暮和麦若蔻在一起了。众人欢喜。我也站在人群中微微地笑，轻微渺小的。

我更加不知道，这一幕原来麦若蔻一早便知。

伊凌落伸过手来掐我的脖子，他的样子狰狞恐怖，我不小心按到了电灯的开关。突然没了光亮，楼房里一片漆黑。江庆生送我的玉镯在手腕间滑动。我死死地抓着墙板，喊不出一个字来。我要死了吗？我不知道。

一切都是黑色的，颈间的力道越来越重，我喘着气，呼吸渐渐困难。失去知觉。

8.真相大白

醒来时一片白色，江庆生的脸在我眼前放大。我摸了摸脖子，很疼。

江庆生抱住我，哭了起来："你没事……没事就好。"

我突然觉得他的臂弯很温暖，比年少时的少年还让我感到温暖。

我问："我怎么会在这儿？我不是死了吗？伊凌落呢？"

"警察把他抓了，在做笔录。那小子想掐死你。幸好我看到灯灭了，上去看看你怎么了。"

我惊讶地瞪着眼睛："你怎么知道我住在哪儿？"

"我跟踪你啊。你以为你一大清早离开我不知道吗？我听完你和梦寒的对话，真快震惊死了。你怎么会收了一个这么可怕的人在店里做事？还好我不放心，一路跟踪你，等你等到晚上，看到那小子和你一起进了书店，我担心得半死。"

我从未见过他有这样的表情，那么害怕，像是得了失心疯。

有医生进来，帮我检查身体，并对江庆生微笑着说："江医生，她没什么大碍了，先前是惊吓过度，现在应该没事了。"

"江医生？"

江庆生笑着说："小林，谢谢你。可是我已经不做医生很多年了。"

医生笑了："以前工作的时候叫习惯了。"

"你是做医生的？"我问。

他点头，医科大硕士毕业。

……

空气有些温暖了。因为我看见江庆生和少年一样温暖的笑。

9.千头万绪

故事从一开始就是曲折离奇的，让人猜不透结局。

伊凌落是麦若蔻毫无血缘关系的弟弟，他爱麦若蔻，从小开始。

麦若蔻却不知，她爱上了苏暮，家人坚决反对，她便与苏暮一同去往苏暮的家乡。不承想，飞机中途失事，全机坠毁，无一幸免。

柳梦寒当初的悔婚是因为她在上大一的时候遇上了伊凌落，爱上了，不能自拔。

伊凌落会接受柳梦寒，只因为她像极了麦若蔻。粉色的衣裳，自嘴角蔓延的笑容，以及深深的梨窝。

江庆生从小与柳梦寒在一起，爱上是自然的事，可是无意强求，于是辞了工作回到小镇上。

而我，却是这场闹剧的起始，如果我开始就接受了苏暮的爱，那么苏暮便不会与麦若蔻在一起，那么麦若蔻就不会死或者还会爱上伊凌落，那么便断了柳梦寒的念头，那么她就会乖乖地等待毕业回到家和江庆生在一起，那么江庆生也不会痛苦了那么多年……

有那么那么多无法预见的“如果”，构成了这出戏最后的终结，就是无一人获得幸福和安生。

一切由爱引起，却由悲落幕。

而这些“如果”，其实说穿了，无非就是人们自己的借口，只不过心中的怨念不消就归咎到别人的身上的借口。

可是，谁又能预料到结果呢？人总是胜不过天的。

我去公安局销了案，伊凌落被放了出来，并买了去苏州的车票，我和江庆生送他上车。

我想他有一天会明白，人的死，并不是由于某个人，而是命里的定数，一切都是上天早早安排好的。

他在上车前从包里拿出一个厚厚的笔记本给我。他说："这是若蔻的日记本，你收着吧。这是她大学四年的所有回忆和记录，以及她的友情和爱情。"

我接过，抱在怀里，点头说："你做的饼干和奶茶真的很好。我会想念的。"

他看了我许久，然后说："对不起，离枝。"

我拍拍他的头，说："走吧，美少年。苏州的美女在等着你呢。"

他笑了起来，看了看江庆生，说："他会治好你怕黑的恶疾的。"

江庆生搂过我的肩，保证道："会的。一定会的。"

火车开动，车厢撞击铁轨的声音带走了一切喧嚣。

10.两生花开

古镇一切都没变，古楼，小桥，湖塘，木船上船娘唱着歌摇着桨，有人叫卖糕点，有游客成群参观，偶有外国人，我就自己申请做免费导游带他们参观，再带他们到江庆生的茶庄品茶。

他们说我的旗袍好看，我就笑，轻轻地，玉镯在腕间来回晃动。

我也是后来才知道，这原来是江庆生家传的儿媳信物。

柳梦寒不知去向，有人说她去了苏州，有人说她去了外地工作。不得而知。

江庆生常在房子里放乐器弹奏的曲子给我听，极其舒缓。他的笑容缠绵，温暖而柔和。

而这故事总有一些地方是人们不知的。

比如我记忆中的少年便是苏暮。他自幼便与我住在同一个大院内。只是他十岁那年搬迁，而后，我四处打听他的下落，终于知道他考的大学。于是次年也考上同一所大学，再等待适宜的时机与他相爱。

可事事总是不尽如人意。麦若蔻的出现使我放弃，不再续起年少的情。

然命运作弄，这样痛苦伤心，结果却并非圆满。

我们都在狠心欺骗自己欺骗爱情，想取得表面完满，终究无法两全。

我问江庆生："你是何时爱上我的？"

他笑，握起我的手放入掌心，轻述道："就在第一次你让我带你回房子的夜里，我点着红色灯笼，握住你的手，穿过一条一条的街，越过一座一座的桥。你站在我的身边，我的心没来由地安定，于是便爱了。我发现原来这样的才是真正的爱。对梦寒无非是一种牵扯和放不下。可对你，就是关心、爱和呵护。你像一朵花，极易凋零，需要细细保护。"

我望向窗外。想起在读大学的时候，听麦若蔻说爱情，她说："爱情就像一朵花，有两种生命。爱对了，就开出明丽的颜色；爱错了，就瞬间枯萎。"

那时候，阳光照在她的脸上。她嘴角的梨窝深陷，笑容蔓延到全身。宿舍的桌上放着男生送的一束玫瑰，粉红色，有的花苞还没开，花苞上有水珠，我伸手摘下的时候被刺扎了手，血涌了出来，滴在花苞上，瞬间开成一朵娇艳的花。

我把我的书店换了名字。用漆黑的木炭笔在木板上重重地写上了店名：两生花。

三个字，铿锵有力。

# 305，路过**红枫路**的蓝天

我侧过头去看，红色的枫叶落得到处都是，蓝天被衬得分外透亮，让人特别沉迷。我心里是有惆怅的，惆怅我的那片蓝天什么时候才能真正透亮。

1. 305上的蓝格子男生

不知道有没有人，比我更爱海桐城的305。

在靠近世纪大道的东面，是它的起始站，那里停着贴满广告的305。碧蓝碧蓝的漆，光亮如天空的颜色，是全城最漂亮的风景。

莫东城完全不理解我的想法。他说："蓝朵朵，我也坐过305，我怎么从来不觉得它漂亮呢？"

我不解释，拿一根香草味的棒棒糖塞进嘴里。

莫东城这个粗俗的男生，怎么会知道我的305每天都会载着一个比《宫》里面的律还要像王子的男生呢？他不知道，我也没兴趣告诉他。

我的305。在每天早上经过红枫路的时候，都会上来一个穿蓝色格子衬衫的男生，白皙的皮肤，微黄的头发，有很漂亮的眼睛，戴一个"苹果"的MP3（播放音频文件的袖珍型电子产品）。坐在后排靠窗的位置，看一份《晨报》，偶尔微笑，笑容像天使一样明亮，仿佛周围的事物都黯淡无光。

从我开始搬到这个气候潮湿的小城开始，红枫路就成了我最爱的地方。似乎连天也随着变蓝起来，处处流溢着透明美好。

而莫东城却总在我抱着幻想憧憬的时候给我浇一大盆凉水，他拽着我新扎好的辫子喊："蓝朵朵，你最近怎么这么矫情，人也扭扭捏捏的？"

我拿眼睛狠狠瞪他，我说："莫东城，你别动手动脚的。"

他站在原地片刻："动手动脚？对你？拜托，谁打得过你啊。"

我随手抄起手里的另一根棒棒糖冲他丢过去："莫东城，你这个坏家伙。"

惹来他一阵坏笑。

2. 莫东城说他认识美少年

莫东城是我转来七中认识的第一个朋友。说话直白搞怪，人高马大，却古灵精怪，深受老师和同学喜欢。

这些，都只是交代，并不是重点。我的重点，只有305路公交车上的蓝格子男生。

我注意他很久了。

他每次上车，嘴角总是微微上扬，似乎准备随时微笑。手插进裤兜里，腿很直，个儿不高，却挺拔得像棵小树，他的书包是深蓝色的。他和我一样在终点站下，却是朝另一个学校的方向走去，背影有一些冷，也似乎从不注意周围的事物。

我第一次，这么认真地观察一个人，每天认真地把他写进小日记本里，牢牢地锁上。

有时候喜欢只是一个人的事，简单且美好。

莫东城约我周末去看他和外校的手球比赛。赛场设在本校。

这是一种源于德国的球类项目。起初莫东城是因为它可以让自己在中考成绩上加五十分才报的，但高中之后越发热爱这项运动，就一直没有放弃。

他用了十根"徐福记"的棒棒糖才使得我去捧他这个场。在周日，坐上我心爱的305，去学校的大型体育馆。

车子路过红枫路的时候，我侧过头去看，红色的枫叶落得到处都是，蓝天被红色衬得分外透亮，让人特别沉迷。

很多人一窝蜂地拥了上来，也有那个穿格子衬衫的男生。不过第一次，他的旁边站了一个大眼睛的小姑娘。小姑娘腼腆羞涩，男生看她的目光充满了怜爱。我下意识地缩了缩肩膀，想把自己藏起来。

他把靠窗的位置让给女孩，把他的耳机分给她一半，美好得让人嫉妒。

下了车，看到莫东城。他黝黑的皮肤暴露在空气里，没有一点儿美感。他手抓一大把棒棒糖，冲我挤眉弄眼："朵朵，你真的来了？"

蓝衬衫男孩从我身边走过，看到莫东城就停了下来。莫东城看了他好半天，然后大喊："袁书寒。"

我吓了一大跳，把要奚落他的心思收了回来，直直地看着眼前这两个人。

莫东城说："不会是你们学校今天和我们打比赛吧？"

那个叫袁书寒的男生笑了："对啊，就是我们学校来你们学校打比赛。"

"真巧真巧啊。"莫东城就和别人寒暄上了。

我扯他的衣角说："要比赛了，别啰唆啦。"

他"噢"一声，把糖塞我手里，顺口胡诌："这是我女朋友蓝朵朵。一个恶女。"

我还来不及一掌拍过去，他就溜进体育馆里去了。

袁书寒看着我，说："你是不是每天都坐305上学？我见过你。"他说这句话的时候脸上闪过微微的浅亮的光。

我平时对待莫东城的蛮横瞬间消下去，轻轻地点头说了一句"是的"。

3. 莫东城说他知道305和那个男孩

那场比赛，我们学校以两分的优势取胜。莫东城得意扬扬，拿着新收的一大堆情书在我面前炫耀。

他继续"嘿嘿"两声开始说有关袁书寒的事。我说："关我什么事呢，要告诉我？"

他说："你别不承认啊，我都知道啦。305公交嘛。"

我气急败坏地站起来，朝外面走去，像一个被人戳穿坏事的小孩儿。莫东城一路追出来，迎面撞上隔壁班的班花周玲玲。

美女丝毫没有怪他的意思，只是微笑着跑开了。

我说："莫东城你当心点儿，看来美女对你有意。"

他耸耸肩膀，没有任何表示。

再坐305。袁书寒会主动和我打招呼。却没有其他话。他依旧坐他的老位子。有时候他会摘一片枫叶放在手上把玩，目光飘得很远，似乎在想什么事情。

我微微地闭上眼，感受高三的紧张气氛砸到自己面前。我的书包里是厚厚的重重的高考复习书，沉甸甸地把我的心压下去。

4. 周玲玲和从天而降的糖醋小排

第一次段考结束，我的成绩掉得离谱。莫东城臭着一张比我妈还严肃的脸找我谈话，他指着我文综卷上那些乱答一气的部分说："蓝朵朵，你到底想不想高考了？"

我自知理亏，乖乖地坐在位子上把错题认真地写了一遍。

莫东城这才笑眯眯地收起严肃脸孔，像摸小狗一样摸了摸我的头，说："你乖乖高考啊，我帮你搞定袁书寒。"

"搞定什么啊？"我问他。

"你还装？我知道你喜欢他。放心吧，我会帮你的。"莫东城帮我削一支2B铅笔，嘴角舒展微微笑着。

还没等我辩白，班主任就把他叫去了。我坐在座位上，第一次觉得莫东城是如此愚蠢。

放学，去学校食堂吃饭。小碗的香菇汤加一份糖醋小排，这是我的最爱。可惜去得太晚，都被别人打光了，我只好很遗憾地打了红烧狮子头，闷声不响地坐到角落里。

莫东城像幽灵一样飘到我面前，然后糖醋小排从天而降，落得我满碗都是，我惊喜之余不忘问他：“这小排里没你的口水吧？”

他正要张口回答，隔壁班班花周玲玲像糖醋小排一样出现了，笑盈盈地看着我说：“蓝朵朵，我真羡慕你。刚才年级主任和我们说数学竞赛的事，莫东城居然说他有急事先走了。原来是急着来帮你打糖醋小排。”

我突然有点儿不好意思，说：“莫东城，你原来这么关心同学。我刚才真是以小人之心度君子之腹了。”

莫东城干咳两声说：“别把我说得那么伟大，我刚才说有急事其实是我想上厕所，并不是为了帮你打糖醋小排哦。”

他说完这句话，我刚才一瞬间涌起的感动立刻消失，低下头狠狠地吃着碗里的饭。我想那样子一定很狼狈。

5. 谁是真正的傻小孩儿

有时候，我比谁都痛恨莫东城。他总是让我下不来台，总是让我很难堪，总是让我露出我最狼狈、最失态的一面。

还好我没有考虑喜欢他，否则我一定会痛哭几天几夜。

我喜欢的，是305公交车上的袁书寒，笑一下就如天使般好看的男生。

每次305经过红枫路的时候，我都习惯性地抬头去看那里的天空，蓝得可以让心情变好。

于是莫东城决定带我去袁书寒的学校逛逛，在他的数学竞赛前三天的傍晚。我们收拾了书包准备出发。正巧在门外看到周玲玲抱了几大本书走来，粉红的蕾丝裙子，大朵的蝴蝶结，漂亮极了。

莫东城向她打招呼：“美女。”

周玲玲笑了一下，把手上的书都给了莫东城：“这些都是数学竞赛的参考资料，你抓紧看看，说不定有帮助。”

莫东城皱皱眉头：“我没打算拿第一，保送资格让给别人吧。”

我这才知道考第一的人有保送的资格。

周玲玲说：“你真没大志。不管你看不看，反正书你得拿去。”

美女貌似有些生气，走的时候头也不低一下。我指着莫东城：“看来周玲玲对你特别好。”

他把眼睛眯起来笑：“你酸什么啊？”

我打他，酸你？有必要吗？接着昂首阔步地走在前面。

莫东城抱着大本的书跟在后面哇啦啦地乱叫，我大骂他：“重死活该。”

在离隔壁学校三米远的地方，就看见袁书寒和上次那个大眼睛小姑娘一起出来。莫东城要上前，我却拉住他，躲到转弯处。我说：“算啦算啦，多无聊啊。人家和我也不熟。”莫东城把手上的书一股脑儿地塞进我怀里，像个兄长一样敲我的头：“蓝朵朵，你让我说你什么好？”那个表情既生气又无奈。

我笑了，蹲在地上，把手上的书依次排开，然后我低下头，小声地说：“莫东城，你这个傻瓜。”

莫东城抓住我的辫子喊：“蓝朵朵，你嘀咕我什么坏话呢？”

我“哼”一声：“我说你这个傻瓜，数学竞赛一定拿不到第一名。”说完后我咯咯地笑，感觉舒心极了。

莫东城白了我一眼：“你这个傻妞，怎么会明白聪明人的悲哀呢？”

## 6. 我心里的那片蓝天

数学竞赛的结果很快就出来了，隔壁班的周玲玲拿了第一名。莫东城低了她两分，第二名，与保送资格失之交臂。

老师惋惜地在课上说：“真可惜呀。”所有同学都对他丢去同情的目光。可他丝毫没有难过，冲我露出他洁白的牙齿，笑得比谁都好看。

我无比内疚，因为之前我“诅咒”过他拿不到第一名。所以，我也有一部分责任吧。可是找不到什么话来安慰他，只得非常厚道地捐出了我的五根阿尔卑斯棒棒糖哄他。

他一边剥糖纸一边说：“傻丫头，这有什么呀？我才不稀罕什么保送资格呢。我要留在海桐。”

我说：“海桐有什么好呢？我来了一年，只觉得蓝天和枫叶很漂亮。”

莫东城抬头看我，时间定格了许久之后他说：“你不是一直很喜欢海桐吗？为什么不留下来？还有你的305上的帅哥。这些不都是你想念的吗？”

我一时竟说不出话来。我碧蓝无比的305公交，俊美无比的美少年，漂亮无比的红枫叶，这些都是足以让我留下来的理由。

可是我心里是有惆怅的，惆怅我的那片蓝天什么时候才能真正透亮。

7. 关于粉红色的情书事件

没有人想到，隔壁班班花周玲玲居然会给莫东城写情书。在这个全校都误以为我们是“一对”的时候，周玲玲的情书像一枚炸弹一样爆炸在我的眼前，让我措手不及。

开始的时候，周玲玲来找我，开门见山地问我是不是莫东城的女朋友。我说：“你开什么玩笑，我们的关系一直非常纯洁。”接着那姑娘就头也不回地消失在我的眼前。

结果第二天，莫东城就收到了这样一封粉红色的号称“情书”的东西。

莫东城无奈地望着我问：“怎么办？我不敢看。”

我说：“看吧，说不定是题目讨论。”

他完全无奈，说：“蓝朵朵，怎么有人可以蠢得这么彻底。”

我说：“好啊，你说我蠢，那我帮你看信？”伸过手就把信拿过来一把拆了。

首先感慨了一下她的字体，人如其字啊。然后才是内容。什么？第一句竟然是，我问过蓝朵朵了，她说她不是你女朋友。她怎么可以这样出卖我呢？我又看第二句，更让我瞠目结舌，她直接切入主题，既然这样，你做我男朋友吧，我已经放弃了保送资格，考哪里都可以。

短短两句话，把事情说得清清楚楚，一副“磐石无转移”的架势。

莫东城臭着一张脸说：“你，你，你怎么可以这样出卖我？”

我向后退几步，说：“我出卖你什么了啊？”

他在我面前来回走了三圈，最后还是忍不住说：“在那种危险的情况下，你应该骗她说你是我女朋友哇！”

我噘嘴：“哼，你又没和我对过台词，谁知道你要怎样？”

这场关于情书的事件，在我们的拌嘴中，不欢而散。

8. 我只要你一直对我好

我照例坐305，在高考将至的初夏。穿白色的校服衬衫，格子裙，看着车子慢慢开过红枫路。

美少年依旧上车，依旧对我微微地笑，我偏过头去，看光秃秃的枝干，却没有任何的喜悦。

莫东城和周玲玲的关系似乎变好了，他们有说有笑，晚自习她也跑到我们班来和莫东城研究数学题。我有点儿恼怒，也不知这些恼怒从何而来，我赌气地不理莫东城，赌气地不吃糖醋小排，赌气地把会的题都做得乱七八糟。

第二次模拟考试的时候，留了大片大片的空白，我第一个交卷，穿着粉红色的长裙招摇地路过第一考场的教室。

老师在放学后找我去谈话，我低头，什么话也不说。老师拿我没办法，说：“蓝朵朵，别耍小孩子脾气，以你的成绩考个二本是没问题的。千万别自毁前程啊。”

我在老师的无奈叹息声中走出了办公室，教学楼的风微凉，我慢慢地走下楼去。

走到二楼的时候，我就看到了莫东城。他朝我走过来，拽着我的胳膊说：

“蓝朵朵，你发什么疯？”

我甩开他的手，说：“你才发疯！”

莫东城在我后面跟着我，亦步亦趋。天色渐渐黑了下来，我突然觉得自己找不到路。

我站到学校唯一的一棵枫树下，恶狠狠地转头看着莫东城说：“别跟着我，我不要你管我。”

莫东城三两步走到我面前，抓着我的肩开始咆哮：“蓝朵朵，你这个人怎么喜怒无常成这样？你喜欢糖，我给你买糖；你喜欢小排，我每天早早地帮你打；你喜欢袁天寒，我也想办法帮你追；你不背书，我就天天督促你。你现在来和我说你不要我管，你说你，你到底想要怎样？”

晚上，学校的路灯只落下斑驳的光，打在莫东城的身上有一种威慑的力量。他的手放在我的肩上，几乎要把我摇碎。

我第一次，非常非常安静地看着他，第一次，非常非常认真地说：“我不想怎么样，我只想你对我一个人好。”

9. 美少年，与爱情无关

谁都以为我喜欢305公交车上的美少年，其实我喜欢的一直都只是把我从枫树下拉起来的莫东城。

在高考结束后的第三天，和我一起坐上305，听我从头和你们说这个故事。

让我们把时光倒退到一年前。我刚搬到这个气候潮湿的城市。失去朋友，脾气暴戾，讨厌这里动不动就下雨的天气，终于有一次成了离家出走的小孩儿。

我蹲在红枫路的树下哭，歇斯底里，雨水哗啦啦地打在我的身上，我的头发乱七八糟地包围了我的脸，我像一个彻底的疯子。

是一双温柔的手拍了拍我的头，给我打了一把伞，他的声音那么温和，他说：“小妹妹，下雨了，快回家吧。”

我不理他，低声抽泣。

他一把拉起我的手，说："听话呀，这里坏人很多，很容易把你拐跑的噢。"

我站起来，透过头发的缝隙看了他一眼，在滂沱的大雨里有一双明亮的眼睛，蓝色的格子衬衫，我转过头跑掉了。

直到在学校里再次遇到他，并且做了朋友、知己。

这个人，他叫莫东城。

这些的这些，都和美少年无关。只不过看到美少年，可以记起初见莫东城时的美好。在喧闹的雨里，慢慢渲染的宁静。

与爱情无关。真的，无关。

10. 永远停留在初见时的天空

后来，我和莫东城都留在了海桐。不同的学校，相同的天空。

终年潮湿温润的海桐啊，成了我最后的归属。

我吃遍了各种口味的棒棒糖，留下了许多歪七扭八的糖纸，装进透明的玻璃罐里。等到玻璃罐装满的那天，正好，是莫东城的生日。

我抱着玻璃罐像抱着心爱的娃娃，徒步走到莫东城家的楼下。夜已深了的海桐，只能看到星星点点的光影。他的小窗户亮着一盏微弱的灯。不明亮，却似朦胧的心。我靠在墙角开始许愿，如果他出来的话，我一定要和他在一起。如果他不出来，我便收拾了伤心从此离去。

望着望着，月亮就已经爬高爬远了。我微微地睡着，醒来已是清晨。玻璃罐依旧被紧攥在手中，我喜欢的莫东城，他始终没有出来。

我抱着罐子靠在墙上，突然涌起很大的悲伤。我不知道自己为何如此伤心，只是觉得这样难过，无法抑制。

我转过身，向外走去，却在雾色中看见迎面而来的熟悉身影。他一脸疲惫地向我奔过来。

我蓦地傻了，站立，动不了。

他的眼睛一闪一闪，像星星一样明亮，他的头上还有露水。他笑着拍我的头，说："朵朵，我去你家楼下等了你一晚上啊。你怎么跑这儿来了？"

我强忍的泪水在这一刻突然奔涌而出。我抱着莫东城开始放声大哭，边哭边喊："你这个人为什么每次都乱七八糟的？我都已经放弃了，你又突然出现，你到底想怎样？"

有出来晨跑的人频频回头看我们，我不管不顾，哭得无比大声。

莫东城任我哭任我喊，轻轻地拍了拍我的后背，说："我不想怎样，我只想对你一个人好。"

声音温柔得如同初见时温暖。

我停止了哭泣，眯起眼看着他的眼眸，如天空般湛蓝清澈，散发着从未有过的美好。

# FOX公寓的暗恋，好久好久

最好的人生，怎么能少了爱情这个奢侈品呢？我心底那株几乎要枯萎的情感植物，在这个清新的早晨，终于等来了它最美的花。

A.连狗的生活都是吃KFC

赵小乐给我打电话，第一句就问："小姐，你寂寞吗？"我压制住要爆发的情绪，一字一顿地回答："我不寂寞，可是'乐事'很寂寞。我正打算把它带出去配种。"

赵小乐尖细的嗓音隔着电话剐了过来："别啊，姐姐，我家'乐事'可是纯种的雪橇狗啊。值五千个大洋啊。"

"知道值五千个大洋还把它丢在我家吃喝拉撒？再不领回去，我就逼它和我刚捡回来的野猫交配……"我一阵狂喊完毕，就撂了电话，抱起半袋薯片继续看我的《王子变青蛙》，并且指着在我面前勤奋拖地的苏杨说："人生最完美的事莫过于躺在沙发上吃着薯片看着电视，外加有人在我面前做家务。"

苏杨听了立刻丢给我一记鄙视的白眼，随后拿起桌上的KFC鸡腿去喂"乐事"。我边吃薯片边感慨现在狗的生活质量快要赶上人了，顿顿KFC。

刚说着，"薯片"就屁颠屁颠地窝到我的怀里。和苏杨手中的"乐事"正"遥遥相望"。我抱着"薯片"说："薯片乖，今天我们让'乐事'睡外面哦。"

"乐事"抬头朝我们叫了两声，表示抗议。

B.“乐事”和“薯片”，我和苏杨

特此说明一下，“乐事”和“薯片”分别是赵小乐和我的宠物的名字。她的是一只纯种“雪橇狗”。我的是一只地道的小野猫。她的“乐事”是在野生动物园花了五千块买回来的，我的“薯片”是在废旧工地用一瓶酒跟一个老头换来的。

“乐事”“薯片”顾名思义就是“乐事薯片”，代表我最喜欢的零食，是我们“FOX”公寓新进的两只宠物。在此之前，我们养过鸡，养过鸭，也养过鹅，但闹了一次禽流感就全卖了。后来赵小乐就弄了一只雪橇狗放在这里，自己休了长假去三亚旅游。把她表弟苏杨也顺道寄存在了这里，临走的时候还意味深长地让我“好好把握”。我看苏杨那一头比我的头发还长三厘米的长发和耳朵上一排的耳钉说：“还是算了吧，我可消受不起这样的朋克小青年。”

可是赵小乐不管我的死活，抱上她那几本珍藏版的《蜡笔小新》就离开了我的视线范围。我只得对苏杨说了句“hi（嗨）”，然后皮笑肉不笑地接过他手上的东西，带他上楼去了。

C.谁要你猫哭耗子假慈悲

苏杨是玩音乐的，重金属或摇滚。吼起来，吓人得要命。我一直都是走舒缓路线的，听梁静茹和光良，撑死了加个周杰伦，哪受得了摇滚小青年的疯狂？苏杨拼命给我灌输歪曲理念，还企图通过让我去听他们的地下演唱会来改变我的想法。我受不了的时候就指着他的鼻子喊：“小朋友，你别做梦。我这辈子唯一喜欢听的说唱也只有《双截棍》。”苏杨看着我拼命摇头说：“杨小蕾，你这样不行啊，你落后于新世纪了。”我丢一包牛肉干给他，我不管落后不落后，只要我能吃上饭。这就是最好的人生。

在经历了一次感情的重创后，我就不相信爱情了。可是我最好的人生，怎么能少了爱情这个奢侈品呢？

新的相亲对象卓斐就是我最近的奢侈品。他开银灰色的奥迪A8，穿最正统的西装，先是和我握手，然后才坐下。鲍鱼、鱼翅、燕窝，点了一桌。正当我笑靥如花准备动筷的时候，苏杨居然拿了一把小提琴走到我们身边，冲我挤眉弄眼地说：“先生小姐要听什么？”我差点儿要尖叫出来，苏杨，你真是阴魂不散。

卓斐也有点儿不自然，咳嗽了两声。苏杨突然自作主张地接话：“卓先生还是照旧听《梁祝》吗？上次那位小姐听了可是感动得不得了啊！”我的脸上有点儿挂不住了，“噌”的一下就站了起来往外走。苏杨追了出来，拽着我的胳臂说：“杨小蕾，我不就说了个事实吗？你有必要恼羞成怒吗？”我一个拳头打在他的肩膀上：“谁要你猫哭耗子？”

D.谁设的陷阱让我乖乖地跳

我对赵小乐说：“你哪弄来一个这么难伺候的表弟啊？像你弄的那只雪橇狗一样难伺候。不适应气候，胃口大，还喜欢和我家‘薯片’抢老鼠干吃。”

赵小乐就回了一句：“你就将就着吧，我手机没钱了，不打了。”迅速就挂了我的电话。转过身看到苏杨站在门口，眉头攒在一块儿，我吓了一跳，心想完了，被他听到了。不知道他要怎么“批斗”我。可是他什么也没说，只是看了我半天之后说：“‘乐事’病了，你陪我带它去看病吧。”

医院里的动物很多。“乐事”都病了还不“安分守己”。到处对别的狗“挤眉弄眼”。护士对苏杨的关心程度却超过了对“乐事”的。一会儿端茶一会儿送水，给“乐事”做了好几遍的全身检查。我想起绿箭的广告，那个护士让病人张嘴从白天张到晚上，永远都不厌倦一样。我故意挽着苏杨的手假装亲昵地对苏杨说：“宝贝，我看‘乐事’没事，我们回家吧。”

此话一出，护士小姐和苏杨同时震惊地看着我，我得意地对那个开始伤心欲绝的小护士说：“不麻烦您了。”

苏杨突然哈哈大笑了起来，握起我的手说：“好，亲爱的，我们回家。”

出了门我才发现，我好像掉进了一个某人临时挖好的陷阱里。

E.真情告白，我该拿什么话来回答你

我和苏杨打算给“乐事”和“薯片”洗澡。它们都挺不乐意。眼睛瞪得老大。先给“乐事”洗澡，“薯片”就站在旁边等候，动都不动一下。苏杨问我：“小蕾，你喜欢‘乐事’吗？”我“哼”了一声，才不喜欢。虽然长得很帅，可惜脾气坏得要命，还金贵得要死。

苏杨把沐浴乳涂在“乐事”身上，我打开水的开关哗啦啦地帮它冲，夹着水声，苏杨又问：“那你喜欢我吗？”我拿着水管的手突然好像抽筋一样抖动，我装着没听见，说：“好啦好啦，要给‘薯片’洗澡了。”苏杨停止了手上的动作看着我，长长的睫毛一抖一抖的。他第一次无比认真地对我说：“杨小蕾，我喜欢你，从第一次见到你开始。”我低下头说：“香皂呢，香皂怎么不见了？”其实我知道，我脸红了，肯定比番茄的颜色还恐怖。

正当我准备抬头对苏杨说点儿什么聊表我的心意时，就听到赵小乐和蜡笔小新如出一辙的声音飘了过来：“小蕾，你回来了。”

我忍不住地对她喊：“都和你说了几万遍，是我回来了。”

苏杨站在旁边，牵动着嘴角，浅浅笑着。赵小乐走到苏杨跟前，拍拍他的肩膀说：“看来革命尚未成功，同志仍需努力。”

F.地下演唱会后的大火和你疯癫的话

赵小乐回来之后，我才第一次去听苏杨的演唱会，都是“嘻哈”的年轻人，张狂飞扬的样子，声音震耳欲聋，几乎有爆棚的危险。苏杨的脸在灯光的反射下特别光怪陆离。一排排的耳钉明亮地闪着，不能否认，他绝对是一个帅气的小男生。

赵小乐在旁边给我喂苹果，边喂边问：“你觉得苏杨怎么样啊？”

我撇撇嘴回答：“不怎么样。”

赵小乐靠在我身上叹气：“那完了，他可是暗恋了你好久啊。”

我把手里的荧光棒丢到台上去，心不在焉地说：“好久是多久？两个月零五天？”

演出到达了最高潮部分，所有人都high（兴奋）了起来。赵小乐好像在我耳边说了什么，可是我什么也没听见。

演出结束后，苏杨很高兴。拿起几瓶“青岛”猛灌自己，他刘海儿前那一小撮橘黄色的头发也飘啊飘的。赵小乐上去劝他，劝也劝不住。我没说话，看着他发癫，等他终于把自己灌得差不多的时候，我们就一起扶着他出门。还没走到门口，就听到有人喊“着火了”，然后就是浓浓的烟滚了过来，我们一窝蜂地去挤安全通道，到处都变得黑漆漆的，我连赵小乐都弄丢了。苏杨这个醉鬼就靠着我，让我一路拖着他走，我边走边骂：“得，我这人生才刚起步就要葬在这个鬼地方。”走到楼梯的转角处，顶部有大根烧着的木棒掉了下来。苏杨抱着我，挡在我的身前。

那一刻，我看见他帅气的脸在我的眼前无止境地放大。这个小男生第一次在我面前变成了高大的形象。他忍着巨大的疼还在对我笑：“杨小蕾，我真的，很喜欢……”话还没说完，他就倒在了我的身上。

我靠在烈火熊熊的楼梯转角处，突然心里无比难过。

我的坚强我的伪装在这一刻突然全部瓦解和崩溃。我一点儿一点儿地哭出来。苏杨，我只希望你好好的。

G.如果你醒过来，我就决定爱你

我们当然能好好活着，在这个通信和119都如此发达的城市，一场大火还是能及时被扑灭的。我给“乐事”的饭里拌点儿薯片，给“薯片”的饭里掺点儿鸡腿。我对“乐事”和“薯片”说：“你们要友好相处，有东西要一起吃，有老鼠要一起抓，当然有歌还要一起唱。”

护士拿着体温计走进病房，还没到就冲我嚷嚷：“你怎么能把宠物带进病房呢？”

我抱起“薯片”对她说：“你小声点儿啊，别把我家小朋友吓到了。”

她受不了我的神经质，帮苏杨量好体温就迅速地逃离出去。

我坐在苏杨旁边，轻轻握起他的手。在他耳边悄悄地说："小朋友，你要快点儿醒啊。'乐事'和'薯片'都在等着你呢。"

赵小乐将一个橘子扔进我怀里，几乎气急败坏地说："杨小蕾，都这时候了，你还不说点儿好听的？"

"说什么说什么？"我站起来，把窗帘拉开。

赵小乐气得走了出去。

我又坐回苏杨旁边。阳光一格一格照在他的脸上。我第一次，那么安静地看着眼前的小男生。我知道了他住在FOX公寓的原因，知道了这个小男生从15岁开始就已经暗暗地喜欢我。他喜欢了我那么长时间，却一直不敢说。在我最不相信爱情最悲伤的时候冒充赵小乐的表弟出现，只是为了给我带来快乐。

他苦心做的一切，在他被抬上救护车的那一刻，赵小乐都已经如实地告诉我了。

我可爱的小朋友苏杨。我答应你，如果你醒来，我们就在一起。带着"乐事"，带着"薯片"。去听你的歌，去每一个我们想去的地方。并且让我对你说，我也喜欢你。好不好？

H.在一起了，就生生世世

苏杨出院的那天，医院的花园里盛开着美丽的蔷薇，穿过浓雾，展露出美好的笑。我一手牵着"乐事"，一手抱着"薯片"，整个人被苏杨揽在怀里。

赵小乐说："好了，有情人终成眷属。"

我低头笑。苏杨也笑："没想到杨小蕾也知道什么叫害羞。"

我抬头，伸过手去敲他的头，他闪开了，迅速在我脸上亲了一下。我愣了，手一松，"乐事"和"薯片"同时跑了出去。

我们三个人一路追出去。清晨里，有大把大把新鲜的空气流动在我们四周。苏杨握紧了我的手，轻轻地说："杨小蕾，我喜欢你，整整七年四个月零三天。”

我转过头去，看着他真诚而温暖的眼睛：“那么从现在开始，让我来喜欢你。永永远远，生生世世。”

赵小乐回过头来说：“你们恶心不恶心啊，猫狗都丢了，还在这里甜言蜜语？”

我和苏杨相互望了望，微微地笑了。

街道上车水马龙，谁也没在意我们的笑。可是我知道，我心底那株几乎要枯萎的情感植物，在这个清新的早晨，终于等来了它最美的花。

# 合欢树下，不见不散

一个人如果真的要离开，是绝对不会让你找到的。而能让你找到的，是她还对你藏着想见的心。

1

杜若欢十五岁的时候，开始出现很多追求者。

家里的电话几乎天天被打爆，楼下总有不同脸孔的男孩子等在合欢树下。他们为杜若欢疯狂得要死，没了她简直无法活命。

就好像，杜若欢今天和开跑车来的富二代一起去看天幕，明天和清榕大学的学生会主席去坐摩天轮，每个不过一个月，就再也不想往来。

别人恨得咬牙切齿大骂她玩弄感情。

她只是睁着无辜的眼睛把手一摊说：“我只是陪你们去玩儿，并没有做你们的女朋友，哪里玩弄你们的感情了呢？”

在我的眼中，杜若欢不过是一个十几岁的小女孩，任性，酷爱耍赖，唯我独尊，我行我素。在我们相处的这么多年里，她就是这样的散漫、随性、捉摸不透。

2

我叫宋星和。杜若欢是我妹妹。

她跟母亲姓，我跟父亲姓。

我在一家律所里做一名小小实习生的时候，杜若欢刚刚满十六。

我比她大六岁。我觉得相差无几，她却说：“宋星和，这已经是能产生代沟的差距。”

我虽然不情愿，但是我必须承认，我和杜若欢之间是存在代沟的。

她十岁的时候，第一次和别人打架，一屁股坐在人家的背上，把人家弄得鼻青脸肿。

她十二岁的时候，把头发染成了红色，踩着拖鞋就去上课。

她十四岁的时候，和一群同学翻墙逃学被教导主任抓个正着，一个人揽下所有的过错。

诸如此类，多不胜数。

我一直觉得，杜若欢是上帝派来扰乱人间的奇女子，而我这个哥哥，就是那个必须善后的倒霉蛋。

按理来说，这么多年的事迹，应该让杜若欢声名狼藉，无人敢靠近才对。怎么还会有这么多人前仆后继，扎堆求死？

3

我向来对杜若欢的这些表演没有兴趣。无奈我的好友兼同事赵家俊非要在周六的订婚宴上给我介绍女朋友不可。我为了逃避这场尴尬的约见，只好跑去看杜若欢的演出。

她组了一个乐队，在清榕大学里参加比赛。

她从小弹古筝，十级之后开始玩儿吉他，平日里舞也跳得不错，难得的是虽然闹得世界不太平，但是成绩并不算差，临时抱佛脚都可中上。

可见上帝是多么偏爱某些人。

演出的音乐厅，可容纳千人，大学校的手笔可见一斑。

杜若欢扎着马尾，黑色披风，戒指上的骷髅头在灯光下一晃一晃。

“杜若欢，杜若欢……”

有人举着杜若欢的名牌，喊得震耳欲聋。

杜若欢看到我来了，有些惊讶。灯光照耀在她身上，一束冷蓝打在她的脸颊上，映出她眼下的一枚小窝，丹凤眼上挂着厚重的金色眼影，精致的小脸有一种动人的喜悦。

那一刻，我想起别墅门前的那一棵合欢，杜若欢总是喜欢站在那棵合欢树下拎着浇水的壶静静发呆，那些羽状的粉红片片坠落，似仙临世。

比赛结束了，很多人给杜若欢送花。

杜若欢冲下台来，一把拉起我的手说："宋星和，我们去吃夜宵吧。"

撇下身后不知道多少仇恨的眼光。

我说："你这是什么样子？你别忘了你才十六。"

她转过头，仰面看着我："你别忘了，你才二十二，和个老头儿一般。"

我们去吃炒河粉，她吸一盘辣螺蛳，把脚跷到凳子上，用手拿着就往嘴里丢。

我从袋子里拿出一件新的衣服丢给杜若欢："回家之前换好衣服，省得爸看到又要骂你。"

"爸回来了？"杜若欢有些惊讶。

父亲自杜若欢来了之后一改萎靡的状态，将生意越做越大，一年难得回来一次。

"我说你去同学家做功课，晚点儿回去。"

"宋星和，这个家里，只有你对我好。"杜若欢欢快的脸上有些黯淡。

我沉默，每每这个时候我总是接不上话。

"宋星和，你有女朋友了吗？"杜若欢换了个话题，突然问我。

"你猜。"我回避她。

"像你这么无趣的男人，也只有我不嫌弃你。"杜若欢撇撇嘴。

我的心跳了一下，却逞强说："得了吧，我可不是那些幼稚的小男生。"

"至少他们肯挖空心思逗我开心。"

"当然了，他们只看到你的外貌而忽略了你的本性。"

"我的本性难道不比外貌还出色吗？"她忽闪着一对大眼睛，大言不惭。

我翻她一记白眼。

4

父亲回来待的时间很短，只逗留了三天。

他从不过问杜若欢的事情，仿佛这个女儿和他一点儿关系也没有。

祖母几乎没有正眼看过杜若欢，杜若欢在父亲面前，才有难得的安静，只穿素净的裙子，乌黑的长发披散，赤着脚走在柚木地板上，静得听不见一点儿声音。

父亲一走，杜若欢又恢复了自由之身，穿色彩斑斓的衣服，打扮得稀奇古怪，吹着口哨就跑在清榕的街道上。

有时候我真羡慕杜若欢，她可以这样放纵自己，不顾及任何人的眼光，她活出了自己的本色。

我纵容着杜若欢，是因为我知道杜若欢的秘密。这个秘密像蔓延的树藤，从我们彼此的身体滋长出来，我看着杜若欢被缠绕，却无可奈何。

杜若欢十七岁的时候，我从实习律师转成了正式律师，开始帮人处理一些简单的案子。

我在经常路过的花店见到了一名穿着湖水绿长裙的女子。

我见到她的第一眼，她仿佛有种魔力，吸引着我上前去。

齐肩的长发，微微自然卷曲的发丝，耳边一串钻石耳环，缀着长长的流苏，脸孔是极其素净的，仿佛这个世界的喧嚣与她无关。

我喜欢她身上的那一抹寡淡，她并不美，就是淡淡的一个人。举手投足间弥漫着一种安稳。

我第一次追求一个女生，并不知道用什么样的方法，于是我每天都去她的花店买一束鲜花。

杜若欢发现了我的不寻常，她看到家里堆积如山的花说："宋星和，到底是哪个倒霉鬼被你看上了啊？"

我否认，坚决不让杜若欢知道一丝。

我相信杜若欢一定有这样的本事，能把好的事情搞得鸡飞蛋打。

但是杜若欢似乎不满意我的反应。下班的时候堵在我律所门口，叉着腰，像个母老虎一样地问："宋星和，你快点，告诉我，那个女的是谁！"

我觉得真是好笑，来来往往的人都看着她，那些男人都用流连的目光看着杜若欢，像在欣赏一件绝美的珍藏。

赵家俊的目光落在杜若欢的身上，表情恍惚，仿佛不会动弹。

他不可思议地说："宋星和，你竟然有个这么美的小妹。"

我嗅出一丝不对，警告他："你可是订过婚的人。"

赵家俊哪里顾得上这么多，当天晚上就带杜若欢去坐河船看烟花。

我知道完了，我闯了弥天大祸，而罪魁祸首杜若欢，她却还沉浸在一如既往的任性之中，她找赵家俊是排遣无聊，而赵家俊，他的人生从此改变。

5

赵家俊的变心比我想得还快。

听说他在最短的时间退婚，女方为他自杀未遂。他竟然狠心得不闻不问，日日和杜若欢纠缠在一起。

我劝说赵家俊，我告诫他，他已是成人，而杜若欢才十八，十八岁的女孩什么都不懂，她只知道玩儿，而你不能陪着她玩儿。

赵家俊却说，他能等，找一个自己深爱的女子何等不容易，以前的那些都只是接受现实的选择。

男人太狠心，我以前不信，现在算是见识到了。

这事情弄得沸沸扬扬，连远在外地的父亲都知晓了。他彻夜归来，拎起杜若欢就像拎起一只小母鸡一样，他说："孽子啊，才多大，就学会勾引男人，败坏我们宋家名声。"

"怎么现在倒知道我是您的孩子了吗？这么多年，我竟然不知道自己是有父亲的。"杜若欢声音洪亮地顶过去。

"你和你母亲一样，都是水性杨花的贱人。"父亲发起怒来，指着杜若欢破口大骂。

“爸……”我想阻止父亲的口无遮拦，我知道他这句话已经深深伤害了杜若欢。

“不许你这样说我妈妈。”杜若欢平日面对父亲时候的低眉顺眼统统不见了，母亲就是她的软肋，她像一只小兽一样维护着母亲：“您根本不了解她，您没有资格说她，是您没本事让她爱你，您有什么资格恨她爱上了别人？”

“啪！”父亲狠狠地在杜若欢的脸上打了一巴掌。清脆的声音震撼了整个别墅。

我上前去把杜若欢护在身后：“爸，若欢她还小，您怎么能和小孩子一般计较呢？”我替杜若欢说话。

“星和，你就护着她吧，当初不是你求我，我能让这个逆子留在咱们宋家吗？”

“爸，我会管好她的。您先上楼吧。”我安抚父亲，也怕他再打杜若欢。

父亲气愤地上楼去了，杜若欢还捂着脸站在原地，我走近她，以为她哭了，可是她就是紧紧地攥着拳头，眼睛通红，死活不让眼泪掉下来。

我摸摸她的头：“爸爸是气坏了，才打你的。”

杜若欢看着我，立刻扎到我怀里开始大哭。仿佛刚才在父亲眼前的倔强，都变成了水，倾泻在我的身上。

我抚摸着她的脑袋，这个小小的可怜的脑袋，她是我的妹妹。

杜若欢，当她第一次出现在我眼前的时候，我就知道，从此，我的心底，就多了一抹无形的牵挂。

6

我俩的父母在十多年前离异。

母亲爱上了别人，在生了杜若欢之后，向父亲和盘托出。

她说她厌倦了被安排的人生，前半生被父母安排，后半生为子女安排。几乎没有自己选择的余地，就连嫁给父亲也不过贪图他的身份地位，没有半点儿爱意。

那时她遇到所爱之人，两情相悦，情意绵绵。

父亲将她赶出家门，连同与她长相似双生的杜若欢。

父亲说：“我再也不想见到你这张脸，相像的都不要。”

就此十年，我没见过杜若欢。

再见她的时候，是母亲过世。

她抱着骨灰盒敲开宋家大门，那时候她还没有这样高挑，反倒有些瘦小，黑曜石一般的瞳仁，似一点点星子，明亮地挂在白净的脸上。衣服虽然不华贵，但是头发整齐，穿戴干净。

看得出母亲将她教养得很好。

父亲没有言语，只是盯着她的脸庞，失神许久。

那时候，她只是初露母亲姿色的端倪。

晚饭只有我们两个人吃。我给她做宫保鸡丁和糖醋排骨，她统统吃光，一点儿不剩。

她说：“宋星和，你做的菜真好吃。”

那天开始，她就喊我宋星和。

这一叫，便是十年。

7

后来我问杜若欢：“为何要接受赵家俊？明知道他已经订了婚。”

杜若欢歪着头反问我：“若结了婚才发现对方不是自己所爱，岂不是更加悲哀？”

我并不知道她意指何人，但是我明白，在她跟随母亲生活的那十年里，在她懂事的记忆中，虽然时光并不算太长，却根深蒂固地埋下了一些常人所不能领悟的东西。那些属于母亲的特质像克隆了一般，全数倒入杜若欢的头脑中。

但她还是承诺我，会和赵家俊说清楚。

赵家俊来找杜若欢，杜若欢非常严肃地告诉他：“你以后不要再来找我了。”

“为什么？你和我一起不开心吗？”

“可以给我开心的人那么多，没有你也会有别人，可是哥哥我只有一个，他不想见你堕落。哥哥很重视你们的友情。”

“你哥哥威胁你了吗？”

“没有，而是我必须告诉你实情，我根本不喜欢你。一点儿也没有。”

赵家俊仿佛遭五雷轰顶：“你撒谎。”

杜若欢淡淡一笑：“我有什么必要撒谎？宋星和说我应该就之前的行为向你道歉，虽然我觉得我并没有做错。不过我希望你以后再也不要来找我了，你如果想要在我身上获得一点儿爱，抱歉，那绝对不可能。”

杜若欢说得很简洁，说完拎着水壶去给合欢浇水，仿佛赵家俊只是一个无关紧要的人，偶然在她的生命中一闪，她现在要与之分道扬镳，不需要经过任何人同意，自己走开就可以了。

我劝赵家俊离开，他一直嚷着：“报应啊，报应……”

我有些不忍，我以前只对那些小男生嗤之以鼻，但没想到我的好伙伴居然也会如此。

回家的路上，我又路过了那家花店。

绿衣女子坐在椅子上愣愣发呆，她的面前摆了一盆满天星，透过大大的落地橱窗，她更像一幅画一样出尘出世。

这几日忙着杜若欢和赵家俊的事情，一直没来花店，绿衣女子也像经历了大事，面容有些憔悴，眼神中多了许多哀愁。

我走进花店，她站起身说：“我认得你，你来了很多次。今天想买什么花送给女朋友呢？”

“我想买一束让女生见了心情会好的花。”

“玫瑰吧，女孩子都喜欢玫瑰。”她拿一束玫瑰给我。

我把花递到她面前："我没有女朋友，这花送给你，希望你心情好起来。"

这样，我就认识了陈佳希。

8

陈佳希是上海交大毕业的。因为学的是园林，工作不好找，回到清榕，就开了一家花店。她说，她一直觉得侍弄花花草草比面对纷杂繁复的人和事要来得轻松得多。

彼时已经是夏天，杜若欢十八岁的夏天，马上要步入高三，我送杜若欢去补习班上课，她倒好，把补习班里的老师迷得七荤八素。班级里的男生为了她大打出手，我接到电话的时候，还在陈佳希的花店里看她插花。

火急火燎地出门却拦不到车，陈佳希骑了一辆小小的电动车，丢给我一个头盔说："快上车吧。"

我们一起去杜若欢补习的学校。

两个打架的男生已经鼻青脸肿地站在我眼前，补习学校的校长对着其中一个年龄较长的男生说："宋老师啊，我请你来是做老师的，不是来打架的。"

我去看那个男生，虽然脸上带伤，还是看得出一张帅气的面孔，强健的四肢，穿着简单的运动衫，放在校园里也是众多女生着迷的角色。

"都是他，他和我抢杜若欢。"另一个年纪较轻的男孩指着那位宋老师控诉。

"杜若欢说你骚扰她。"男老师表情镇定地说。

我大概看出了事情的经过，穿过人群去找那个罪魁祸首。

她坐在花圃上，拿着小蒲扇扇风，仿佛局外人一般。

"杜若欢，跟我回去。"我怒斥她。

她跳下来对着两个男生说："看到没有，我有男朋友了。"她挽着我的胳膊，把头靠在我的肩膀上。

我真想当众拍死她。

陈佳希站在我身后，眼眸熠熠地望着我，如若往常，我也就让杜若欢这般撒野，今天是在我钟爱的女子面前，我一把推开杜若欢，对着校长像是要撇清关系一般说："对不起，校长，我这个妹妹总是这样不懂事，明天开始就不让她来补习了。给你们带来了这么多麻烦，真是抱歉。"

我拽着杜若欢走出学校，她看到了我身后的陈佳希，她指着陈佳希说："宋星和，这是你女朋友吗？"

我张嘴不知道怎么回答，毕竟我还在追求她，她并没有同意。

陈佳希却大方地走上前，甜甜地对杜若欢说："你好，若欢，我经常听你哥哥提起你。"

杜若欢绕着陈佳希走了一圈，像是要把她看个遍。

"杜若欢，你干吗呢？这么没礼貌。"

"宋星和，我要吃雪糕。"她指指远处的一家教育超市。

"你想支开我，搞什么坏动作？"我警惕地看着她。

"你怕什么？我又不是大灰狼。"

"是啊，星和，我也想喝橙汁，麻烦你帮我一起带过来吧。"陈佳希也催促我去买。

在教育超市买完东西，往回走，远远地，我看到她们站在学校的合欢树下，都一身素白的裙子，杜若欢的裙子是我帮她买的，而陈佳希却是喜欢这样清淡的颜色。一般的身形，一般的身高，模糊间，似两个双生子。

突然，杜若欢狠狠地把陈佳希推倒在地上，卷起了一阵尘土，而陈佳希却不反抗，只是任由她袭击。

我不知道她们之间发生了什么事，上前一把拽住杜若欢："你疯了？"

"宋星和，她是个坏女人，你不要和她在一起。"杜若欢破口而出。

"你看看你自己的样子。你的脾性我还不知道吗？"杜若欢多年来横行霸道惯了，除了我，没有任何人受得了她。

"宋星和，你不相信我？你，你这个笨蛋。"杜若欢气得自己跑掉了。

我赶紧去扶陈佳希："你没事吧？若欢真的太不懂事了。"

她锁紧的眉头渐渐松了些：“没什么，你妹妹还是小女孩，我不会和她计较的。”

陈佳希永远是那样善解人意，和杜若欢的霸道不听话截然相反。

那是我第一次没有去追杜若欢，也没有哄她，赵家俊的事情让我非常愧疚，她仍然不觉得有错，依然我行我素，我真不知道她何时会真的长大。

9

为了赔礼道歉，我请陈佳希吃了顿饭。

她似乎接受了和我的交往，整顿饭我们吃得很愉快，我几乎忘了杜若欢生气的事情。

直到我晚上回到家，听用人说，杜若欢一直没回来，我这才感到事情严重了。

我沿着她学校那条路一直找，终于在学校门口的一家游戏厅里找到了她。她拿着啤酒往嘴里倒，边倒边打枪，周围围了一群混混模样的男生冲她吹口哨。

她喝得酩酊大醉，我拉起她就往外面走。

她拼命地打我，不停地骂我：“宋星和，你这个王八蛋，你为了一个坏女人凶我。”

我任她打，任她骂，我知道她发泄的渠道就是这样撒泼耍疯，只要累了就会消停。

后来她停下来了，伏在我的肩膀上一直哭，她说：“宋星和，你知不知道，自从妈妈死后，我唯一的依靠就是你了。可是你现在……”

“可是你不能那样对陈佳希，也不能那样骂她。”我企图让她明白，任性和基本的教养是不一样的。

“你爱她吗？宋星和。”杜若欢幽幽地问我，像是梦话一样。

我没有回答。

“你有了她，还会爱……”她的声音很轻很轻，我几乎听不见后面的声音。

我突然发现杜若欢真的已经长大了，不像小时候那样了，那时候她还是小小的，趴在我的背上还是那样轻，她的脸贴着我的脸颊，我能感觉到她冰冷的肌肤。

而如今，她已经是一个大姑娘了，需要很多很多的爱，需要别人的陪伴。

这么多年，我和她都一直小心翼翼地维护她心底的那个秘密，她渴望爱，渴望宠，害怕孤独，所以我让她任性，让她霸道，让她想做什么就做什么，我只是希望她快乐。

可是她始终不快乐。

10

赵家俊因为杜若欢的决绝而颓废了一阵子，后来律所有个外派的工作，他主动请缨，离开了清榕。

杜若欢和赵家俊的闹剧，轰轰烈烈地开始，惨惨淡淡地收场。

我的生活，从此多了一个陈佳希。

她常常来我的家里，每次都带着好看的花，插在家里的每个角落，一盆一盆，还不许别人碰，总是亲力亲为，每天侍弄。

她做好吃的饭菜，几乎可以和大厨媲美。

杜若欢和她几乎水火不容，索性搬到学校宿舍去住，半个月回来一次。

杜若欢已经高三了，我希望她好好注重功课，不要再像以前那样风花雪月。

长久相处，我越发喜欢陈佳希，她身上有许多我喜欢的特质，她聪慧但是不外露，有才而恬淡，成熟又不失妩媚，做任何事都漫不经心，却总是信手拈来。

我们在一起过得很平淡，没有喧嚣，也没有波澜，但也算开心。

很快我和陈佳希就开始谈婚论嫁，她说她的父母早年离异，都在国外，她的事情可自行做主，我父亲对她也非常满意，我们很快就定好了结婚的日期。

我本想等到杜若欢高考结束后再将这件事告诉她。

谁知她竟然提前跑了回来。

陈佳希与我站在合欢树下，她抱着我的腰，仰着面看着我，轻轻地搂着我的脖子，静静地闭着眼，我吻着她的唇，这一切都那般顺理成章。

我送她离开，回来的时候看到杜若欢站在月光下看着我。

她的眸子有一种出奇的幽静，像是一潭深深的湖水，看不到尽头。

“你怎么回来了？周六晚上不是有自习吗？”我不知道她什么时候站在那里，看到了多少。

“换洗的衣服没了，我回来拿。”

“干吗不进屋？”

“刚到，还没来得及。”

我们一前一后地进了别墅，漆黑的夜，我还没来得及开灯，杜若欢就从我身后用力地抱住了我。我吓了一跳，这么多年，我和杜若欢有过无数肢体接触，今日却那般不同。

“若欢……”

“宋星和，你一直都知道的吧，你知道我是喜欢你的，不是妹妹对哥哥的那种喜欢。”

我感到我的脊背上爬满了凉凉的汗，毛孔跟着这一句话都渐渐张开了。

“若欢……”我不知道如何应对。

“你那么好，我真的舍不得……”她的脸颊紧紧贴着我的脊背，透过衬衫我能感到她柔软而温热的肌肤，将我整个人击溃。

“希望你能幸福。”杜若欢松开手，拉开大门，很快地跑了出去。只留我一个人愣在原地。

11

一个晚上我的脑子都处于混沌的状态，一闭上眼就是杜若欢的那段话。

不知不觉睡着了，梦里看到杜若欢小时候站在别墅门前，戴着一朵白色的花，目光沉静，只是轻轻地抿着嘴。

她问我是否喜欢她。她就这样肆无忌惮地问出了口，不顾这么多年隐藏的秘密。

那个只有我和杜若欢知道的秘密。

从杜若欢回来的第一天，我就看出来她并不是我的亲妹妹。血缘这种东西，有时候就是一种直觉，可是我并没有戳穿她的谎言，我还帮着她在父亲面前演戏。因为我从看到她的第一眼，她那倔强平静的眉眼，折射出了让我心疼的目光。

她终于摒除了父亲对她的戒心，很快和我亲昵起来。那时候，我常常给她讲故事，她靠在我的肩膀上，说："宋星和，没了妈妈，以后还有人会爱我吗？"

我摸着她的脑袋说："会的，哥哥会永远爱你。"

从此杜若欢就成了我的牵挂，在无数个梦中，杜若欢反反复复地出现在我的脑海里，稚嫩的，美丽的，恬淡的，活泼的。

第二天我是被电话吵醒的，无数的电话打到我的手机上，我的好朋友们都说："宋星和，你快看清榕在线的视频网站。"

我点开清榕在线，已经有个被点成头条的视频跃然眼前，标题是"清榕宋家的那点儿绯闻，妹妹爱上哥哥"。

杜若欢向我表白的视频被放到了网上，虽然是晚上，但是摄影机还是拍出了我们俩的脸孔。

我的脑袋一下子就炸开了。我顾不得穿衣服，跑到了楼下，我和杜若欢那么隐蔽的事情怎么会被人拍下来？而那个角度那么像在家里。

我找了懂技术的朋友来我家里检查，他们在我们家栽种的盆栽里发现了好多针孔摄像机。

"这些盆栽，近半年都是佳希小姐亲自料理，我们用人都没有动过分毫。"有一个用人说道。

"是陈佳希吗？"来的朋友问道。

"你知道？"我的婚讯还未对外公布，朋友怎么会知道她的名字？

"好像家俊那个退了婚的对象就叫陈佳希，这事儿当时闹得沸沸扬扬，你不知道吗？”

难怪她从来不提从前，难怪她从来不带我见她的朋友，难怪她这么着急要结婚，原来是这样，原来竟是这样。

我瘫坐在沙发上，几乎不敢相信这一切是真的。

12

这一场可怕的闹剧在清榕城掀起了一场轩然大波，宋家颜面无存，父亲气得心脏病突发，还好送医及时抢救了回来。

杜若欢的名字一时间变得街知巷闻，那些追过杜若欢的男生在看了这个视频之后无不痛惜懊恼。

我在第一时间去找杜若欢，所有人都已经找不到她了。

她只留下了一张字条：宋星和，我这个从来都不属于宋家的人，必须提前离开宋家了。这么多年，谢谢你的照顾。

我发了疯一样去找她，找遍了清榕的大街小巷，企图像她以前离家出走那样在某个我熟悉的街角、游戏厅，找到她的身影。

可是她真的消失了，有人说：“一个人如果真的要离开，是绝对不会让你找到的。而能让你找到的，是她还对你藏着想见的心。”

我知道，杜若欢已经不想再见到我们任何人。

13

我最后一次见陈佳希，是我离开之前。

我曾经那样追随她的身影，那样迷恋她的一切，那样喜欢这个女子。我曾经以为，我可以和她共度一生，白头到老。

她说：“星和，开始的时候我并不知道你是杜若欢的哥哥，我知道你经常跟着我，站在我的花店门口，那时候我有赵家俊，我并没有在意这些。家俊和我分手的时候，我万念俱灰，我找人查了杜若欢的底细，我发现你竟然是她的哥哥。

所以我故意亲近你，一开始我只是想让你爱上我之后甩掉你，后来我发现我爱上你了，可是，星和，你爱的人从来都不是我，你爱的一直只有杜若欢，而我，只是她的影子。多可悲。我一次又一次地成为杜若欢的牺牲品。我恨她，恨透了她……”

他们都看出来了，我爱着杜若欢，看到陈佳希第一眼时，我就想起第一次见杜若欢时她的样子，那样沉静，抛离人世的纷扰，一下子就闯入我的心扉，让我无计可施。

他们都以为杜若欢是我的亲妹妹，可是只有我知道，她从来都和我没有一点儿血缘关系。

一个月后，我看到了杜若欢发给我的邮件。

里面是一段她拍摄的视频。在一个阴暗的角落里，只有一盏明晃晃的灯从她的头顶打下来。

她说：“宋星和，对不起，这么多年，我骗了你，我根本不是你的妹妹，我只是你妈妈外遇对象的女儿。我和你妹妹一样大，可是她在两岁的时候得病死了，从此你妈妈就把我当亲生女儿一样对待。直到他们在一场车祸中死去，来办丧事的亲戚才将真相告诉了我。那时候我很小，我无路可走，亲戚给我想了一个方法，让我冒充你的妹妹杜若欢，她只是希望我有一个好去处。所以她就送我来到了宋家，冒充了杜若欢。踏进宋家的第一天，我并不确定我能不能留下，可是你那样极力地维护我，拉着我的手信誓旦旦地对父亲说，我就是杜若欢，你还给我做好吃的，带我去看星星，你那样疼我照顾我，让我再次感受到了家庭的温暖。我就这样在家里住了下来。我一直任性捣乱是希望你们讨厌我把我赶走，可是你一直纵容着我，渐渐地，我发现我离不开你了，我对你产生了感情，这让我很害怕，所以我和他们出去玩儿，试图从别人身上找到对你的这种感情，可是我换了很多人，依然只想我身边的那个人是你，我知道，我是喜欢你了。可是你只是把我当成妹妹而已。后来你找了女朋友，陈佳希她不是个好女人，可是你不知道，我想赶走她，而你却一直维护着她，我生气于你的愚蠢，同时痛苦于你爱上了别人。我不理你，我发脾气，我搬到学校去住，都是为了逃避这些痛苦。可是越逃避，我越发现我更加不能忘记你。宋星和，越是这样，我越不知道怎么办，我害怕你发现我在骗你，我害怕你知道了这些会把我赶走，我害怕你不再疼我、保护我，连我的哥哥都不肯做。我真的不知道该怎样面对你。那段视频出现之后，我并没有后悔，在我决定和你说出心里话的时候，我就知道我要走了。我不是你的妹妹，你也不是我的哥哥，我爱你，可你爱着别人。我不想破坏你的幸福。我选择离去，至少我还是那个你疼爱的小妹妹杜若欢，至少在我的记忆中永远保留着你对我的爱。宋星和，我亲爱的哥哥，不要来找我，让我带着我仅有的自尊和想念离开。谢谢你这么多年的疼爱。”杜若欢说完闭上了眼睛，我看到她美丽的脸上落下了一滴眼泪。

而我望着这段视频，不知不觉泪如雨下。

我那样爱着她，哪怕一开始就知道她是冒牌的杜若欢，可是我不敢对任何人说，我害怕父亲震怒，害怕她变成孤儿，害怕她变成众矢之的。为了让她有好的身份、好的背景，我将这一切都隐瞒下来。我只想平静地保留这一切，只是想就这样简单地守护着她，看着她幸福。

我和她都那样小心翼翼地维护着对方，我们都没有想到，因为这样的小心，我们竟错身而过。

这么多年，我只是看着杜若欢哭，却不知道，原来哭是一件那样痛彻心扉的事情。

我不敢相信，我竟然这样，失去了杜若欢，仿佛失去了全部的生命。

流转经年，我始终在清榕的宋家大宅等着杜若欢，有时候我会倚靠在合欢树下，感受羽片坠落在肌肤上的丝丝凉意，它们总在静静地听我说心事。

它们记录着我的誓言：杜若欢，我总会在你经过的地方等你，直至你归来。

# 爱在春光明媚时

相互嫉妒，是拆散友情最无形的凶手。

雨下了三天，我数了数，却过去了十年。

1. 伦敦的天气，有雾

出发去清榕的时候，简艺已经在伦敦了。她给我寄了一张在大雾中撑着伞的照片，她的身后是圣保罗大教堂，巍峨挺立的教堂在天幕下显得无比端庄。她穿深灰色的大衣，化潋滟的妆，极红的唇色挂在脸上，美得像是话剧台上的演员。

她在微信里给我发了三段留言。

第一段她说："夏朵，我不喜欢伦敦的天气。雾蒙蒙的，不如葵远的好。"

第二段她说："夏朵，我看到有人在拍戏，是吴镇宇，不知道他们是不是在拍《冲上云霄2》。可是我还是喜欢他和胡杏儿在一起，大叔配小女孩，大叔不敢爱，小女孩无所畏惧，我们都很羡慕那样的爱吧。"

我点开最后一段留言。她的声音难得安静，她说："夏朵，别恨我。"我听到她哭泣的声音，背景是大本钟的声响，只持续了三秒，就断了。

我锁定手机，闭上眼睛。简艺一点儿都没变，还是那样活泼、开心，遇到一点儿小事都要和好朋友分享。在我和她相识的十年里，我曾经是那么羡慕她的性格。

可是现在，她分明哭了。尽管声音很小，掩藏在钟声的后面，我依然听见了。

她的笑容里藏着悲伤，尽管所有人都说她过得幸福美满，而我却能看到她眼底的一抹绝望。

我突然想起罗宁曾经在学校操场对我说过的一句话："简艺的悲伤，只有夏朵看得懂。"

2. 夏朵和简艺

小时候，很多人都说我和简艺很像。

我们不是姐妹，只是面对面住着的邻居。

她住在我家对面的老房子里，从我家的阳台能看到她房间的长廊。我们隔着一条街道，道上车水马龙，喧闹非常。

我们上同一所学校，读同一个班，吃同样难吃的学校套餐。我们都喜欢扎两条小辫子，穿花裙子，稍稍长大了就偷偷地把妈妈的高跟鞋拿出来试穿。

我们总喜欢趴在二楼的长廊台子上看下面车水马龙，或者绑一根红绳玩儿变花的游戏。

她常常和我聊天，说："夏朵，我以后可要出去，离开这个小镇子，去大城市。"

"去清榕吗？"那时清榕对我来说就是很大很大的城市了。

"没半点儿出息。"简艺总会戳我脑门，"谁要去那种二级城市啊？我以后要出国，去英国，去看英国大本钟。"

"那得好多好多钱吧？我听说出国都得花好多钱。"

"嗯，我爸已经在存了，说等我长大了，就送我出国呢。"

那时候我特别佩服简艺，觉得她知道的事情真的好多，比我们这些乡下的土包子要懂得多太多。她那样漂亮、活泼、开朗，那样招人喜欢。

小时候，我从来不懂得"羡慕嫉妒恨"的"恨"是什么意思，只觉得一个光芒四射的人愿意纡尊降贵地来和你做朋友真是天大的福分，你甘愿做她的小跟班，喜欢学习她的一举一动。觉得有个朋友在身边真是一件特别安心的事情，仿佛有了依靠、信任，仿佛有了那微不足道的快乐。

简艺的爸爸是采矿的，长年在鸟不拉屎的地方做事情，很长时间才回来一次，不过貌似很赚钱。而我爸爸则是市场上卖鱼的小贩，妈妈在一个纺织厂上班，生活很平凡普通。

我小时候没什么朋友，只因为出生的时候就得了慢性咽炎，从小吃各种药，就是不见好转，妈妈每天为我做冰糖雪梨，中药小炖，都不起作用，声音犹如鸭子叫唤，嘶哑难听。

所以，当简艺站在小卖部里和卖零食的大叔甜甜地说“叔叔，请我吃颗糖呗，我回头让我妈妈来给你钱”的时候，我只能羡慕地站在旁边看她的笑脸漫着圣洁喜悦的光。

可是每次简艺这样仰面天真地对着大叔说话的时候，大叔一定会从高高的糖果罐子里慷慨地抓一把彩色糖果塞到简艺口袋里说：“拿去吃吧，叔叔请你吃。”

每次简艺把拿来的糖果分给我吃的时候，我对她简直佩服得五体投地。

我不知道怎么有人能把撒娇运用得那么好，对于我这个连说个话都要起半天头儿，最后还是作罢的人，简艺是我整个童年时期的榜样和典范。

从那个时候开始，我自然地模仿起了简艺的一言一行，她的穿着，打扮，走路的姿势，包括她转头笑起来眼睛眯着的样子。

我那样笑的时候，我们班的小傻瓜总说我是弱智。

小傻瓜的本名叫“罗安”，他之所以叫“小傻瓜”是因为他有个只有十岁智商的爹，据说他父亲大人在十岁的时候发高烧没及时医治烧坏了脑子，从此智商只有十岁时的水平，还好他父亲家很有钱，是镇上的首富，将他送到特殊学校，才不至于讲话还磕磕巴巴。

当然小傻瓜并不是傻子，只是大家背地里的“昵称”。小傻瓜自己是不会接受的，谁如果敢当面这么喊他，他会冲上去将人家揍得鼻青脸肿。

### 3. 小傻瓜用一斤棉花糖换了一顿羞辱

小傻瓜是第一个喜欢简艺的人，在我们还不知道什么是爱情的年龄。

放学后，小傻瓜在学校门口请简艺吃了一根棉花糖，那种白色的棉花糖，长长的木棒在巨大的容器里转了一圈又一圈，像是有人在快活地舞蹈。

小傻瓜隆重地拿了一根棉花糖放在简艺面前，他说："简艺，给你吃。"

简艺不知道小傻瓜的阴谋，以为就是单纯请吃，拿过来天真地就吃了。

小傻瓜在简艺吃了一半的时候说："好吃吗？"

简艺点点头。

"吃完了做我媳妇儿好吗？"

大概沉默了三秒钟，简艺直接把棉花糖甩在小傻瓜脸上，说了两个字："做梦！"然后蹬着她的小白鞋很公主范儿地走了。

留下小傻瓜被糖糊了一脸，在人来人往的学校门口，小傻瓜的眼泪把棉花糖融化了。那些甜腻的糖水滴在水泥地上，蜿蜒成丑陋的小河。

那时候我们都已经十四岁了，上初二。

以前小傻瓜总是跟在我和简艺屁股后面屁颠屁颠地装笑脸，我就感觉略有猫腻，但是没往歪处想，那天小傻瓜突然认真地看着简艺说话的时候，倒是把我感动了。

哭完的小傻瓜在学校旁边的体育馆洗了一把脸，然后拎起一个篮球就去三步上篮了。他换上了运动衫，把篮球打得噼里啪啦响。

那天我才第一次注意起小傻瓜的样子，他已经比我和简艺都高出一个头了。小时候挂着鼻涕，现在脸上干净清秀，头发全部撇到额头的一边，打球的时候一蹦一蹦，汗水顺着发丝滴落下来，感觉还有那么点儿小帅。

话说，打篮球的男生是祸害，长得帅又打球的男生就是妖孽。

十四岁的小傻瓜明显朝着祸害的趋势发展，把我一颗少女心弄得七上八下。

我还在看台上流口水，小傻瓜一个篮球丢过来说："喂，夏朵，帮我个忙呗。"

"啥？"我还没反应过来。

"帮我追简艺呗。"

“啥？贼心不死？”

“怎么说咱俩也是青梅竹马，这点儿忙都不帮，是不是哥们儿啊？”小傻瓜嬉皮笑脸。

“谁和你青梅竹马，谁是你哥们儿？”我当场就怒了，平日里不太发声的我，嘶吼了一句。

“停停停，别说话，还显得你美好点儿。”小傻瓜恶人先发难。

我当时怒瞪他几百回，目的是想让其知难而退，可是小傻瓜竟使出撒手锏。

他凑近我，露出特别温柔特别温柔的笑容，低下头来看着我轻声细语地说：“夏朵，你帮我这个忙，我请你吃一个月，不，是半年的棉花糖。”他说得情真意切。我听到我的心咚咚咚地狂跳。

我特想学刚才简艺高傲地甩头丢他一脸棉花糖的样子说：“做梦！”

可是我憋了半天，最后憋出了我都鄙视自己的两个字：“好吧。”

4. 童年里每个妹子都有眼瞎的时候

因为馋那半年的棉花糖，我居然答应了小傻瓜这么无礼的请求。我回去之后，真的很想拿早市最新鲜的鱼拍死我自己。

我真的那么爱吃棉花糖吗？

我吃了之后才发现另一句经典台词：糖精害死人！

甜得我舌头都要熔化了，好半天都仿佛在吃空气，这种神物是怎样可怕的存在！

但是我不敢告诉任何人我很讨厌吃棉花糖，一是怕别人笑我不懂“流行”，二是怕小傻瓜不找我帮忙。

很显然第二点占了主导作用，最重要的还是我怕小傻瓜不找我帮忙，那样我就和小傻瓜失去了唯一交流的机会。

那时候我真替自己感到可悲，当别人在喜欢篮球队的队长林沐风的时候，我居然在喜欢一个一米七都不到的小傻瓜，还觉得他在我眼中帅得一塌糊涂，何其悲哀。

林沐风，是学校社团的领军人物，高我们两届，刚转校过来的，篮球、乐器无一不会。最厉害的就是交女友，女朋友换了一个又一个。

我在学校远远见过他几次，长得极度耀眼，把白衬衫穿得尤为好看，才十七岁，已经露出了略微成熟的脸庞，一笑起来眼睛弯弯的，藏着无限的笑意。

当然后来我总结了一下，童年里每个妹子都有眼瞎的时候，喜欢一个人不是因为那个人有多帅，而是因为那个人在某个时刻，像流星一样，正巧划过了你的眼前，戳瞎了你的眼，从那之后，你就像被施了咒，再也看不到别人的光亮。

很快我就跑去刺探军情。

在学管弦乐的人群里，我打酱油似的拿着短笛对着正在吹笛子的简艺说："怎么样啊？你到底对罗安有没有兴趣啊？"

简艺放下笛子说："你用脚指头想也知道不可能，好不好？"说完，简艺又吹起了笛子。

"可是……"

"嘘……"简艺聚精会神地盯着前面做示范的林沐风，眼睛一眨不眨。

顺着简艺的目光看过去，这哪是管弦乐团啊，这是女子乐团啊，一群水灵灵的小姑娘虎视眈眈地盯着林沐风眼睛冒光。

我想完了完了，这是要闹悲剧，简艺怎么会喜欢林沐风这种声名远播的花花公子？

我擦了一把汗，把短笛吹得分外响亮，就差一点儿背过气去。

"学妹，你是想找死吗？"不知道什么时候林沐风走到我的跟前。

我放下短笛，尽量调整语调："怎么的？"

"气运用不好，会吹得脑子缺氧。"

我微笑："谢谢指教。"

这样，我给你示范一下。

林沐风突然一把夺过我的短笛，轻轻地吹了起来，真是又轻松又优雅的样子。

可是我关心的就是我的口水还在上面，他这样不讲卫生真的没问题吗？

好忧伤。

他吹完之后，旁边一阵掌声。简艺都快要把手拍断了。

有这么夸张？我真的很想吐槽，但是我没有。我很从容地拿过我的笛子，嘴角微微上扬，不卑不亢地说了句：“以后这么不卫生的事情还是不要做了哦。”

我从练习教室出来的时候，真是大大地松了一口气。这么犯傻的团体是我的去处吗？这是不可能的。

因为林沐风，我当天就申请退出了管弦乐团。还好管弦乐只在刚刚创办阶段，打酱油人士均可告退。

5. 假意在你身边

据说那天我在音乐教室对林沐风无礼地甩头之后，我就成了全校女生挤对的对象。

对于这件事，开始我是不在意的，但是后来除了简艺就没有一个女生不对我斜眼睛，我就发现不太妙了。

本来我就没什么朋友，她们不理我对我来说也没什么损失，重点是她们总翻我白眼，你想啊，每天都面对这么多白眼，不和恐怖片似的吗？

小傻瓜罗安倒是风雨无阻地来找我，他表面上对简艺死心，外边人看他和我好得两小无猜，事实上，他项庄舞剑意在沛公，我只是有苦说不出。

苦闷的我那时候开始有了心事，我不像小时候那样什么事情都会和简艺说了，我不能跑去对她说我喜欢上了一个被她拒绝的男生，这个男生还是我们从小嘲笑到大的小傻瓜吧。

如果我对简艺说了，她一定会大笑一个晚上并且挖苦我说：“夏朵，你是要做傻瓜婆啊？”

那时候我开始注重尊严这玩意儿，学会了掩藏自己的心事，喜欢一个人，是不能对外人道的，更何况我是这么普通平凡的夏朵。

而简艺呢，她风风火火的性格在遇到林沐风之后突然就变得内敛了，她在他面前从不大声说话，她夹杂在那么多喜欢林沐风的女生里面，一点儿也不主动。

我在她旁边看了都快急死了，她还特娇羞特沮丧地说："林沐风周围的姑娘太优秀，我只是一个普通人。"

喜欢一个人，连自己都卑微起来，身上的自信、张扬，一下子就统统收敛了。

我和罗安常趴在栏杆上看操场上简艺欢腾的身影，以及看着篮球场上挥洒汗水的男生们发呆。

学校的鸽子总从我们的头顶飞过，发出咕咕的叫声，夕阳照在罗安的脸上，碎碎地晕开，特别好看。

罗安总会转过头冲我笑，拿手指学简艺戳我的脑袋："看呆了？"

"不可能。"我总喜欢这样吐槽他，转过头，心咚咚咚地跳。

但是罗安是不会注意到我这些情绪的起承转合的，他只会很忧伤地说："你说林沐风会和简艺在一起吗？"

6. 有一件我和林沐风的小事儿

有一件事，我一直没对任何人说，我曾经在一个高级会所的门口，看到林沐风被一群男人围殴，旁边有个漂亮的妇人一直跪地求饶。

我不知道那天是哪里来的勇气，用石头砸开了路边的一个安全阀门，抽出灭火器就冲了上去，把那群人喷得昏天暗地。

在白雾中，我把林沐风给拉走了。

我拉着他一直跑一直跑，跑到一间小诊所，我才发现我的手里全是血，已经凝固了，和他的手紧紧地粘在一起，他的脸上也淌着血，平日里意气风发的样子全没有了。他看着我半天，最后冒出一句："夏朵，你不要命了！"

喊得整个大厅的人都听见了。在我吓得不知所措的时候，他突然晕了过去。

医生是在他昏迷中给他缝针的，缝针的过程中，林沐风就痛醒了，我故意不让医生给他打麻醉剂，想给他点儿惩罚，但是他先是蹙着眉头，接着突然一把抓过我的手，吓得脸色发白。

这不是重点。

重点是，他居然又在我还没反应过来的时候，晕了过去！整个脑袋严严实实地扎在我怀里，一阵一阵小抽搐。

“看来是怕疼。给吓坏了。”护士在旁边笑着说，“你轻拍他的头，安抚他，让他安心点儿。”

我犹豫了半天，还是按护士说的那样去做了。

林沐风突然就安静下来，身体不再紧绷。

不知道怎么的，我突然觉得他这样就像一个小孩儿，和学校里那些趾高气扬的优等生不一样。他就像个小孩儿，听着儿歌，缓缓睡去。

后半夜他才醒过来，一声不吭地走出医院，我跟在他身后，一言不发。

“夏朵。”他喊我。

“嗯？”

“没有啥想说的吗？”

我摇摇头。不是我故意假装深沉，是我不知道该说什么，多年习惯性不开口说话，养成了良好的淑女风范。

到医院门口的时候，他说：“以后不要多管闲事。”

“哦。”我还是很简洁。

“谢谢你，夏朵。”林沐风突然说。

我笑了笑，朝他摆摆手：“不客气。”

他盯着我的手心，眼里有闪闪的光：“夏朵，以后有需要我帮忙的地方，来找我。”

我冲他眨眨眼：“不用贿赂我，我不会告诉别人你怕痛这件事的！”

林沐风听完之后丢给我一个惴惴不安的表情和巨大的白眼。

## 7. 喜欢一个人不会少一点儿

后来我在学校看到林沐风，依然假装不熟悉。

他还是那么耀眼，把白衬衫穿得特别帅气，脸上含着让人看不透的笑意。

我想不通这样阳光灿烂的男生背后究竟有着怎样不为人知的秘密，我不想探究，也没必要了解，我看着简艺深陷其中，不知道该如何告知。

我们上高一的时候，林沐风已经上高三了，他退出了学校所有的社团，也不太和姑娘们玩儿小暧昧的游戏，看上去似乎真的要收心迎接高考了。

罗安对简艺的爱情从台面上转到台下已经三年了。几乎所有人包括简艺自己都觉得罗安放弃了。

可是只有我知道，喜欢一个人在没有得到她之前，只会觉得她更加遥不可及，更加美好，更加想念。

我追赶着罗安，罗安追赶着简艺，而简艺，她追赶着林沐风。

每个人都是望而不得，苦苦追寻。

罗安为此非常郁闷，时常拉着我倾诉苦闷，大家都知我和罗安关系好，有时候走在学校里，有同学会说：“看背影，我以为是罗安和简艺。”

## 8. 简艺的失去

简艺爸爸的尸体是在十二月被人送回来的。

听说在挖矿的时候整个人被埋在了下面。

他是去帮简艺赚钱出国的，总想着再多做几年，就再也不干了。

到底还是出了事。

简艺哭得眼睛都肿了，我和罗安一直陪在简艺身边，简艺一句话也没有，不吃不喝，谁劝也不听，像是绝望到了极点。

我和罗安急得一点儿办法也没有，简艺的妈妈哭着说：“简艺，如果你去了，妈妈也不活了啊，不活了。”

我和罗安都心酸得想大哭。

我突然想到了林沐风，我想他如果肯来看简艺，简艺一定会没事的。

我是跑着去找林沐风的，他从晚自习的教室里走出来，我冲他喊：“林沐风！”

“怎么了？”他对我的到来感到很疑惑。

“你去看看简艺吧。”

“简艺怎么了？”

“她爸爸去世了，她一句话也不说，饭也不吃，我害怕……”

“我去就有用？”

“嗯，她一直喜欢你，我想你去了，她至少就肯吃饭了。”

“如果我不去呢？”他反问我。

“那……我……哇……”我突然就哭了，哭得撕心裂肺的，那不是哭，那根本就是号，号得晚上的校园回声阵阵。

“得得得，我去还不行吗？你是水龙头做的啊？说喷水就喷水。”

“谢谢你。”我立刻就止住了眼泪。

林沐风拿出纸巾帮我擦脸：“不知道的还以为是你死了爹呢。”

我破涕为笑。

那是第一次，我在林沐风的眼睛里看到了温暖的颜色。

9. 林沐风的伟大

林沐风出马果然是奏效的，简艺居然开始进食了。我和罗安靠着火盆感叹爱情的力量真伟大。

林沐风算是很够意思，陪着简艺忙完了整个葬礼，葬礼过后简艺就很自然地和林沐风出双入对了。

林沐风的高三，可以说是在简艺的陪伴下度过的，她陪他上晚自习，和他一起放学回家，简艺成了全校女生的公敌，但是她不再怯懦，每天仰着头，掠过无数嫉妒的目光，骄傲得像只小天鹅。

她和我说：“夏朵，能和自己喜欢的人在一起。披荆斩棘都是幸福的事情。”

有一瞬间，我有些嫉妒她，是嫉妒不是羡慕。

我和简艺不像从前那样亲了。

罗安每天骑着单车来接我上学、回家，我坐在他的单车后面，听风声一阵阵地从我耳边吹过，有时候我会把手举起来，看着手心蔓延的纹路，在阳光下，透出一种摸不着边的暖黄。

林沐风总是倚在教学楼的角落里看书，有时候我走在校园里，抬起头就能看到他的脸庞。

他会冲我笑笑。远远的，有一种特别纯真的美好。

10. 我把爱情和友情都弄丢了

林沐风考上大学的那一年，我刚满十七岁。

林沐风考去了上海，读的是酒店管理。

简艺在火车站哭得像个泪人。

我剪去了一头长发，穿起了牛仔裤，打了人生中第一个耳洞，站在林沐风面前冲他傻乐。

林沐风撇撇嘴说："本来就平胸，现在都看不出男女了。"

我嘲讽他："要去大学祸害小姑娘了，乐坏了吧？"

他用余光看向简艺，偷偷地在角落里对我说："夏朵，我能做的只有这么多了。给她一段美好的记忆，仅此而已。"

我突然可怜起简艺来。像林沐风这样的男生，谁能把握得了，谁又能看透他的真心呢？

"谢谢你，保重。"我朝他挥挥手。

他的目光落在我的手上，这是第二次，他的目光掠过我的手心。他还是笑了一下，难得一本正经地说："夏朵，做你自己，真的很好。"

正午的阳光兜头而来，我的眼眶蓦地就湿润了。这是这么多年，我听过的最触动我心灵的一句话了，独一无二的你自己，太久太久不曾出现。

林沐风走后，简艺开始给林沐风写信，像着了魔一样，每天上课的小事、大事、学习的内容都会向林沐风汇报，然后厚厚的一沓放在信封里寄去林沐风的学校。

她开始穿超短裙，染头发，把自己打扮得像隔壁中专的不良少女，所有人都说简艺疯了。

她夜里总会在家里闹，打碎了碗在手上划出一道一道的口子。

她对我说："林沐风怎么能这么对我，他不能这么对我。"

简艺这个样子，最难受的人，是罗安，小傻瓜罗安开始天天往简艺家跑，他开始载简艺上学，接她放学，陪她写作业，生怕她做傻事。

直到我过生日的那一天，我看到简艺和罗安在她家的小长廊上接吻。

就是那个我们从小搬着长条凳一起排排坐着的长廊，我们在那个长廊上憧憬过未来，吃一盒糖果，看街上的马路，说过要做一辈子的好朋友。

他们就这样明晃晃地在我眼前接吻起来。

我的心像被一只魔爪牢牢揪住，钻心地痛。罗安看到我在对面，他张皇失措，这么多年，我以为他总会喜欢我，甚至我觉得他已经放下简艺喜欢上我了，但是我现在才发现，那些都不过是我一厢情愿的想法。

罗安喜欢简艺，一直都没有变，我就是一个替补，永远都是替补。

晚上简艺拉着罗安来找我，她说："对不起，夏朵，我不应该抢你男朋友。"

罗安在一旁像做错事的孩子，一句话也说不出来。

我攥紧了拳头说："没关系，罗安从不曾是我男朋友。"说完这些话，我感觉自己的内心突然像被某个东西瞬间掏空了。

那天晚上，我一个人在家里吹蜡烛，我不怪简艺，很奇怪，我真的一点儿也不怪她，妈妈接到一个电话，喊我去接。

我没有想到，居然是林沐风。

他说："祝美丽可爱的夏朵小姑娘，生日快乐。"

不知怎的，我突然就大哭了起来。像曾经在林沐风的面前那样，哭得撕心裂肺，他在电话那端焦急地问我："怎么啦？到底怎么啦？"

我挂了电话，第一次觉得原来我这么痛，我丢失了友情，丢失了爱情，这两样我生命中一直珍视且非常美好的东西。

11. 林沐风走了

我并不知道林沐风会因为我的哭泣，连夜坐车赶回来。

上海离葵远并不远，只有两个小时的车程，他坐的是最后一班车，晚上九点到达。

我更不知道，他在风尘仆仆地赶来我家的途中，会遇到早已等在车站的简艺。

简艺拿着刀，冲到林沐风的面前，一刀一刀地刺在他的身上。

漆黑的夜色像墨一样一层一层地泼下来，我赶到的时候，简艺缩在人群里，而我的罗安，他却手持凶刀，被警察带走了。

简艺止不住地发抖，却不敢上前，这一刻她突然就怕了，怕面对这个血腥得难以收场的画面，我摸着林沐风的伤口，血布满了我的手。我蹲在他的身边，我说："林沐风，你没事的，听到没？你一定没事。"

他伸手把我的手放到他的脸上。轻轻地闭着眼，嘴角微微地扬起来。用他仅存的力气说："小姑娘，生日快乐。"

那是我最后一次触碰林沐风的身体，他在去往医院的途中不治而亡。他的表情并不痛苦，反而很安心。平静而苍白的脸上，再也无法露出一对平日里含着笑意的眼眸。

他走了，带着对我的祝福，离开了这个世界。

平静和喧嚣，羞辱和恩宠，都没办法计较。他走了，把世界上别的人，都留下来了。

12. 多年以后，我们才知道，相互嫉妒，是拆散友情最无情的凶手

罗安被当成了杀人凶手，那个夜晚，火车站没有行人，谁也不知道这件事到

底是谁干的，警察只看到了罗安握着凶刀，而他供认不讳。

这件事在小镇上引起了很大的波澜，简艺躲起来谁也不见，我不知道是怎样的仇恨让简艺有这样的举动。

许多年后，我在简艺的博客上，看到她叙述这段往事，我才明白，那些隐藏在年少时光里的嫉妒和怨怼原来滋生得那样快速而长久。

她那样倾其所有地爱着林沐风，而林沐风只是为了还我一个承诺。

那个骄傲如公主的简艺，无法忍受这种施舍的爱，她等在那个车站的夜晚，只是想看看在林沐风那颗永不见底的心里，到底是否藏着一个夏朵。

简艺在博客日记的最后写着："夏朵，我从小被你羡慕，在你面前我总是高傲而自信，可是在林沐风那儿，我只看到他对你的爱，我不愿意承认我那样嫉妒你，嫉妒你在他心中的地位，我不知道你给予了他什么，让那样不羁的林沐风，能爱你如此。"

那时候简艺已经出国，她在林沐风死后没多久就出国了。她甚至不敢去看罗安一眼。

我常常去看守所看罗安，他的傻子爸爸就望着他呆呆地哭着。

我还是会趴在我和简艺小时候经常待的长廊上，吃着糖果，我想起我们的小时候，那时候我很羡慕简艺，羡慕她的笑容和甜甜的声音，羡慕她被所有人喜欢，包括小傻瓜罗安。

时间过得真是太快了，快到我们还没来得及做准备，就给我们的青春画上了休止符，我们嫉妒着彼此的拥有，放弃了自己最珍贵的东西，我们总在仰望别人的幸福，不曾低身看看面前的温暖。

最后，我们错失了所有，包括我们曾经拥有过的最珍贵的友情。

雨下了三天，我数了数，却过去了十年。

# 白色连衣裙

青春年少的我们，懵懂的爱恋，都害怕无意的伤害。坚持等着一个人回头看你，拥抱你，给你这一季最美丽的白色连衣裙。

A

一九九七年，在言家夫妇的葬礼上，我第一次见到母亲口中曾提过不止一次的言行书。

十五岁的少年，身着亚麻色丧服，跪在父母的灵堂旁，给每一个来祭拜的人行礼，他的手指洁白，低下头去的时候柔软的头发微微泛黄，头磕在地上，“咚”的一声。

他身旁，是早已泣不成声的祖母。而他却如此镇定，守住这伤心欲绝的横祸，没有半丝的波澜。

一次飞机失事导致的悲剧。

我的母亲踱到言行书身边，轻轻地搂住他，柔声道：“行书，要不搬到阿姨家来吧。”

言行书的母亲，是我母亲的手帕之交。可他常年居住在镇上，我总是无缘得见。

母亲这番话一过，言行书才慢慢将头抬起，轻声却倔强地说：“谢谢江阿姨的好意，不过行书还是想和奶奶住在一起。”

他抬头的瞬间，我才看清他的样子。深色的眸子，整齐清秀的脸。脸上有隐忍的悲痛。

所有人都悲痛不已，只我不知这悲痛从何而来，故而无聊地拉扯着新裙子肩袖旁的珠粒。

没想到一用力，整圈珠粒都被扯了下来。

安静的灵堂瞬间叮咚作响。

“你这丫头。”父亲作势要打我。

我害怕地往后退去，心想这回肯定要被打了。

言行书却站到我身前：“叔叔别怪小妹妹，我想她也是无心的。”

父亲的手收了回去，不好意思道“我没管好这丫头，一点儿礼貌都没有。”然后他狠狠地瞪我，“未央，向你行书哥哥道歉。”

“对……对不……起。”担心被父亲打的恐惧使我说话声音都是颤抖的。

言行书摇摇头，握住我的手，说：“没关系。”

他的声音很温暖，可他的手异常冰冷。

我望着地上散落得乱七八糟的珠粒，白皙圆润的色泽，它们悲伤得像言行书的泪珠，我的眼泪还是从眼眶里掉落了出来。

B

江南的古城，细雨纷飞。市重点中学的操场上，站着一个穿灰白色衬衣的少年。

彼时的言行书，已考入市里最好的中学，从镇上到城里来上学。

我初二，他高一。

我因从小便得了咽喉的顽疾，声音一直嘶哑无力，变声期都比别人来得晚，好像无论怎么努力，张嘴就是惹人发笑的音调。

所以，即使我有幸福的家庭，骨子里却有无尽的自卑。

只有筱筱，她不计较我的声音，一直将我当作知己，对我百般好。

有时候我是羡慕她的，她像只花蝴蝶，穿梭在学校的每个角落，帮学校组织各项活动。

她的声音真好听啊，学校每次组织合唱，她都是领唱。她的声音如黄莺出谷，婉转动人。我只能站在人群中做众合唱之一。可我并不发声。

我时常会在学校的红榜上看到言行书的名字，物理竞赛，数学竞赛，科技模型设计比赛……

筱筱说："这个言行书，还真厉害。"她每次提到言行书的时候，眼睛就笑成月牙的形状，满是崇拜。

言行书总是穿亚麻色的衣服，从我见到他时他就穿这个颜色，再在学校里看到他，他还是穿这个颜色。

我很少在学校里看见他，初中部和高中部隔着很长的距离。偶尔碰见，我都不敢直视他的眼睛，我只是一个矮小、样貌平平的女孩，连说话的声音都那么难听。

可是我与言行书是注定不能避让的。

C

我上初三的时候，母亲回了一趟小镇看望言行书的祖母。

说是看望，实为商议。

听闻言行书的祖母并不太喜欢言行书的母亲，甚至觉得是她害死了自己的儿子，顺带地讨厌起言行书。

我甚至能想象出他祖母那一脸孤傲的表情，满面皱纹却还要自恃甚高的模样。

这样便更坚定了母亲要把言行书接到家里来住的决心。

她在饭桌上征求我和父亲的意见。

父亲说："既然你已经决定了，那就这样吧，只要行书那孩子同意。"

"我会说服他的。他来住顺便可以帮未央补补课。"

命运又将我们捆在了一起。

那个下午，我待在学校里拼命地做题。筱筱塞给我一张字条，上面有筱筱青春飞扬的字体：未央，我好像喜欢上言行书了。他真是一个很棒的男生。

我的心就一点儿一点儿地揪了起来，两个十五岁的懵懂女孩，同时心系一个人。

那个下午，我不敢回家，因为那日言行书便要搬过来。

这一切都被筱筱的字条打乱了。我不能告诉筱筱我将要和言行书住在一个屋檐下，因为这样也许会让我失去唯一的朋友。我的内心在做激烈的挣扎。等到天都黑下来，我还坐在学校教学楼的阶梯上。

这时学校的晚自习就要开始了，很多教室的灯又慢慢地亮了起来，我坐在阶梯的角落里，抱紧了我的书包。

远远地听见有人叫我，那是一个极为动听的声音，像夏天里的风，干净清爽。

“未央，未央……”声音由远及近。

在黑暗中，我辨认出那人的声音。

言行书。没错，就是言行书。我抬起头，看到走来的人，五官整齐的少年满脸焦虑。我多想伸出手去握住他的手。可是，在他的旁边我看到了筱筱。

筱筱上来就抱住我：“未央，你怎么这么晚了还不回家？你妈都担心死了，打电话问我呢。”

我定定站着，说不出话。

“好了，人没事就好。快回去吧，江阿姨快急死了。”

言行书看着我不发一言。

筱筱看看我们俩，然后微笑着说：“未央，学长人真好，听说我找你，还帮我一起找。”

“走吧。”我扯出两个字，装作漠然地从他身边绕了过去。

D

自此之后，我对待言行书的态度就没有好过。母亲不在的时候，我扯着几乎破碎的声音对言行书说：“你不许对别人说你住在我家，在学校里你可以当不认识我，上学你走你的，我走我的。”

我不知为何在那么小的年纪竟会如此狠心地对一个刚失去双亲的少年这般冷言相向。我想我是一个自私的人，我怕面对他，只好用这样的方式来掩饰自己的恐惧。

“可是，我为什么要听你的？”言行书说这话时眼睛是温暖的，像在看一个小孩儿发脾气。

“没有什么为什么，你照做就行了。”

“解释不出，就和我耍赖啊。”他应我，没有一点儿愤怒。

“我才没耍赖。”我用尽所有的气力喊出这句话，并且重重地甩上门。

我的声音，在空气中嘶哑而破裂。我想我只有在面对言行书的时候，才会这般无理取闹。

我把那件肩袖残缺的白色连衣裙叠好放到衣柜里，它的颜色是无尽的白，上面只有一只明黄色的蝴蝶，大大的朦胧的图案，似乎印到衣服布料的里层。

随之而来的便是中考，铺天盖地的考卷，三课一练，天天测试，三天小考，五天大考。老师要求我们所有的学生都必须上晚自习。

母亲帮我和言行书做中午便当的时候说：“行书，以后未央上完晚自习，你就陪她一起回来，省得我们担心。”

“我不要。”

“好的。”

我们两个人的声音几乎同时发出。

“未央听话，你妈和我晚上都还有别的工作，别耍小孩子脾气。”父亲搭了句话进来。

我耷拉着脑袋想：怎么样才能不让筱筱发现呢？

E

那是一个濒临夏天的时节。我锁上了我所有的长裙。我对言行书说：“我不要你送，我可以自己回家。”

言行书的眼睛里有亮亮的东西在闪动，他说：“如果你这么讨厌我，那么，随你。”

那时，他的下巴已经高到了我的头顶，我看他的时候必须把头抬得高高的，他说话的口气里满是伤感。我突然很想和他解释些什么，但话到嘴边，又生生地给咽了回去。

我在他面前，永远是一个倔强的孩子。

从学校回家要走一长段路，我会轻声地歌唱，唱学校文艺会演时唱的歌：“轻轻地捧着你的脸，为你把眼泪擦干，这颗心永远属于你，告诉我不会孤单。”

月色明亮，我的声音就均匀地铺散在这月色下，演唱者是我，听众也只有路边的静物。

这种感觉，是我所喜欢的。

回到家后半个小时，言行书就尾随而至，然后轻轻地端一杯牛奶放在我的桌前，安静地坐下，温和地问：“未央，有哪些不懂的，哥哥教你。”

我讨厌他自称“哥哥”，谁稀罕他做我哥哥！

“我都不会，你全部教我。”我故意气他。

他拿过我的题，把相关的公式列出来，然后认真地给我讲。

F

筱筱一如既往地在我面前说着她心中的言行书。而我每天看到言行书都能想起筱筱那一张热切的脸。筱筱是那么出众的女孩。在学校里已经受到许多同年级或是高年级男生的青睐。她经常拿着花花绿绿的信纸在我面前一筹莫展，抱着我大喊：“宝贝宝贝，我该怎么办？”嘴上说的是无奈，可语气是骄傲的。

我只是呆呆地笑，低头，写很多很多的数学题。

所有的努力都没有白费。中考结束后，我以出人意料的成绩直升本校的高中部。

知道这个消息，我并没有非常高兴，只是靠在客厅的沙发上安静地看动画片。

母亲挥舞着锅铲，父亲在旁边打着下手。只听见母亲和父亲说：“未央这次考过，多亏了行书，每天每天地帮未央补习，自己却熬到夜里两三点才能稳固在年级前三的位置……”

我的内心有一丝的动容，站起身去找言行书。

他此时正站在阳台上，静静地看着天空。微黄的头发遮住了半边的脸。

“行书哥哥。”我不得不这么喊他。

“怎么？”他转过头。

我的心竟有漏掉一拍的感觉。

“嗯……妈妈说……妈妈说吃饭了。”我本来是想说“谢谢”，可依旧没说出口。

他点了点头，说：“好。”

我倚在门边，看他。他手里攥着一个物件，攥得很紧，我看不见。

他走过我身边的时候，我看见他的手心里有白色的光闪出来。

就像夜里看到的月光。那样安静，那样灼热。

G

我不止一次地打开我的衣柜看那件许久不穿的白色连衣裙。我脑海里有清楚的影像，那是一个十五岁的俊朗少年，他温和的眸子，洁白的手。他也许就住在我的隔壁，也许离我千里，也许早已住进了我的心底。

这些都不得而知。

我只知这个优秀的少年已经渐渐成为众女生口中的传奇人物，他不苟言笑，他的成绩连续夺冠，他的三步上篮几乎百投百中，他打破了学校前辈的所有纪录。虽然他在十五岁的时候就失去了双亲。

筱筱对他的仰慕已经到了痴迷的地步。

那时，我的声音已经有了微微的好转。这是除了我自己，别人都没有发现的秘密，我在回答老师问题的时候依旧小心翼翼，轻声轻语，只有夜里躲在被窝里才会哼一些短小的曲调。

这个发现真让我兴奋。

但我想，言行书是不会想听我唱歌的吧？他总是平静地说：“未央这么大吼大叫的声音，将来要怎么唱歌？”

我讨厌他用平静的语调来陈述一个事实。也许他不知道，我只有在面对他的时候才会用大吼大叫的声音，我并不忌讳在他面前暴露自己的缺点。

H

我终于坐在了高中部的教学楼的某间教室里，高一在七楼，顶层，而高三却在底层一楼。这样一个上下相隔的距离，却使我满心欢喜。

教学楼的不远处，有一棵巨大的樟树，枝繁叶茂。白天它遮住了大片的阳光，夜里却会从稀疏的缝隙中落下斑驳的月光。

言行书已经上高三了。天色一黑，高三年级的教室便灯火通明。

我喜欢趴在走廊外的栏杆上看下面走走停停的人。高一的这一层，黑黢黢一片，冰凉的风，借着夜色，阵阵袭来。

我常在楼下看到向言行书教室张望的女生，她们有害羞的表情、忐忑不安的心。她们和筱筱一样，是勇敢的人。

而言行书，他并不接受任何女生的表白。这里面也包括筱筱。

筱筱写给言行书的信被言行书退了回来，由此宣告筱筱的告白失败。

筱筱美丽的面庞失去了昔日的光泽，她的声音因为哭而变得沙哑。

我不知道怎么安慰她。

我想如果我写了这样的告白信去，结果也应该和筱筱一样的吧。我会哭吗？我不知道，但是我一定会难过。

青春年少的我们有懵懂的爱恋，却都害怕无意的伤害。

I

我的高中，并不顺利。是的，我总是不顺利。几何、方程、阿基米德，这些统统把我逼疯。

我时常躲在房间里哭，低低地抽泣着，坐在角落里，看眼前昏黄的灯光。

言行书便会在隔天的早晨等在门口，静静地陪我走到学校。

偶尔他会轻轻抛下一句："如果有什么不会的，哥哥可以教你。"

"不用了，你都已经高三了，妈妈让我别去打扰你。"我一口回绝，声音是强硬的。

他便会停下脚步，回过身，伸手，似乎要把手放在我的头上。

我的心怦怦直跳，然后飞也似的走掉，像一个逃兵。

暗恋，像一枚奇异的种子，在内心生根、发芽，却只是畸形地成长。它是甜蜜和自卑的综合，它不停地积压在我的内心，不知何时爆发。

只有在夜深人静时，用水磨桃木梳一遍一遍对镜打理及肩的长发，轻轻哼唱："如果没有遇见你，我将会是在哪里，日子过得怎么样，人生是否要珍惜。"

这么甜美的歌曲由我这沙哑的声音唱出，充满无尽的悲切与怨怼。

这样的歌曲声声不息后，迎来的便是言行书被保送到S市上大学的消息。

学校瞬间的沸腾，母亲的欣喜，一切都似乎在意料之中。

我的心却没来由地空了，这样的一个喜讯，在我看来，怎么也挤不出笑来。

之后就是上演车站离别这类老掉牙的戏码，我在他要离去的前夜，坐在床前唱了一整夜的歌。好像多年前失去双亲的人是我，不是言行书。

离去那日的言行书，换上了蓝色的衬衫。笑容里有数之不尽的光辉。

他拖着简便的行装和母亲并排行走。母亲对他近三年的照顾，有时远胜于我。

他临上车时目光越过母亲，定定地看向我，好似期待我说什么。

"未央，不和你行书哥哥说些什么？"母亲在旁催促。

“嗯……”

“未央，你要好好学习。”言行书先开口。

我木木地点头。

他突然笑了，走过来，伸手，轻轻地抱住我。

我一下子就傻了，望着眼前的火车，突然也想伸手拥住他。

那日阳光很好。他拥抱了我大约十五秒，那对我而言似乎是一个世纪之久的时间。

然后，我听见言行书在我耳边说：“丫头，你唱歌其实挺好听的。”

火车呼啸而过。言行书的脸渐渐缩成一个点儿。铁轨旁有不知名的小白花，摇摆，坚定。

J

言行书走后，我便开始守望将来。买各种颜色的裙子，唯独没有白色的。放在衣橱里，底部堆放了很多樟脑丸。

我把头发蓄起来，任由它不断地绵长下去。

因为言行书的那一句话，我渐渐对自己的声音有了丝丝的好感。

一切开始有些明朗起来。筱筱终于在高三处了一个小男朋友——周遣，安静白皙的男孩，转校生。筱筱对他一见倾心。

我半开玩笑地奚落她，以前不是非言行书不可吗？

她便红了脸，讷讷地说，可他不是凡人啊，我可追不上他的脚步。

我依旧在放学后的黑夜里独自待在顶楼唱歌。声音轻若游丝，虚无缥缈，却是离愁唱断，焦躁不安。

树影斑驳，定格。死绝一般。

言行书只回来过一次，奔丧。

那年冬天，他祖母不幸得了小病，却一病再病，直至断了呼吸。

冬天里，老人最经不起病痛，只消一点儿，就能结束性命。

母亲甚至不想告诉他这个消息，怕他接受不了再一次失去亲人的痛苦。

电话是我打的，我说："行书哥哥，你奶奶去世了，你找个时间回来一趟。"

我的声音是那样镇定，字字句句，如此清晰。

他连夜就奔了回来，在我读高三的那个冬天。我的头发已经长到了腰间，脸也消瘦了下去。我想言行书怕是认不得我了。

他走了一年半，都未回来，只打电话来给母亲，说是利用假期多打些工。

他对我，亦没有只言片语。

K

言行书回来的那个冬天，我没见到他。他回到镇上为他奶奶守灵。我却一病不起。

筱筱和周遣前来照顾我。父母这才放心回镇上去帮言行书办理祖母后事。

我挣扎着要爬起来，脑袋却不受控制般沉重。

想见言行书的心是如此强烈，一年半的时间，他竟然可以如此狠心不给我一个电话，甚至一封信。

筱筱边往我嘴里送药边叹息："傻未央，原来你才是最喜欢言行书的那个人。"

我一听，眼泪就顺着脸侧滑了下来。

这么多年坚守的秘密，却在最柔弱的瞬间全部暴露出来。

历时半年，以很危险的成绩考上了言行书所在的大学。

高考这一仗，打得毫无野心毫无保留，目标只有一个，用尽全力去努力实现。没日没夜，写题，做算术，背单词，默古文……

头发用簪子绾成髻，趴在桌前竟会莫名地睡着，簪子便无意间松落，发丝散开铺了整个桌面。

言行书的房间，母亲安安稳稳地将其摆设一件件放好，每天打扫，纤尘不染。

我有时候单单是坐在他的床上，想着他离去前的最后一个拥抱，都能难过得抽泣。

小时候的倔强，慢慢地变成了一种坚持。

坚持等着一个人回头看你，拥抱你，给你这一季最美丽的白色连衣裙。

没有肩绣没有珠粒都没关系，只要他能给你一颗疼爱你的心。

L

九月。有清风淡淡徐来。镜中的我渐渐长成面容恬淡的女子，修剪了纷纷扰扰的长发。

我踏上了去S市的火车。车外景物次第掠过，我满怀一颗想见他的心。

到S市。言行书赶来接我。即使两年没见，我依旧在一下车就辨认出他。

他的亚麻色衣服，永远是那番妥帖地立在他身上，仿佛没有人比他更能穿出这颜色的帅气来。

然而，他的身后，却安静地站着一名女子。初秋时节，她穿一袭白色连衣裙，绯红色小坎肩，笑起来，艳丽得勾人心性。

我的血液瞬间就凝结住，站在原地，半天吐不出一个字。

言行书一手接过我的行李，一如既往地微笑。

“未央，两年没见，都长这么漂亮了。”

我拿眼睛瞪他：“是啊，两年没见，你倒是越长越丑了。”

他身后的女子“噗”一下便笑出声：“行书，这就是你经常提起的妹妹未央吧？还真可爱呢。”

她说话的时候，身上的连衣裙就随风摆动，涟漪阵阵，如此迷人。

M

后来得知那艳丽女子名为方晴，是言行书导师的女儿，学校里呼风唤雨的人物，和言行书关系笃定。

我的头一下就暴痛欲裂般难受，气恼地跑到学校附近的酒吧喝酒。

喝了很多酒，疯癫起来，抢过歌手的麦克风乱七八糟地唱起来：“为你我用了半年的积蓄，漂洋过海来看你。”

台下开始骂。我看看自己，破旧牛仔裤，暗红色上衣，头发披散，布满整脸的眼泪。

我何须美丽容颜？我的美丽早就被人视而不见。

有人上台把我抱下来，和众人道歉说：“不好意思，我女朋友喝醉了。”我心里一沉，伸过手去搂住他的脖颈儿，嘴贴在他的耳边，说：“你可知道，我爱了你多少天？爱到我的样子都变丑了。”说完，便趴在那人身上，低低地哭了。

他的名字叫杜微言。轻轻言语，一如人。名字中亦有一个“言”字。身材颀长，貌似潘安。据说是全校女生心中的白马王子，也是全校男生讨厌的对象。

因为他的名字，我愿做他女友，或许是他众多女友之一罢了。

可是我并不在乎，本来就没心在他身上，彼此只不过在玩追逐和被追逐的游戏。

杜微言搞了一支乐队，在学校的小礼堂里开小型演唱会，让我帮他写个宣传海报贴到宣传栏上。我毫不厌倦地帮他画了一些卡通人物，我让那些人的头发在灰暗的灯光下飞扬，周围的植物全都腾空飞起，五彩缤纷。这个时候我就会想起在高中的每一个夜晚，我是如此地眷恋那些黑暗中一点点飞扬起来的月色。

杜微言乐队的主唱女孩方朵，是非常明丽妖冶的女子，她戴很宽大的流苏耳环，穿墨绿色下摆被剪得七零八落的上衣、破了很多洞的发白牛仔裤。她的头发是金黄色的，眼睛上贴了很多金片，在灯光下灼灼其华。她青春有活力，一遍一遍歇斯底里地唱杜微言写的歌：“如果要爱你，就要用尽所有的力气。如果要爱你，就要等待地老天荒的奇迹。”

学校里喜欢杜微言这个乐队的女生把小礼堂里里外外挤个水泄不通，尖叫声一声一声地传来。我穿着杜微言上台前披在我身上的外套从人群中挤了出去。

在出口处我看到了言行书，当然还有方晴。我的心疼痛无比。方晴穿了一件白色绒毛的外套，头发扎起来，看上去青春美好。她的手牢牢地挂在言行书的手上，欢快地大叫。

他们同时看到我。我只是微微地一笑："没想到你们也喜欢这样的乐队。"

言行书的脸上没有表情，方晴因兴奋而涨红了脸说："我妹妹是主唱，我们来捧她的场。"

主唱？我转头看了看台上唱歌的女子。两个性格截然不同的人，居然是姐妹。

我说："你们慢慢看，我先走了。"简直是逃离。

言行书却一路追了出来。他说："回寝室那么远，我送你吧。"

我抬起头看他，他是在担心我吗？还是像初中时候那样吧，把我当成一个小妹妹。

我突然想起筱筱临走时说的话，她说幸福是要抓紧在自己手中的。

我低了低头，艰难地吐出一句："你回去照顾你女朋友吧。我已经习惯一个人走了。"说完大步朝前走掉了。

走了很久很久，也不知道是去往哪里的路，有一个小操场出现在眼前，我走了进去，操场旁有一个很大的沙坑，我蹲下，随手捡了颗小石子在上面写字，一笔一画工工整整。

然后眼泪毫无征兆地落了下来，一滴一滴，落进写好的字里去。

我不甘心，真的不甘心，为什么那么多年，他都不回头看我一眼？他真是个薄凉的人，对我的疼爱不是我要的，他对我越好，越是像把利剑，狠狠地插进我的心脏，再拔出来，疼痛得一生都不能好。

N

我不参加任何社团，一心一意地学习，一心一意地对杜微言。帮他洗衣服，帮他打饭，陪他排练，参加他每一次的表演，他身边的姑娘来了走走了来，像走马灯一样。可我依旧在他身边，我帮他画了很多很多宣传画，一张比一张美丽吸引人。

杜微言甚至开始认真对我，他开始在校园里众目睽睽下牵我的手，笑意盎然地给我说冷笑话，他说："小白加小白等于什么？"

我一脸茫然。他说："是小白兔。"我问："为什么？"他说："两个小白就是小白two（两只）。"

这个笑话真的蛮冷的。

可是反过来又开心于他的用心，他那样的男子，也许从来不会讲笑话的吧。

我和杜微言的恋情慢慢地传遍全校，言行书不止一次地劝慰我，这样的男生是靠不住的。

我就赌气地问："那什么样的靠得住，你这样的吗？"

他就不可置信地看着我，说我无理取闹。

可是，还是被言行书一语中的。我在某个夜晚的排练场里，看到杜微言和方朵紧紧拥抱在一起。姿势亲密，像一对落水鸳鸯。转身的时候，我就哭了，我难过，是我对他还有一丝希望，我以为他待我，至少会信守承诺，可是，他还是背叛了我。

言行书的电话打来，我按掉。他又打来，我还按掉。然后关机，站在操场上流眼泪。

言行书找到我的时候，我在秋千架上握着冰凉的铁杆，目光呆滞，他推推我，我看他，月光下，他的目光像霜一样白，我把手放在他的肩膀上，然后把头埋到他的脖颈儿间，我说："言行书，我该怎么办？"

他抱着我，他说："未央乖，有哥哥在。"他的怀抱真温暖，我是那般眷恋。

第二天，言行书打杜微言的事情就传开了，言行书被记过，杜微言知道他和方朵的恋情败露。他急忙地来和我解释，我说："何必呢？你杜少爷的花花心思我早已知道。我们到此结束。"

杜微言先是一愣，而后说："其实你从一开始，就不喜欢我吧？"

我转身的时候看到方晴，她凝目看我，不发一言地走开。很快，就传出她和言行书订婚的消息。都说她，有了言行书的孩子。

我像被雷击中，在寝室里不吃不喝了三日，然后提交了交换生的申请。

我和言行书的这么多年，就这样在匆匆的沉默中被我当成了一次远行。

我要离开的前一天，在学校的操场上写字，言行书来了，他问："未央，你要走了？"

我说："是。"

他也和我一起蹲在那里，学我用树枝写字。他说："未央，对不起，关于方晴，我那天喝多了。"

我笑，我说："你为什么要对我说对不起呢？"

他低头，写了一排字，我看完，微微地笑了一下，侧身抱他，那个拥抱很用力，仿佛这么多年的言行书，在我这个拥抱中，就成了我的。可是，幻想总是很短暂，我终究要和他分别。

END

我走的时候，言行书没有来送我。我穿了白色的连衣裙，上面有珍珠镶坠，天晴日朗地照得它们珠白秀丽。

杜微言给了我一个挂坠，坠子是一颗已经斑驳的珠子。他说："这是那天和言行书打架的时候从他脖子上掉下来的。"

我突然就想起他十五岁时的目光。深色的眸子，挂在清秀的脸上。就像我连衣裙上的白色珍珠那样漂亮珍贵。

我突然觉得我幼时是多么单纯和傻气，而我的成长，就是一出错过而冗长的戏剧。我没有抓住他，我失去了他。

我想起我从小礼堂出来的那个晚上，我在操场的沙地上写："言行书，我爱你。"

我想起他在和我告别的那天晚上，在操场上的沙地上写：“对不起，因为，我爱的是未央。”

其实，我们相爱了这么多年，可是，我们竟错过了这么多年。

我们的这么多年，就在对不起的爱中，一晃而过，无法追回。

在飞机上，我握着那个挂坠，唱了邓丽君的一首老歌，默默地落下泪来。

# 蔓藤爬过旧夏天

青春的年龄，我们都有自己心底保存完整的小秘密，不予人窥探。总是要有些叛逆和不羁才能代表在经历青春。

1

1997年的夏天，我常趴在阳台上看隔壁楼下林皓然家的植物。紫色弥漫的丁香，开出小红花的厚叶吊兰，翠绿的绿萝。很多很多，整片整片，带着通透的绿，在午后阳光的照耀下不蔓不枝地爬满他家阳台的镂空铁栏杆，有一种暧昧的缱绻。

林皓然偶尔站在这些碧绿盎然的植物后面抬头正视前方，眼睛如旭日般明亮，细致的五官大半掩在镂空的铁栏杆后面。

许多年以后，我唯一能记住的就是这个少年的眼眸，像夏天里那些让我疯狂迷恋的绿色。干净，晶莹，层层叠叠地迷惑人心。

像是一株妖娆的、盛开在我心底的植物。不可或缺，诡异纠结。

我得申明：从一开始，我就没有对他抱有非分之想。

他只是一个比我小两岁的会弹钢琴的少年，白净得像个小瓷娃娃，沉默寡言得像个小老头，和他妈妈安静地居住在17栋3单元的三楼，平日里与周围的住户不相往来。

在我们这个民风热情的小城，这样的住户算是少数。

很多人私下议论，有的说他爸爸抛弃了他们，有的说他父母离异。只是他们母子对这样的议论不闻不问，安静地过自己的生活。

有时候我上街溜达，看到他妈妈载着他去学钢琴。他手里抱着一本琴谱，精神涣散地坐在车后面颠簸。有时候我和妈妈去买菜，能看到他妈妈在猪肉摊选一块上好的排骨。还有时，会看到他妈妈在阳台上为那些藤蔓植物接枝、分株、浇水。她在面对这些植物的时候会嘴角弯弯，面目慈善。

他们刚搬来的那半年，我就像个偷窥狂，肆无忌惮地留心着他们的一举一动，并从一些微小的细节猜度他们的生活。

我知道我这样做很不好，但是我控制不了。那么，请原谅一个16岁的女孩无法克制的情绪。

2

那个夏天过后，我要上高一了。学校在一座山的前面，高一年级的教室面对着那座山，曾经听人说，有很多人死后都被葬在这里。

别人害怕，我却毫不畏惧。我喜欢这里，因为这所学校有一条种满梧桐的小路，清凉幽静，和看林皓然家植物时候的感觉近似。

开学的第一个周六，妈妈就让我和好友默默去学校的美术老师家学画画。素描课上完后，默默拉着我的手有些沮丧地坐在学校的小操场上。

她说："明乐，这个学校有鬼啊，你听说过没？"

"怕什么？"我说。无惧的青春，才不怕什么无稽的鬼怪之说。

说完我继续抱着我的画板坐在看台上看远处那些人玩丢沙包。默默和我有一句没一句地聊着学校的八卦，连沙包飞过来了也没察觉。于是一个如拳头般大小的沙包，居然就那么准确无误地砸在我的鼻子上。

顷刻间，我血流如注。

默默吓傻了，"哇"的一声就哭出来。

丢沙包的男生也跟着跑过来。"怎么样啊？"他问。

"纸巾，手帕！"我带着鼻音喊。

两个人同时非常默契地一起摇头。

我无奈了，从看台上跳下来，丢开两个笨得要死的小孩儿，捂着满是鲜血的鼻子，朝回家的路跑去。

我跑在学校那条种满梧桐的绿荫小路上，那个傍晚的风很快就把我手上的血吹干了。我有点儿想哭，不是因为痛，是因为这模样太丑了。16岁的女生已经开始注重美丽，然而没有纸巾没有手帕，手挡也挡不住。

迎面而来的是林皓然。他在这时以一种非常淡然的眼神看着我，那种融在绿荫之中的内敛，平静得如湖水。

我如遇见救命稻草般抓住他的胳膊："有没有纸巾或是手帕？"

他一愣，然后蹙眉。14岁的少年，已经开始飞快地长高。他低下头，把我的丑态一览无余。我立刻有些窘，脸上的热度一点儿一点儿地升上去。

他似没看见一般，从口袋里掏出一方鹅黄色的手帕来。

"谢谢。"我松开他的胳膊，拿着那块帕子盖住鼻子的丑样，然后在他清冷的目光中，迅速地跑开了。

有时候人和人的正面相遇经常以尴尬收场，如16岁的我，14岁的他。阴灰的云空下，只有我一个人自说自话，他不过做了一些表情和动作，再无其他。

那些，便是我最初的记忆里所铺陈开的小小少年。寡淡，孤独，却春意盎然。整洁，明净，透着不属于他这个年岁的感伤。

3

我在学校里遇见林皓然才知道，教他钢琴的老师，住在学校的公寓里。

我每逢周末便可在学校里遇见他。

有时候是老师的公寓楼，有时候是学校的花圃旁，偶尔也会在那条绿荫道上。

我们并肩而走，亦擦身而过，他的脖上挂着一枚四叶草的坠，睫毛稀疏地向下垂着，眼睛忽而投来一点点微亮的光，我也当那是一个打招呼的方式。

他曾借给我手帕，我却碍于女孩骨子里的害羞因子而迟迟没将手帕归还。

4

我开始喜欢那个高我一届的叫蒋旭宁的男孩。

他就是用沙包砸得我血流如注的男生的哥哥。

他有很漂亮的光洁额头，细长的眼，单簧管吹得很好听。

他领着那个男生来向我道歉。

他来的时候，还拎着我最喜欢的苹果。

“江明乐，我爸妈让我代他们来向你道歉。旭言真是太调皮了。真对不起啊。”他的语气里，全是对弟弟做错事的忏悔。

有什么原谅不原谅的，其实气早就消了。并且一个男生能把自己的过错向家里交代，这点就已经足够让我原谅他。

最重要的是，他这一沙包，为我送来了一个这么帅的帅哥啊。上帝真是优待我。

那天放学，蒋旭宁送我回家。在小区的门口，我看到林皓然推着一辆脱了链的单车。

蒋旭宁和我道别，并且把苹果交到我手里：“以后有什么需要帮忙的可以来找我。”声音温润如玉。

我的心脏突然加速地跳动，头机械地点着。

林皓然路过我旁边，歪过头看我一眼。

也许是因为心情好，我竟然主动和他说话：“小孩儿，你车脱链了？”

他点头，轻轻应一声“嗯”。

我走上前去，扶住他的车：“我帮你接上吧。”我把苹果交到他手里，示意他帮我拿。

他摇头：“不用了。”

我也不管，扶过他的车推到旁边，就开始接链条。苹果被放在了脚边。

两下半就接好了。车脱链这种问题，我从三年级骑车去上学就已经开始自己解决了。

只不过每次接好链条，双手都是黑乎乎的。

我站起身，冲他笑："以后车子出问题，可以到街转角的郑记修车铺去修。很便宜的。"

他递给我一张纸巾，小声地说了一句"谢谢"。然后蹲下去，捡起我放在地上的苹果，动作轻盈，小心翼翼，好像用这种方式来感谢我帮他修了车。

于是我推着他的车，他拿着别人送我的苹果，朝小区里面走去。

他的身上有一种很清新的味道，像那些青翠的植物散发的清香。

到了17栋，我把车推进车棚。他跟在我的身后，像一个听话的孩子。车棚里的灯光很暗，很多蚊子和飞蛾到处盘旋。

林皓然把苹果还给我，认真地看着我说："我叫林皓然，不叫小孩儿。"表情倔强，坚定不移。

我笑："好吧，林皓然，很好的一个名字。我叫江明乐，你可以喊我明乐姐姐。这个小区里比我小的孩子都这么喊。"

他缄默了半刻，才开口："我喊你小姐姐吧，你那么小。"

小姐姐，这是一个多么动听的词，既做了长辈又不失威严。

我说："好的。你真是一个乖小孩儿。"

他又低下头，留给我一个脑门。在昏黄的灯光下，我只看到他手指的洁白，以及他低下去的那一瞬从眼角里掉落出来的惶恐。

他那么乖，乖到害怕别人对他好。

乖小孩儿林皓然，1994年夏天我第一次在阳台上见到他，他就给我树立了这么一个乖小孩儿的形象，宁静安逸，和我野猴子的个性完全相反。

我总是很容易在闹腾过后静下来的时刻想起他和他家阳台的那些绿色植物，永远带着一股缥缈的香和暖，迎面而来。那是这世间多半喧闹的场景中难得的一处风景。

5

因为喜欢蒋旭宁，所以我打着让蒋旭言来等他哥放学的幌子，名正言顺地“顺便”一起等他。

我始终留很短的发，穿宽大的外套，深绿色，把自己打包成一棵小树。

我不知道我为什么会这样，仿佛树精缠身。

默默和蒋旭言已经开始了他们极不成熟的早恋活动，每次等蒋旭宁的时候，他们就在学校附近的仙草冻店吃蜜奶草冻。

我叼着一根棒棒糖，靠在学校外的樟树旁，有点儿恹恹，也有点儿兴奋。

喜欢一个人大抵上就是这样吧，忐忑不安，心律不稳。

有时候蒋旭宁很晚才出来，我就蹲在树下看蚂蚁搬家，黑黢黢的一大片。树的枝头幽幽地闪着一些微弱的光，绿叶就更加明晰起来。

这样，我便想起了林皓然。他第一次在学校门口见到我的时候，闪着亮晶晶的眼睛问我：“小姐姐，你在等谁？”

我摸他的头：“小孩子，别问那么多。”

他“哦”一声，眼神暗淡下去。风吹散了他耳边的发，我帮他捋到耳后。他抬起头来，玉瓷般白净的脸上微微地泛红。

默默说，他才转来半年，次次都得年级第一。

我才知道，原来他不仅会弹钢琴，还是个聪明的学生。

这样的学生，早早就被学校给予了直升本校高中的资格。他的人生，美好得让我羡慕。

只是还听闻，他孤僻，不合群，空有一身的绝技，却不参加任何竞赛，不参加学校的任何活动和表演。

我应该庆幸，能听见他弹琴的，只有我和那些植物。

蒋旭宁和林皓然正巧相反，他有着颇上乘的资质，却被他完全地利用：学校社团，数理化的比赛，晚会主持，主席竞选。

有掌声的地方，就能看见他的身影。

这样辉煌的人，不能顶一个早恋的头衔。因此我从不道破，安慰自己，暗恋兴许是一种更好的方式。

我每天面对着一大堆看不懂、理不清、越来越难的数理化，头痛欲裂。默默也是绞尽脑汁才把那些需要想象空间的几何做了八成，做好之后，就欢天喜地地和蒋旭言去喝奶茶，放任我一个人在晚自习的时间苦苦计算。

“小姐姐，以后下晚自习你和我一起回家吧。”他在一个晚自习后站在我的教室门口拦住我说。

进进出出的同学都暧昧地朝我笑。

我还没问为什么，就有一个小女生跳出来喊：“林皓然，你不喜欢我是因为这个老女人吗？”

眼前的女生，梳一排七扭八歪的小辫子，摇得我眼睛都花了。

我突然有点儿生气，气这个没有礼貌，管我叫老女人的小丫头。

我说：“你姐姐我十七芳华正美丽，谁老啊！你才老，你全家都老。”

小丫头急了，指着我：“你……你……你老牛吃嫩草。”

“我还兔子吃窝边草，好马吃回头草呢。人家不喜欢你，你追着也没用。”我被那一句“老女人”给气糊涂了，有点儿语无伦次。

“你……你……”小丫头满脸通红，说不出话。

林皓然把我的手一拉，对她说：“你以后别再来找我了。”一贯平淡的语气。黑暗中是一张表情成熟的脸。

我被他拉着走下楼，月光冷冷地落在我们两个的手握着的中间，像刚才所有人的表情那样暧昧。

我把手抽回，顾左右而言他：“我饿了，去买点儿东西吃。”

他说“哦”，把手插进裤子口袋里去。

回家的路上，他主动和我说了关于刚才那个女生的事。那是一个从他一进校就缠着他不放的女生，让他无可奈何，只好骗她说他已经有喜欢的人，让她死心。

我开他玩笑："哎呀呀，那你是真的有喜欢的人还是没有呢？"

他沉默了许久，说："这是个秘密。"孩子气的单纯表情，和在人前的成熟截然不同。

他反问我："那你呢？"

"我啊？当然也是一个秘密啦。"

我们两个一起眯起眼笑。天空如黑墨一样浓烈，月亮露出美丽的脸，照得我们心底五光十色。

青春的年龄，我们都有自己心底保存完整的小秘密，不予人窥探。

6

盛夏，迎着烈日的风，不急不缓地赶来了。

那年生日，我收到蒋旭宁的小礼物，一把"谭木匠"的梳子。月牙白，无柄，短短的一截，梳子正中顶端镶一枚仿钻，装在手锈的精致的布袋里，似珍宝。

生日那天，是七月末，风雨不停，据说要刮台风。

可是生日不能因为有台风来而不过吧，我仍然请了默默、蒋旭宁和蒋旭言来家里吃饭。

还有林皓然。

我喜欢把他的名字与我们的分开来说，在我的心底，他始终只是一个小孩儿，与我们总是有那么一段距离。

他妈妈起初不同意，后来经不住我的央求，到底心软了，就放他出来了。

可见即使是表面冷淡的人，也总有开怀的一面。

林皓然从屋里出来，白衬衫，打着领带，手里抱着一盆文竹。那文竹叶片纤细秀丽，密密地如羽毛状，层层散开的翠绿，在他的脸上印出细碎的影像。

他说："没什么可送的，这盆文竹我养了有些日子，送给你做生日礼物。"

我接过，抱在怀里，分外地沉。

蒋旭宁站在我身旁问：“这位就是林皓然了吧？才转来一年，就次次夺魁的那个。”

我说“嗯”。停顿了两秒又加了一句“他是我弟弟”，好像在撇清什么。

小区的广播响了，请家家关好门窗，以防台风。

林皓然突然转身说：“要刮台风了，别总站在阳台上。”

我一愣，蒋旭宁看着我：“你平时喜欢站在阳台上？”

我有点儿答不上来，默默地走上楼。林皓然走在前面，拐弯的时候，我看见他的侧脸和漂亮的睫毛。

默默和蒋旭言在打游戏，超级玛丽。我把文竹放到房间里，蒋旭宁送的梳子，摆在房间的镜子旁。

蒋旭宁乖巧地去厨房帮我妈妈择菜，闲着没事的只有我和林皓然。

他在我的房间里摆弄我的“雅玛哈”。纯属家里的摆设，他弹起来却咚咚咚的，格外好听，加上电子伴奏，别有一番特色。

小区广播又在一遍一遍地提示大家注意关好门窗。

林皓然停停弹弹，琴声此起彼伏。

他问：“姐姐，你喜欢的人，是刚才那个吧？”像是不经意间问出的，又仿佛酝酿了很久。他的眼睛一刻也没离开过键盘。

妈妈在门外喊我们吃饭。

我嘘了一口气说：“小孩子，快吃饭了。”

吃完饭，开始下大雨。窗外呼啦作响，我们五个人围在房间里下跳棋。我和蒋旭宁面对面，我第一次这么长时间、近距离地看他，棋也顾不得了，跳得乱七八糟。

玩了三局后，林皓然说：“不玩儿了，我要回家。”

“那我送你。”我说。

“我陪你一起去，回来的时候也不用害怕。”蒋旭宁接话。

“我不要你送。”林皓然的声音高了几分贝。

大家都静下来，看着他。

“我的意思是，我不要你们送，我自己可以回去。”他站起身，拿着伞。

“生日快乐，明乐。”出门前，他这样和我告别。风雨声太大了，恍惚听见这六个字，像幻觉。他没有叫我“姐姐”，他叫我“明乐”。

我拉上门，把手心摊出来看，汗布满了上面的纹路。

夏天的房间里，炎热和闷热，分不清手中握着的到底是哪个季节的潮湿，只是觉得心情无端地郁闷，伴随着一些连自己都理不清的愁绪，去往下一个季节。

7

许多次，我都以试探的方式问过蒋旭宁喜欢的女生的标准。他守口如瓶，拍着我的头说：“小丫头问那么多干吗？”我便傻愣愣地跑去问蒋旭言。

蒋旭言耐不住我磨，带我到学校的宣传栏的前面，指着一张眉开眼笑的照片说：“这个，夏桑桑。”

光洁的额头上有一道浅浅的疤，笑容却阳光灿烂。小丫头的模样，眼神里却有一种熟悉的神色。那种任何事情都无法击退的热诚和自信，多么难得。

蒋旭言说：“这个小丫头，小时候哥哥总欺负她，结果有一次害她不小心摔了一跤，额上那道疤就再也没消过。所以啊，哥哥总觉得愧对于她呢。不过我想他大概也是喜欢她的吧，因为哥哥每次看到她的时候才会温柔地笑，可惜人家小姑娘从那以后没怎么理过哥哥。”

我微微地点头，逆着风往回走，路过学校的塑胶跑道时看到蒋旭宁在给一个练跑步的女生掐秒表。是了，那时候的中考体育要30分，测的是跑步、跳远和仰卧起坐。

女生跑步的速度很快，跑完之后蒋旭宁递给她一瓶水，她撸了撸袖子仰头就喝，脸上毫无表情。只是蒋旭宁的脸上浮出一丝少见的温柔，那种看待心爱事物的眼神，蔓延得让我难受。

女生转头看到了我，先是愣了愣，随后笑了，恶作剧地转头对蒋旭宁露出甜美的笑。那个笑，让我的胃有点儿疼，我朝校门口走去，眼睛酸涨难受。我觉得我想哭，可是我不敢。我的近视变得很严重，我没有配过眼镜，因为蒋旭宁曾经说过他喜欢女生的眼睛明亮动人，我怕戴眼镜会让眼睛变形。

上公交车的时候，下车的人狠狠地推了我一把。我向后倒去，有人扶住了我。我转头，看到林皓然。他说："小姐姐，你怎么这么不小心？"

我不想理人，投币后径直朝车的里端走。车子上的人很少，我坐在靠窗的位置，把半张脸贴在玻璃上朝外看。

将旭宁和那女生一起走了出来，我把眼睛瞪得大大的，眨都不眨一下，怕眨了眼他就会突然消失不见。他很快就要毕业了，他离开了C城或许我就再也见不到他了。我还没来得及表白，初恋就被一个小我两岁的小女生终结了。

成长真是一件叫人伤心的事。

女生看见了我，她总是能清楚地辨认出我的方位，并且用她那双灵巧的眼睛攫住我悲伤的目光加以进攻。

是的，她仇恨我。

我终于想起来了，她是那晚把辫子梳得乱七八糟的小女生，在教室外的走廊上大喊我为"老女人"的小女生。我把头转向林皓然，说："小孩儿，这个夏桑桑，就是喜欢你的那个小女生，对不对？"

林皓然点头，问："怎么了？"

我摇头："没怎么，我累了，你的肩膀借我靠靠吧。"我将头微微靠过去，车子缓缓地开动，金黄的灯光折射进我的眼睛里，满眼的疏密光影。

报复的小游戏实在无聊，只是那时，却乐此不疲。青春无畏，青春无知。

8

我开始蓄起长长的发，换掉所有的绿色衣服。穿粉红，嫩黄，淡蓝，浅紫。

周末，我将长发泡在水里，用玫瑰花香的发乳洗净，坐在阳台上迎着微暖的阳光擦头发。

只因蒋旭言给我透露消息，他哥哥总喜欢站在阳台上看着对面的夏桑桑洗头。一头秀丽的长发，直直的，似乎能通向他的心里。

长发，于我而言，亦无难处。

我拿一块柔软的毛巾，斜歪着头，让头发在隔着毛巾的手中来回地摩擦，眼睛微微地弯起，却也能看到林皓然家的那些翠绿植物。

他的琴声越来越少，偶尔抬头看我，只是轻轻牵动嘴角。我报以短促的微笑，算是打招呼。他如此平静，保送已是定局，无后顾之忧。不似我，在为这青春里虚无缥缈的小爱情伤神。

林皓然是知我的，知我喜欢了这样一个男生，为他改变，为他伤心。连他都知我喜欢蒋旭宁，哪来的理由，蒋旭宁自身却不知呢？然，即使我不信，他也始终不提，相安无事的平静，任谁也不愿去破坏。

若没有那个表白事件，或许事情都可以安静地发展下去。

总的来说，那完全归咎于默默的提议和怂恿。她说：“明乐，你如果再不和蒋旭宁表白那你就没机会了。他可是考清华、北大一去不复返的人，你再不说你就等着抱憾终生吧。”

我说：“那如果我表白了没戏怎么办？”

“没戏就没戏啊，至少你说了，至少没有遗憾。”

“没有遗憾”，多么诱人的四个字。那年的我，最怕遗憾。

我终于鼓起勇气打算表白，练习了不下十种表白的语句，一个一个被默默驳回。默默说：“拜托，就‘我喜欢你’四个字，你加那么多前奏干吗？你以为你是《东成西就》里面的张学友啊？对王祖贤表白吗？”

我乐了，在回家的公交车上遇到林皓然，仍然保持着兴奋的状态。我们坐在车子的最后一排，我突然逗他玩儿似的问：“小孩儿，如果我对你说‘我喜欢你’，你会有什么反应啊？”

车子突然紧急转弯，我的头朝林皓然的方向倾斜。他扶着我的肩膀问：“你说什么？”

我坐正了，摇头：“没啦，我想问，你为什么不喜欢夏桑桑？我觉得她挺可爱的。”

他看向前方，说：“哦，我也觉得她挺可爱，所以我打算喜欢她。”他这句话平静得超乎我的想象，他的脸上没有任何表情。周围的时光在一瞬间变得沉甸甸的，仿佛我们讨论了一个很严肃的话题。

两个人，坐在同一排的座位，去向同一个地方。他像是一株小小的植物，盎然勃发地生长，处处洋溢着生气。我多么喜欢这种清新的感觉。

9

告白没有成功。这是我意料之中的事。

那时离蒋旭宁的高考只有一个月的时间，他本来只需坐于家中，等着保送的通知即可，只是他偏要来上课。于是我想，别浪费了这样的好机会。

在一个周五放学后，我约他到学校顶楼。他说有事，会晚些来，我嚼着一块泡泡糖，将它吹大，吹爆，一个一个数着吹爆的数目。

我总是这样无聊。默默说，我不是数树有多少棵，就是数从头顶飞过的飞机有多少架，像我这样无聊的性格，应该很少有人会喜欢。

我想啊想啊想，想到天有些暗了，想到风有些凉了，想到楼下传来喧闹的声音了。我跑下楼去一看究竟。

蒋旭宁和林皓然在楼道口打得不可开交。

我以为是我眼花，半个泡泡还挂在嘴边。但是很快我就意识到这是一个事实，立刻把泡泡吐到旁边的垃圾桶里。夏桑桑站在旁边，慌乱地护着林皓然。看这阵势我应该跑上去护着我喜欢的蒋旭宁，可是我没有，这情景让我觉得眼前一片混乱，傍晚的风自楼道的深处蔓延，一路蔓延到我的脚前，让我感觉凉飕飕的。我不知道他们两个为什么会打架，或许是因为夏桑桑这个小女生，否则我真想不出其他原因。我坐在楼梯上拍手，说：“你们打吧，使劲儿打，打死了省心。”

我总是在关键时刻变得没心没肺。默默曾用这句话来形容我，那时我抵死不承认，这会儿我由衷地感到这句话的真实性。

后来是林皓然先住的手，他喊：“蒋旭宁，你都要毕业了你还想怎么样？”

蒋旭宁擦了擦嘴角的血渍回喊：“你这个个儿都没长开的小毛头你懂什么叫爱情？”

看架势似乎又要打架。老师半天也没来一个，据说那天全体都在开会。我起身，走过去拉起林皓然，说：“小孩儿，跟我回家。”

学校广播站傍晚的广播刚刚开始播，前奏音乐是孙燕姿的《天黑黑》。我拖着他的手，像那天晚上一样，暧昧的光打在我们的手上。孙燕姿低迷的声音一遍一遍地唱：

“我爱上让我奋不顾身的一个人，我以为这就是我所追求的世界。然而横冲直撞，被误解，被骗，是否成人的世界背后总有残缺……天黑黑，欲落雨。我相信一切都会平息，我现在好想回家去。”

林皓然的半个手掌在我的手心里，我带他走在街上，他不说话，我有些生气。因为他破坏了我的告白，要知道，我策划了这么久的告白，就这样被他一架给打没了。

在家门前的交叉路口，我停下来，说：“你知不知道，你这样做很没意思？”

他沉着一张略带乌青的脸看我，眼眸亮闪闪的，却把嘴死死地闭起来，仿佛气还未消。

我看着他那一张满是伤痕的脸，心蓦地软了。我说：“你赶快回家擦点儿药吧，这样丑死了。”

他把头低下来，车灯的光影一格一格从他脸上翻越过去。他张了张嘴，说：“小姐姐，对不起。”

我叹气，到底是个小孩儿。哪有一个小孩儿能从头到尾都乖巧听话呢？总是要有些叛逆和不羁才能代表在经历青春。

可是我真的没想到，这次，居然是我最后一次见到林皓然。

10

打架的事情不知是谁上报了学校。正巧赶上学校评达标学校，所以蒋旭宁的保送名额被取消了。而林皓然的妈妈在接到这个消息之后，立刻给他办了退学手续。

在中考前一个月，他居然退学。全校听到这个消息都一片哗然，这么好的一个苗就这样被迫枯萎。后来默默打听来的消息是林皓然的爸爸就是因为打死了人才坐的牢，他妈妈带他到这个城市来是想躲避一切，因此他妈妈最痛恨他打架。

我不知道林皓然什么时候搬离这座城的，只知道在他回家的那个夜晚，她妈妈边骂边打，连阳台上那些植物都被摔得七零八落。我站在阳台上，看着窗帘后面两个在灯光中的黑影一闪一晃，像小树一样挺拔的一定是林皓然，头发暴乱拿着藤条的一定就是他妈妈。他站着，不动不躲，任他妈妈一下一下地抽他。他真是个坚强的小孩儿。

我把头靠在台子上，枕着手臂，想着林皓然那双时时刻刻都闪着忧伤的眼睛，眼泪一颗一颗地掉下来。浩瀚的天空，稀薄的水汽，冰凉的夜，都无法消除我的眼泪。

我找不出哭泣的原因，只是心一阵一阵地疼。

11

在夏天要结束的时候，林皓然完全地退离了我的生活。蒋旭宁没了保送名额依旧去了北京。我升了高三，教室在顶楼，云层就在眼前，仿佛云会载着我到任何地方。

我把林皓然送我的文竹摆在桌子前，有空就给它晒太阳、浇水。我配了眼镜，穿回绿色的衣服，剪了短发。每天走路回家，路过一家琴行，习惯性地趴在落地窗上朝里看十分钟。

蒋旭言和默默的小爱情不急不缓。只是默默成天拉着我的手假装忧伤地说："怎么办啊明乐，你又要变回一棵植物了。"

我笑，把眼睛眯得细长，说："做植物有什么不好？至少永远春意盎然，充满希望。"

我在学校里见到夏桑桑，她穿着白衬衫，别着一枚烟波绿的发卡，自头发间别起，分了一路的光泽，也颇有风格。

她总想和我说什么，我都迅速绕道走掉。我不敢触碰，我害怕。

后来我也参加了高考，考到了福州，学植物保护。那个气候温热的城市，常落绵延的细雨，植物总带着馥郁的香。我周周都去城东的花草市场看藤蔓植物，有人对我说有的文竹也是能成为藤蔓的，绕着细细的干生长。回来，我就接了一节的枝干，等待结果。

12

大四那年，我和默默在步行街吃鱼丸，一口一口咬得满嘴发烫。蒋旭言在旁边给默默喂凉水，我扭过头去笑。大大的落地窗后，一个身穿白衬衫，笑容干净的男生透过窗眼神明亮地看着我。

我的笑就这样停住，愣愣地卡在半空中，一动也不动。

默默也转头看，然后拍着我大喊："林皓然！"

仿佛越过了千山万水，仿佛知道他就在那里，等我来见他一样。我安静地笑了。那个笑停了好久好久。

林皓然坐在我对面。这么多年，他变了，变挺拔了，脸上少了许多孩子气，完全蜕变成一个英俊的少年。

于是我请他一起吃鱼丸。

他微微地笑，那个笑让我觉得充满了沧桑。他放下手中的勺子，抬起眼来看我。他说：“初三那年我让夏桑桑陪我给你买发卡。那天回来的路上遇到蒋旭宁，他对夏桑桑说你约他去天台，他说他根本不想去，怕你要对他表白。结果我就和他打起来了……”

个中曲折原来是这样。我把鱼丸放进嘴里咬碎，想起高二那年夏天，在天台上等蒋旭宁时吹的泡泡糖，吹得极大，然后“噗”的一声爆裂糊了满脸。一点点的热，很快被风吹凉。

我的初恋，其实早就如这个泡泡糖，吹爆掉，吹冷掉，吹干掉了吧。

我抬起眼去看林皓然。这个从我16岁就出现在我生命里的少年，他对我说了一个许多年前发生的故事。那一刻我突然很平静。这么多年，我们都已经不再是当初的样子，又有什么必要再去计较那件事的始末呢？

临别的时候，他问：“明乐，15岁的爱情算爱吗？”

我摇头，说：“我不知道。”然后我转过头去，慢慢地往车站的方向走去。

你问我15岁的爱情算爱吗？你要我如何回答你呢？我已经长得这样大，不再憧憬和向往单纯的爱情。

原来，时间才是最残忍的，它把我们所有的情感都断在了那个藤蔓爬过的夏天里，再也回不去了。

只是，偶尔给文竹浇水的时候会想起有一个夜晚，握于手心的那半个手掌，指尖微凉，充满惆怅。我想起孙燕姿唱的《天黑黑》里有一句：“我相信一切都会平息。”

是的。我相信一切都会平息，我相信一切都会过去。

# 请你忘记这座岛

请你忘记这座岛，忘记它曾经赋予你的梦，给予你的伤害，以及我爱你这件太过奢侈的事情。

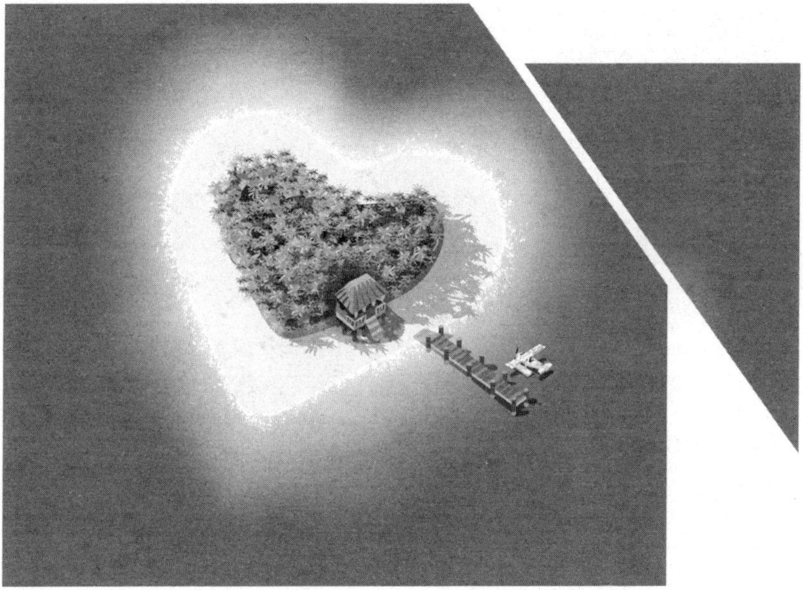

请你忘记这座岛，忘记它曾经赋予你的梦，给予你的伤害，以及我爱你这件太过奢侈的事情。

ONE 2012年登陆这座岛

苏青柠是在2012年登陆这座岛的。

那是一个万籁俱寂的夜晚，苏青柠从蒙胧之中稍稍清醒，广播里在宣读已经到达的消息，她睡眼惺忪地贴在舷窗上看了看外面的景色，天空洒满了繁星，非常美丽。

这是一个国际机场，宽敞明亮，因为是晚上，人流不大，他们多数和自己的脸孔无异，鲜少有陌生的长相。她有些忐忑的心稍稍安定了一些。

行李箱足有五十公斤，三分之二个人那般高，仿佛带上了所有的家当。安检的时候因为超重被罚了两千五百元人民币，几乎抵一张机票钱。

她在漆黑的夜色中再次看到了宋辰。

他穿着白色衬衫，半短的牛仔裤，把手插在裤子口袋里。两年半没见，他似乎更加黝黑了，一张俊脸更加好看出众，特别是那双眼睛，璀璨深邃，让人不能忽略。

她从未想过与宋辰睽违再见，是在她妈妈大婚前夕。

这场四个人的战役里，他们三个人都是一体的，只有苏青柠是一个人，拿着枪，裹着刺，满目抵抗。

是宋辰先看到她的，急急地在远处冲她挥手，喊她："青柠，这儿。"他的中文还是不太好，如果是以前，苏青柠是会笑出来的，可是她现在只是微微抿着嘴，默默不语。

她的心被仇恨吞噬，长期不见天日。

宋辰殷勤地帮她拎行李，为她打开车门，把手放在她的头顶上，一切都是那么标准而国际化。

车子开在夜色之中，一股热气扑面而来。她摇开窗，似乎想看清楚这个岛的面目，但是什么都看不清晰。

朦胧的玻璃上，印着一张寂寞散漫的脸孔。

狭窄的空间里，宋辰微微地说了一句："青柠，你长大了。"

青柠突然发现，最残忍的不是青春已逝，而是回忆青春的时候，那些值得想念的东西，竟然都已经物是人非。

TWO 苏青柠遇见宋辰

苏青柠想起第一次见宋辰的那个夏天，知了声声，烈日炎炎。

上海的七月，静安的某处小宅邸，逼仄的阁楼，三角形的屋顶，空调坏了，夜里需要开着大大的窗户才能睡着。

苏青柠那一年十五岁，刚刚初中毕业，终日在小阁楼里看书。

仿佛一切都这般安逸，没有波澜。

直到那一天，爸爸把宋辰带到家里来。

苏青柠那时候的性子还比较活泼，听说来了人，就急匆匆地想下楼去看，因为跑得急，拖鞋都穿反了。

她在二楼的阳光房里看到宋辰。

背对着她的是一个挺拔的身影，弯着腰去看阳光房里的花花草草。浓烈的阳光均匀地洒在他的身上，让苏青柠有片刻的恍惚。

原本叽叽喳喳的她没来由地就安静下来了。她趴在入口的门框上，怯怯不敢开口。

等他转过来，苏青柠才看清楚他的脸，小麦色的肌肤很健康的样子，眼睛大而深邃，不像上海男生的精巧，只是一抹笑容极其灿烂，似乎看不见别的景致。

“Hello（你好）！”他和苏青柠打招呼。

苏青柠一下子就安静了，她从未见过自己这么收敛，仿佛心里有大片大片的潮水涌了上来，极力想要掩饰却害怕暴露得更明显。

情窦初开的少女，第一次知道了一见钟情的感觉。

她的爸爸走到她面前，向她热情地介绍：“这是宋辰，你宋叔叔的儿子。会在我们家住半年，他中文不是很好，你可以多教教他。”

宋辰在爸爸说话的瞬间已经走到了她的面前，他伸出手，用不太流利的中文说：“很高兴认识你。”

苏青柠“扑哧”一下就笑出来了，她说：“你好，我是苏青柠。”

宋辰在苏家住了下来。

关于宋家和苏家的关系，以前苏青柠只是听爸爸偶尔说起，爸爸长年在国外做生意，和宋家是生意上的合作伙伴。

宋辰是马来西亚华裔，刚刚考上新加坡的大学，来中国做为期半年的交换生。学校提供的宿舍都已经满员了，爸爸出于好心就邀请他到家里来居住。

宋辰是那种对异国文化有着无比痴迷的异乡人，他随身不离的就是一台佳能的单反相机，走到哪儿就拍到哪儿，满心追求梦想的情怀，让苏青柠羡慕不已。

那个夏天，从小长在上海的苏青柠带着宋辰去了许多有名的地方，东方明珠、金茂大厦、南京路、外滩。

那时候苏青柠极爱粉红色的衣服，上面印着可爱的Hello Kitty（凯蒂猫），衬衫、短裤加上利落的短发，像足了一个小男生。宋辰一直说她像一只奔跑的鹿，轻盈欢快，想去哪里就去哪里。

宋辰给苏青柠介绍马来西亚的风景，好看的双子塔、漂亮的马六甲、一望无际的大海，开着小游艇驰骋在海上。

苏青柠从未那样向往过东南亚。

晚上苏青柠趴在阁楼上看星星，那些越来越少的星星，快被黑色的幕布吞噬。

她真的希望这样的时光能慢一点儿，再慢一点儿，她想把那些记忆都深深地存在记忆深处，小心安放。

THREE 青春是一首唱不完的歌

车子穿过了一片全是大伞状植物的森林，在一排排干净密集的祖屋前面，停了下来。

宋辰帮苏青柠拿行李，将她安排在楼下的唯一一间房间里，隔壁是独立厨房、卫生间和近二十平方米的阳台。

这是一个对空间过分奢侈的国度。

“睡个好觉。”宋辰没有和苏青柠过度地叙旧，静静地走上楼去。

青柠睡了一个冗长的觉。

夜里仿佛总听见海水的声音，像是低声的哭泣，断断续续地潜入她的梦中。

苏青柠梦见她开学的那一天，宋辰送她去学校。

他把苏青柠家的一辆老式的凤凰牌自行车拿出来擦拭干净，拿到店里打了气，试着在街边骑了几圈，觉得没问题了才自告奋勇地说要送苏青柠去上学。

苏青柠正在吞饭，有些不敢置信地看着他。他说：“怎么？你们不相信我？我真的可以。”

在此之前，什么都想尝试的宋辰已经成功地毁坏了半个厨房，种死了三分之二的花草以及让家里的小京巴住院三次。

所以当他说要送苏青柠去上课的时候，全家人都表示了震惊。

他却非常当真，第二天就站在楼下等苏青柠，她不上车也不行，只好硬着头皮坐了上去。

宋辰很努力地踩着自行车，左摇右晃的，让苏青柠非常害怕。

她一直在后面喊："宋辰，你慢点儿，我还想多活几年！"

"怕死就抱紧我！"宋辰大声地说。

苏青柠觉得还是保命比较重要，于是一伸手，紧紧地搂住了宋辰的腰。

就像是浮萍寻到了依靠，再也不需要漂泊了一般。

但是那天车子出了点儿小状况，在骑到半路的时候车胎被地上的玻璃扎爆了。

宋辰和苏青柠只好下车，无奈地看着彼此。

"对不起，都怪我不好。要不然你打车去吧。"宋辰提议。

可是很悲摧的是两个人翻遍自己的口袋都没翻出一点儿钱，真是欲哭无泪。

最后还是苏青柠想了想说："要不然我就自己跑着去，反正也不远。"

苏青柠说完就朝学校的方向跑去了，她的本意是让宋辰把车子推回去，没想到宋辰居然推着那辆破胎的车在后面跟着她跑。

那样的时光晃晃悠悠，书包在身后摇摇晃晃地响着，转头就能看到宋辰好看的脸含着笑望着她。那就是苏青柠一直想要的幸福吧，简单、透明、干净、美好。

晚上宋辰来接她放学，车子已经修好了。他坐在学校门口的花圃上等他，鱼贯而出的人群中，苏青柠一眼就看到了他。他跳到苏青柠的面前说："青柠，这次回家肯定没问题。"

苏青柠笑："你确定吗？"

他举了举钱包说："我带了好多钱！"

宋辰就是这样一个有文艺情怀又天然呆的男生，苏青柠没想到国外长大的人还有这样单纯的。那时候她一直傻傻地觉得，宋辰一定是上天派来照顾她的天使，在她青春的年岁里给她带来幸福。

## FOUR 宋辰，以后你就是我的了

宋辰在她家待的时间并不长，只有小半年。

宋辰很喜欢结交朋友，没多久就拥有了一大批朋友。

他们周末相约去交往聚会，苏青柠听到了，一定要让宋辰带她去。

宋辰抵不过她的哀求，也就同意了。

金沙碧水的海滩，在奉贤的某一处。能坐好多人的商务车上，有殷勤的女生勾着宋辰的手甜蜜地问他这问他那。

他应接不暇，完全没有看到坐在后排的脸色铁青的苏青柠。

苏青柠攥着拳头，恨不得走上前去把那些女生都打成“如花”。

在一群已经开始学会戴美瞳，会化妆和穿各种暴露服饰的女大学生面前，苏青柠一身白色长裙，披肩长发的中学生样子，显得太素了。

苏青柠万分沮丧，闷闷地说不出一句话来。

他们在海边画桃心，把脚埋到沙子里，波西米亚长裙随风飘逸。

苏青柠却在岸边啃两只鸡翅。

有人来找苏青柠搭讪，和她肩并肩一起烤玉米肠，她只是望着远处宋辰的方向，心不在焉。

中途他们围在一起吃饭，酒足饭饱之后说来玩儿真心话大冒险。

这个俗到老掉牙的节目却总能让人乐此不疲。

有女生激动地提议说：“第一个转到的人，大冒险就是亲宋辰一下！大家觉得怎么样？”

苏青柠这才有点儿精神。

她开始有点儿期待这个指针能转到自己，可是很可惜，幸运之神总是来得无比缓慢。她没有收获那个吻，而是被另一个女生给拦截了。

看到别的女生的嘴快要亲到宋辰的脸颊上，她突然捂着肚子满地打滚地喊：“我肚子痛！我要上医院！”

大家手忙脚乱，宋辰一把抱起她开着车去往最近的医院。

在路上他一直给苏青柠爱的鼓励：“别怕啊，很快就到医院了。”

苏青柠只是假装虚弱地靠在他身上，眼里露出狡黠的光。

到医院的时候苏青柠恢复正常，她站起来面对宋辰，眨了眨眼睛说：“宋辰，我没有肚子痛。”

宋辰笑："你骗我啊？"

苏青柠说："对，我不想她亲你。"

"为什么？"宋辰问。

"因为，我要亲你啊。"苏青柠"啪嗒"一下，狠狠地亲在宋辰的脸上，紧紧地搂着他的脖子说，"我可是盖过章的，以后你就是我的了！"

宋辰愣了一下，温柔的眼眸里漫出一片温柔，他揉揉她的头，大片大片的幸福从心里漫出来。

FIVE 新的开始

苏青柠枕着这样的梦醒来。

阳光浓烈地洒在她的身上，浑身湿透，大汗涔涔。

她推开门，宋辰正站在窗台边给肥厚的植物浇水，阳光照在绿色的植物上面，好看的青年悉心照料这一切，仿佛还是那个夏天的午后，宋辰站在阳光房里低着身给植物浇水。

可是这一切如今都已经不一样了。

她洗了个冷水澡，冰冷的水冲刷在她黏黏的身体上，让她时刻保持清醒和冷静。

宋辰给她做了鸡蛋生菜三明治，配一杯草莓味的牛奶。

"我记得你喜欢草莓味。"宋辰说。

苏青柠不说话，她从见到宋辰开始就没说过一句话。

"我给你申请了一所学校，过几天带你去学校面试。你还小，不能不上学。"宋辰循循善诱。

"我是来参加婚礼的。"苏青柠终于开口说了一句话。

"不要为了大人的事情为难自己。"宋辰劝慰她，"以后我来照顾你。"

苏青柠喝了一口牛奶，甜腻的草莓味直达她的肚子里，味蕾上的香气转了几圈，似乎萦绕不去。她有点儿想流泪，却拼命地忍住。

她知道，如今他们变了身份，连照顾都是一种折磨。

三天后，宋辰带她去新学校报到。

在市中心的一栋占地不太大的楼里，旁边是一座蓝白色的天主教堂，后面也负责办理葬礼。穿黑白衣服的悼念者低低地呓语、哭泣，纷纷从教堂后面走出来。

苏青柠很喜欢这个地方，靠近死亡，净化心灵。

面试很顺利，老师对她的表达能力很满意。宋辰在门外悄悄地看她，从未想过短短几年她的英文竟如此出色。

她冷静，流利，毫不怯懦。考官对她频频点头。

宋辰悬了几天的心总算是稍稍放了下来，这样的苏青柠还不算放弃自己。

他带她去学校旁边的食阁吃肉骨茶和海南鸡饭，她学印度人直接用手吃饭，一点儿一点儿地把食物塞进嘴里机械地咀嚼。

她不知道自己为什么想留在这里，或许是因为那一栋蓝白色的教堂，以及每天都会路过的不知所终的灵魂。

出来的时候宋辰问她："你什么时候把英文练习得这么好了？"

苏青柠叹口气，低着头没有说话。

## SIX 爸爸的死

人有时候在面对自己要争取的事物之时，总是能表现出惊人的天赋。

苏青柠大概就是这种人。

宋辰的交换生生涯很快地结束，他将要回那座岛。

他走的时候和苏青柠说："等我，等我毕业了就来找你。"

苏青柠摇头："我可以去找你。"

宋辰抚摸她的脸，说："傻瓜。"

她只是把眼泪含在眼眶里，死死地不让它掉下来。

从那天开始她拼命地学习英语，拼命地了解那边上学的一切条件。她故意找老外练习口语，睡觉都把《新概念》放在自己的床边。

她每天枕着这些单词醒过来，虽然很辛苦，却觉得非常充实。

那时候她觉得她的人生会与众不同，和她所有的同学都不一样。她找到了今生最爱的男子，努力地去往他所在的国度，相濡以沫地过完自己的下半生。

她从未想过，在这短短的半年里，她喜欢上了宋辰，而自己的母亲却喜欢上了常来家中做客的宋辰的父亲。

她记得妈妈离去时的决绝，她记得爸爸对妈妈的哀求，记得妈妈离去的那个雨夜，爸爸追出去，却被急速而来的车撞倒在地上。

血被雨水冲刷到水泥地上，爸爸躺在血泊中，闭上了他绝望的双眼。

苏青柠突然觉得自己的世界倒塌了，“轰”的一声，所有的信仰、承诺，统统不见了。

她放弃了高考，搬到奶奶家去住。妈妈奔着她的爱情去了，根本不知道发生了什么事情，等她知道的时候，爸爸的骨灰已经在爷爷奶奶的安排下下葬了。

宋辰找过她很多次，却再也等不到她的回信。她似乎从这个世界上消失了一般。

直到宋辰在报纸上发出她妈妈的结婚启事，像是故意要写给苏青柠看一般，她捏着报纸，眼中有了愤怒。

在阔别半年后，她第一次拨通了宋辰的电话。她的第一句话不是问候也不是询问，而是肯定地说：“宋辰，我要去参加婚礼，麻烦帮我办签证。”

她很平静，平静到仿佛真的是去参加婚礼，平静到仿佛所有的事情都不存在，平静到仿佛祝福不是一种假象。

一周后，她来到这座岛，宋辰来接她，她再次看见他。

## SEVEN 假面具背后的我们

若是在以前，苏青柠一定会奔到宋辰的面前，紧紧地搂住他的脖子，狠狠地啃上一口说：“女流氓来啦。”

可是现在的她眼神空洞，她觉得全世界都背叛了他，包括她深爱的宋辰。

妈妈的大婚根本没有定在下个月，宋辰不过是为了找她而编了谎言。

可是妈妈的再婚势在必行，五个月后的秋季，已经定好了具体日期，十七号。

十七是妈妈的幸运数字，她曾经想过，或许妈妈是在宋辰的爸爸来吃第十七次饭的时候才爱上他的。

爸爸长年不在家，总是在外疲于奔命，她却这样无法抵挡住诱惑，头也不回地走了。

女人的心有时候比男人还要狠。

苏青柠来岛上没多久，宋辰几乎天天都在陪她。

宋辰已经工作了，没有了大学时候的青涩，剩下的是专业人士的派头。他的相机不见了，在苏青柠消失的这半年，宋辰的人生也发生了巨大的变化。他找了一份不错的工作，爸爸给他安排了一个优秀的女生。

爸爸说："青柠，她很快就会成为你的妹妹了。"

妹妹？多讽刺的一个词。宋辰觉得爸爸特别可笑。他为了自己的幸福，牺牲了那么多人，包括自己的儿子，可是他又能做什么呢？义无反顾地回到苏青柠身边？在中国重新开始自己的人生？和苏青柠带着仇恨还天真地以为他们会回到从前？

一切都改变了。从他知道苏青柠爸爸去世消息的那一天，当他知道这一切事情的缘由的那一天，他就知道，他和苏青柠，再也回不去了。

再也回不去了。

他只能接受父亲的安排，接受一个他不喜欢也不讨厌的女生，接受这没有阳光和微笑的生活。

他想照顾苏青柠，想抚平她的伤口，可是他没法以爱为引，给她疗伤。

他只能躲在那张假面具的背后，做一个爸爸喜欢的傀儡。

## EIGHT 属于这座岛的我们的时光

宋辰在苏青柠到来的这半年几乎带苏青柠走遍了岛上的每个角落，鱼尾狮公园、白色摩天轮、圣淘沙。

那些他曾经告诉过她的地方，他带她一一去游览。

岛上的风景总是很美，干净如花园，四处都有湖泊，是透明的绿。苏青柠像只安静的鸟，总是栖息在自己的小世界，不发出一点点声响。

她不再像从前那样天真可爱，她变得这样沉静，沉静到让他心疼。

从前，她带着他奔跑在上海，如今，他带着她漫步在岛上。

他并不知道这样的生活能持续多久。

苏青柠见过宋辰的新女朋友安琪儿。那是一个印尼华侨，短发，穿利落的套装，在六星级酒店里面做管理。

她亲昵地挽着宋辰的手臂，指着苏青柠说："这就是你妹妹苏青柠吧？"

苏青柠还没有对自己的新身份反应过来，愣在那里，回答不上来。

宋辰在厨房里做饭。

安琪儿走到窗台上的那一排花花草草前面，拿着水壶边给它们喷水边说："辰花了半年的时间找你，你终于还是来了。"

苏青柠说："你爱他吗？"

"当然。"

"他爱你吗？"

安琪儿抬头，"这不重要。"她笑了笑，"我爱他，他也愿意在我身边，这就够了。"

吃饭的时候苏青柠发现全是她爱吃的菜，红烧狮子头、糖醋排骨、蟹粉豆腐、白灼西蓝花。她并不知道宋辰是什么时候把厨艺学得如此精湛。

宋辰却一直在给安琪儿夹菜，说："多吃点儿啊。"

"真不知道上海菜哪里好吃，没味道还甜得要命。"安琪儿一直喝着一瓶鸡尾酒，很快面色酡红。

宋辰送她出去，苏青柠趴在走廊上往下望，看到安琪儿把整个人都伏在宋辰身上，她的心里像是有什么隐隐作痛。

那天宋辰回来的时候，苏青柠坐在沙发上睡着了。他蹲下身去，看着那个蜷缩在沙发中的女孩，艳红色的沙发中她缩成小小的一团，像只安静的小猫咪。她的头发是散乱而纠结的，眉头紧锁。宋辰忍不住在她的眉心上轻轻一吻。

她醒过来，宋辰愣住了，像被人抓住的小偷那样局促。

苏青柠却微微地笑着，露出潋滟的光芒，轻轻地将自己的唇凑了上去。

这是他们第一次接吻。时隔了很久，久到苏青柠都快忘了时间，这是她送给宋辰的临别之吻，她睁大了眼睛看着宋辰，他好看的脸近在咫尺，她的眼泪却淌了下来。

宋辰抱着她，用了自己全部的力气。他说："青柠，我想你。"

她靠在他的怀里，觉得这是自己最后一次和他靠得这样近。

她摸了摸口袋中的药，那是她来这里之前从她一个同学的爸爸的私人诊所里面买来的。

她来这座岛，不过是想赴一场死亡之约，不过是想再见她爱的人一面。

NINE 所有的故事都会悲伤

那是一场兵荒马乱的婚礼。

宴会厅里面，司仪用英文调侃新郎新娘，苏青柠坐在主桌，看着妈妈穿着婚纱。

她眼底流露幸福，几乎快要忘记了爸爸的存在。

而她对面的男人，她恨他，恨他毁了爸爸的一生，恨他毁了爸爸的幸福，她最恨的，是他让她永远无法和宋辰在一起。

宋辰，如果不能和你在一起，对于苏青柠而言，活着还有什么意义呢？

苏青柠在香槟里下了药，拿着酒杯走上去。她走到宋辰的爸爸面前，笑着对他说："希望你能给我妈妈幸福。"

宋辰的爸爸很开心，拿起酒杯就喝下了。

人在得意忘形的时候，很容易忽略别人的假意，他从头到尾都没有看到苏青柠眼底的那一抹仇恨。

宋辰在台下目睹了这一切，他亲眼看到苏青柠拿着有毒的香槟，毒死了自己的爸爸。

他目睹了这一切，却没有挽救这一切。

爸爸倒地，宾客尖叫起来。

苏青柠只是笑了笑，站在原地，觉得终于解脱了。

她将自己手里的香槟一饮而尽，对着坐在桌子旁的宋辰说了三个字："对不起。"

她觉得自己的头好晕，缓缓地倒下去了。

她觉得自己要死了，赔上自己的一条命，让自己将记忆留在那个半年的小时光中，得以长存。

可是她竟醒来了。

醒来的时候安琪儿坐在她的身边，她睡在祖屋的沙发里。

安琪儿说："宋辰被警察抓走了，他承认是他下毒杀害了自己的父亲。"

"我为什么没有死？"苏青柠不可置信。

"因为你的药早就被宋辰换掉了。你吃的不过是一颗会让人短暂昏迷的药而已。"

安琪儿拉开窗帘，一大束暖暖的阳光透了进来。她背对着苏青柠说："他让你来，是希望你重新开始生活，可是你到底是听不进去啊。可是宋辰那个傻子，他明知你的来意，却傻傻地为你善后，做你的替死鬼，我又怎么能怪他的一颗真心？"

安琪儿转过头："桌上有一张机票，是宋辰给你买的。回去吧，将这里的一切都忘了。"

苏青柠听到安琪儿的哭声，低低地在泣诉一般。窗台上的盆栽还在静静地开放，而苏青柠觉得她头上的乌云，终于下起了大雨。

TEN 请你永远忘记这座岛

2013年的浦东国际机场。

苏青柠拖着厚重的行李箱又回到了上海。

她发现她在那座岛足足待了半年。

像是冥冥之中的牵扯，他们隔着一座岛，历经三年的时间，凑在一起的时日，居然也有三分之一。

他们错过的这两年，都在努力地为对方改变，苏青柠努力地学习英文，宋辰努力地学习中文和厨艺。他没有对苏青柠说，为了学习炒菜，他的手不知道被烫出了多少痕迹，可是他从来不觉得疼，觉得一切都是值得的。

为了让她开心，他做什么都是值得的，哪怕看到她去杀人，哪怕那个人是他的父亲，哪怕他要断送自己的一生。

为了她，没有什么是不值得的。

苏青柠捏着机票，翻过来看背面。机票的背面写着一行字，是宋辰的字迹，并不算好看，却写得非常认真。

他写道：请你永远忘记这座岛，忘记它曾经赋予你的梦，给予你的伤害，以及我爱你这件太过奢侈的事情。

为了你的幸福，请你一定一定要忘了我，我最爱的女孩。

这是他留给她的最后一段话。苏青柠明白，宋辰希望她开始新的生活，忘记所有的一切，回到幸福的开始。

可是宋辰忘了，在苏青柠的人生里，没了他，就像岛屿失去了海水，只剩下永恒的枯竭。

苏青柠顺着人流，走出机场，迎面来的风，把她的眼睛吹得狠狠地掉下了眼泪。

她在心里默默地说了一句：“宋辰，我欠你的一生，只能下辈子偿还。我终会替你好好地活着，不辜负你的恩赐、宽容，以及得来不易的，爱。”

# 全宇宙为你唱响这首歌

那是我青春的记忆里记得最清楚的一股味道，深入我的骨髓，无论我将来要逃到哪里，都永远无法摆脱这股暖到我心肺的感觉。

1

2013年的时候我有了一个很奇怪的毛病。

我总会在安静下来的时候听到抽水马桶漏水的声音，滴答答的声响在我的耳朵里动荡，怎样也挥之不去。

这声音，就像我和楚西明在读大学的时候每天晚上在操场上听到的风吹过的声音。

夜晚很凉，操场上聚集着各种各样的人群，楚西明背着我一圈一圈地在塑胶跑道上行走，星星缀满整个天空。我把脑袋伏在他的肩膀上，觉得那时的青春因为有了这个人而显得分外甜蜜并且甘愿沉沦。

而此刻，奶白色的浴室里静悄悄的，镜子里的我有一张日益苍白的脸，耷拉的眉眼，撇着的嘴，头发凌乱蓬松，整张脸都找不到重点。

可怕的生活总能将一个曾经热情洋溢的少女折磨成蓬头垢面的怨妇。

手机非常不合时宜地响起来，顾昭辞的声音从电话那端平静地传来："离截稿还有二十三个小时，沈小姐，我要的稿子是否准备妥当？"

我看了看只打了一百个字的Word文档，小心翼翼地对顾昭辞撒谎："电脑中毒了！"

"呵呵，是吗？"

"是的。"我回答得无比诚恳，仿佛这是一个既定事实。

二十分钟之后，我家的门铃被人按响，顾昭辞穿着咖啡色的西装，戴着金丝框眼镜，英俊的脸孔像是淬了剧毒一样铁青。

他捧着一台最新的苹果笔记本，吊着那双有些毒辣的双眼阴狠狠地说："沈非然，哪怕今天是你人中毒，我都要你交出稿子来。"

他的声音从标准的广播主持人变成了无良催稿商，听上去并不那么友善，甚至带着一点点可怕的威胁。

我看着眼前这个长得过分英俊的男人，他细长的眉眼，好看的面容，谁都不会相信这种新生代偶像剧长相的男人竟然是个无良出版商。

2

我是在"黑饭"举办的作者笔会上认识顾昭辞的。

黑饭是一家原创门户网站，在网络小说盛行的早期聚集了许多文学爱好者给她写稿，签约成为旗下的作家。作者们从中收获了读者的追捧和微薄的网站收益，爱好的共享让自己在最初得到了内心巨大的满足。

我从大一开始就在上面写一些花花绿绿的耽美小说，纯属爱好，日更奇慢，却也赚了一些点击率。但收入惨淡，空有耽美大神的名头。

那一次笔会的举办时间是七月，酷暑难耐的鹭城，我穿了一条素白的裙子，腰间坠一条桃红色的腰带，愁肠百结，百无聊赖地吃着眼前的烤鸡翅和薯条来消磨时光。

宴会即将开场的时候，顾昭辞才来。

灯光刚刚开始降落旖旎的光线，墙上落下细碎流动的光影。他徐步从容地走了进来，长身玉立，细长眼吊梢眉，脸上似埋了一层重重的山水，从他柔软而卷翘的睫毛漫漫地席卷了一整张脸。他的薄唇微微抿着，眼里荡着一股不羁的笑。

有一种说不出的蛊惑样子。

整个宴会厅都黯然失色，这样一个活脱脱从电视剧里走出来的男人，就这样一下子闯入众人的视线。

尽管我兴致怏怏，也难免被这样的美色勾住了眼球。有人在我耳边说："鹭城巨贾顾家的二公子，也是朝华出版的老板。"

原来是城中赫赫有名的顾氏集团的二公子。

他众星捧月般被人围绕，里面不乏气质出众的美女，婉约娇小的碧玉，身姿妙曼的莺莺燕燕，谁说写手无美女，此刻倒是出现了许多。

如果是四年前，我还是那个会喜欢帅哥、为帅哥痴狂的小女生，我定会被这样的皮囊所迷惑，可是在经历了楚西明的背叛之后，我对一切帅的脸庞都产生了抗体，纯属欣赏，打不起任何兴致。

帅哥是毒酒，只会让你痛不欲生，折磨得你死去活来。

我自顾自地坐在角落，努力地消灭眼前的食物，为我不知道在哪里的下一顿发愁。

毕业之后我投了几份简历，均是石沉大海，同学都劝我离开鹭城这个伤心地，我偏偏白日梦般地想要活得精致强大给楚西明看看。

一个月以来找工作无望，让我颇为忧心丧气，买一碗烩面都得吃上一天，生活的窘迫可见一斑。

众人都在猜测顾昭辞会向哪个作者抛出橄榄枝，我喝了两瓶酒脑子昏沉，提前退场。

我刚走到宴会厅门外的停车场，就毫无防备地吐了起来。

一辆白色的奔驰车瞬间被我的呕吐物疯狂地洗礼，拦也拦不住，泊车的小弟紧张地朝我走过来说："小姐，你怎么能吐在这里？"

我的脑袋不听使唤，几乎答不上话来，趔趔趄趄地重心不稳。

后来有人扶了我一把，我闻到他身上有一股淡淡的古龙水的气味，他把我揽在怀中，像是楚西明曾经对我的宠溺和包容。

"你怎么喝得这么醉？"他靠近我的脸，星光璀璨的月夜下，我似乎看到了楚西明的担忧的眼眸。我抱着他的肩膀号啕大哭："你这个浑蛋，不要离开我，好不好？"

3

顾昭辞说从来没见过一个女生的酒品可以差成这个样子。

我总是啧他一声以示他在鬼扯。

我酒后不仅失态而且会失忆，次日醒来不知道昨日发生了何事。

所以当我从宾馆的床上爬起来的时候，看到顾昭辞穿着睡袍摇着红酒杯表情暧昧地看着我，上去就给了他一巴掌。

他的一张俊脸顿时出现了五个手指印，他可能没想到我会如此凶残，狠狠地抓起我的手吼我："沈非然，你是不是神经病？"

我对他拳打脚踢说："你这个臭流氓，你占我便宜，你不要脸。"

他把我整个人按在宾馆的白墙上，温热的气息均匀地扑在我的脸颊上，他指了指镜子说："就凭你，也能让我有兴趣？你少做梦了。"他松开我，从小冰箱里拿出冰块袋敷脸。

我在宾馆的换衣镜里看到自己衣服完整，头发凌乱，眼线顺着眼窝挂在脸颊半空，整个人像是被人恶打过的模样，谁看了应该都提不起兴趣。

"昨天晚上你又哭又闹，吐了我一身，问你住哪儿又白问，只好把你送到宾馆来。"他解释。

"为什么对我那么好？"我警惕地看着他，这么好看的男人不图我的色还能图我什么？

他把冰放下，从蜜棕色的沙发上拿过LV（路易威登）的公事包，掏出一份合约："我们公司想和你签约，做我们的写手。细节、待遇、影视版权如何分成都在合同里，仔细阅读。"

"签约？"我简直不敢相信这个世界上会掉下如此美味的馅饼，给的还是一个只会写耽美小说的作者。

"我们公司刚刚成立，需要一批好的作者，我看过你的小说，很……香艳……"他的唇边漾开一丝笑容，"你写的男主角总是让人有心驰神往的想法，很符合我们的市场定位。"

我看着他略带讥诮的笑容，知道他在嘲讽我写的段落有些少儿不宜，但是作为一个快要没饭吃的大学毕业生来说，这份合约的待遇的确算得上诱人。

在签下我的名字的同时，我听到他细细地读着我的名字，沈非然。

声音婉转，有些道不明的缠绵。

我想起楚西明在那个下着雨的晚上，抱着手臂看着我说："沈非然，我答应你的要求。"

当时我愣了片刻，然后突然就冲了上去，把脑袋狠狠地埋在他的脖子里，努力地去闻他身上的味道。

那是我青春的记忆里记得最清楚的一股味道，深入我的骨髓，无论我将来要逃到哪里，都永远无法摆脱这股暖到我心肺的感觉。

4

我在鹭城郊区的别墅区租了一个小单间。

小小的房间配上小小的阳台，最可心的是居然有一个非常小的厨房。

从我的阳台看出去，一片片的翠绿景致，人工湖泊，视野非常开阔。

我没日没夜地扎在自己的房间里写稿，把我的大学青春以及和楚西明的故事写到了我的小说里。

我想起我刚认识楚西明的时候，是在文学系和外贸系举办的一次联谊会上，楚西明当时已是学院里的风云人物，带着一帮学弟学妹在学校开办了一个补习班，他做负责人，得来的钱和同学平分，厉害的经商头脑和淡泊金钱的气度让同学们觉得他颇为传奇。

当然他令人咋舌的还有他那张面如冠玉的白净脸庞。初秋的午后，他穿着一件白衬衫，袖子挽到手肘处，笑起来温暖如玉，简直让我这个中文系的宅女花痴无比。

在此之前我已经暗恋他许久，探听他的宿舍所在地，每天拿本书走在他下课必经的走道上，幻想过无数次和他偶遇的场景，但是一次也没有。

关于他的传言非常多，最被大家津津乐道的是酒店业千金江明月在追他的事情。

所以当他独身走进来的时候我似乎感觉到自己有那么一点点小小的希望。

我喝了一瓶酒来壮胆，在他回宿舍的路上拦截他。三三两两的人经过我身边，我拉着他的胳膊说："楚西明，你能不能答应我一件事？"

"什么事？"他好笑地看着我。

"做我男朋友。"

他显然被我这么直接的问句给吓到了，表情瞬间有些凝结，我的手还拽着他的胳膊，一脸酒气的样子特别匪气。在他还没有回答的时候，我突然就转过头当着他的面吐了起来。

我当时觉得自己丢脸极了，但是又无法抑制这种可怕的生理反应。在众人都避而不及的时候，他拿出纸巾帮我擦了擦嘴角的污秽物，笑着说："怎么会有人喝醉了表白的？"

第二天我清醒过来，成了学校的风云人物，表白到一半结果吐得不省人事的在鹭宁大学只有我沈非然一人了吧。醒来我就怕了，觉得这辈子都不能再见楚西明了，于是回避他好多天，充耳不闻他所有的事情。直到那个晚上，他在塑胶跑道上拦住奔跑的我。

我故意装着和他很陌生，为我那天唐突的举动做了个解释："学长，我那天喝多了，你别放在心上。"我特意用了一个敬语，和他保持长远的距离。

天空突然开始下起了雨，并不太大，细细地坠落到我的身上，让我有些看不清楚西明的表情。可是他竟抱着手，很认真地对我说："沈非然，我答应你的要求。"我这才看到他的眼中，带着一点儿调笑的意思，却是那么笃定而真切。

那天我抱着他，像是得到了这世界上最大的宝藏，像只考拉一样挂在他的身上，让他背着我走在塑胶跑道上，被男神眷顾，这件事来得太不真实。

不真实到他离开我的时候我才幡然醒悟，这果然是一个我做了很久的美梦。

我把这个故事写到小说里，每天都沉浸在眼泪的海洋中。写故事的最高境界莫过于把自己可悲的人生掺杂一些自己渴望的元素，将最痛彻心扉的感觉剖析给别人看，让别人感到你的痛与悲，陪你记住你那时的苦与伤。

两个月以后我交出了我的第一部长篇小说，不是情情爱爱的故事，而是我整个大学的青春。写完之后我躺在床上像脱了水的水母一样无法呼吸，顾昭辞坐在我的床边给我喂水果。

顾昭辞在我写稿的这段时间，不辞辛劳、隔三岔五地给我送吃送喝，我写稿的时候他就坐在一边的沙发里，翻着一本本当季小说。

我不知道他为什么总是这么空闲，总有闲情逸致把时间耗在我的身上。我问他，他总是抬着冷漠的眼睛说："督促拖稿症患者写稿。"

后来我的小说大卖几十万，在上市短短半年就加印无数次，我成为顾昭辞公司最大的一个品牌作者。我都不明白他当初为何要从那么多作者里面把我挖出来。

我没有美丽的容颜，无法塑造成美女作家，我也没有凛冽的气质，无法变成文艺范儿女青年，我更没有轰轰烈烈、英勇无畏的背景贩卖，在这个作者全明星的时代，我这样一个被感情背叛又没有写字基础的普通中文系宅女，到底有什么值得他投放感情的？

可是他总是眯着那双放荡不羁的眼眸，告诉我："你啊，你比别人多了一颗被伤害得淋漓尽致的心。有这样心境的人，写小说才会让人印象深刻，铭心刻骨。"

这就是无良奸商的精明之处，让我贩卖我的悲伤，简直白瞎了那一副好皮囊。

5

成为畅销书女作家之后，我的生活水平得到了比较大的改善。

但是由于长时间的与世隔绝，作息紊乱，我的皮肤越发蜡黄，眼圈可怕地变深，尤其是那双曾经还算水灵的大眼睛也变得目光呆滞。

我搜寻过有关楚西明的消息，他在和我分手之后接管了江明月爸爸的酒店，成为她爸爸的得力干将，出现在鹭城各种财经类的报纸上，风光无二。

我以为只要有一天我混好了，就可以华美出场，站在他的面前告诉他，我沈菲然，早已把你遗忘。

虽然现在我有了不菲的收入，可是变成了大妈的模样。我沮丧地坐在阳台，看着落日的余晖，想念着我大学的青春。

顾昭辞捧着电脑贱兮兮地走过来说：“办一场签名售书吧。”

“不要。”

“为什么，是怕见光死吗？”

顾昭辞说话不戳我心口是不会开心的。

其实我常常去我的百度贴吧，看到很多人在我的百度贴吧留言，一遍一遍地问，菲若到底是一个什么样的人呢？

菲若是我的笔名，顾昭辞给我取的，在短短的一年内，他把这个名字捧得众所周知。我不知道他是如何做到的，黑心出版商总有他的营销手段。

我不闻不问，只顾写着我自己的稿子，有时候实在写不出，就编出各种各样的理由骗他，最常用的是身体不舒服，大姨妈光临。他总能一眼就识破我的谎言，并且毒舌地回我：“不写是吗？那赔违约金吧。”

资本家的本性立刻暴露无遗。

顾昭辞家的公司不仅做图书，旗下还有几本杂志。他帮我开设了一个专栏，任我随便写点儿东西。

我在专栏上大骂小三和负心汉，顾昭辞说：“沈菲然，你简直是怨妇的代表人物。”

读者的认同和谩骂铺天盖地，谁都不知道那个冠着笔名的菲若到底是谁，躲在笔名后面杜撰故事的感觉很好，像是逃到了栖息的岛屿，无极限地发泄自己的怒气。

顾昭辞闲来无事总会到我家来，拿上三五小菜，站在小厨房里系着围裙炒菜。

他的手艺很好，刀工了得，还能用萝卜雕花，一道翡翠虾仁做得出神入化，我每次都会吃得掉下眼泪来。

我曾经对楚西明说过：“这辈子我只想给你一个人做饭。”

他揉揉我的头说：“小然真乖。”

那时候他刚刚大学毕业，和几个朋友合伙开公司。

为了见我方便，他在大学城附近租了个房子，一居室，图租金便宜，房子在底楼，非常阴暗潮湿。

他工作很忙，吃饭总是不准点，我总是从学校偷跑去他的出租屋给他做饭吃。

那时候我在准备考研，夜里读书读得有些倦懒，切菜的时候因为犯困切到了手指。

楚西明刚巧开门进来，心疼地为我包扎伤口，我不想他担心，死命憋着就是不喊疼。

他帮我做了一顿饭，挑虾线的时候我看到他在厨房里愣愣地发呆。我站在门口喊他，他用手擦了一把眼角，转头却冲我笑了笑。可是我分明看到他眼底闪过的泪光。

我知道他的公司进展得并不是那么顺利，他不再是校园里那个挥斥方遒、潇洒且不在乎金钱的传奇人物。他在这个社会的牢笼里艰难地攀爬，遇到无数艰难险阻，可是他不想对任何人诉说他的痛苦。

他在面对我的时候永远一副云淡风轻的温柔表情，宠溺的目光锁住我的脸庞，昏暗的光线把他疲惫的眼睛照射得无比明亮，好看得像是我记忆里最美好的梦境。

我曾经无数次问过他，到底喜欢我什么，他说：“一种奋不顾身的可爱。”

为了爱奋不顾身、倾尽所有、没脸没皮的样子，在那时候的楚西明眼中被视为可爱。

可见爱一个人的时候，很容易为她蒙了双眼。

## 6

我偷偷观察过顾昭辞的眼睛，闭着眼的时候和楚西明有三分相似。

都是那种从头顶一路宣泄而下的流畅线条，棱角分明的脸，不说话的时候嘴角微弯，像是有话要诉。

可是顾昭辞和楚西明完全不同。

他毒舌，腹黑，无良又鸡贼。除了有一张让人看一眼就屏息的容颜，全身上下都散发着商人的铜臭味。

好多次我都在怀疑他之所以对我那么好，是因为他侵吞了我的版税，少报了我的书的印数，却因为少不了我这棵赚钱的摇钱树，所以总用些小恩小惠打发我。

俗话说十个商人九个奸，作者永远都是弱势群体，合同的用途无非是约束作者不会逃跑，商人的区别无非是黑，非常黑，特别黑，不存在真良心。

这是我和楚西明谈恋爱那会儿，被金融系的才子们熏陶教导的结果。

当然我从来没有妄想过顾昭辞会把最真实的印数告知我，他吃肉我分一杯羹，只要不让我喝西北风，多数时间我是睁一只眼闭一只眼，得过且过每一天。

我曾经无数次萌发要去看楚西明的念头。

当我第一次走到他居住的小区门口，却看到江明月挽着楚西明从转角处走来。我躲在喷泉后面，目睹江明月像只考拉一样挂在楚西明的身上，整个人腻着他，恨不得永远都不分开。

他们走后我才从角落走出来，走到小区的喷水池旁发呆。我想起我读大学那会儿考试总是不及格，补考让我很煎熬，楚西明在学校的喷水池旁帮我丢硬币，他说："小然，我已经帮你许过愿了，肯定会考过的。"

他在众目睽睽之下亲吻我的脸颊，骗我说学校这个喷水池许愿很灵，我像打了鸡血的勇士一样把所有的科目都考过，并且越挫越勇，不久之后还拿了奖学金。

其实我何尝不知道他是在鼓励我，骗我说那个喷水池有神迹，可是为了不辜负他的用心，我奋力读书，比高考的时候还认真努力。我不希望那么优秀的楚西明身边，站着一个不够优秀的女朋友。

他走后，再也没有人陪我把硬币投进喷水池，再也没有人陪我许愿，再也没有人在我的脸颊上亲吻。

被人抛弃是我心中的结，永远不想正视，却总是在心口隐隐地疼。

7

我坐车去顾昭辞的公司找他。

走出那个小区，我发现我在这个城市唯一能投靠的人竟然只有顾昭辞。

旧时的同学，曾经走过的故地，我一个都不想去回忆，统统与他们断了联系，最后剩下自己两手空空，唯有这一个资本家。

出版公司有着人去楼空的寂静，顾昭辞却正在与一位美女周旋。他看到我来，一把将我揽过，面露从未见过的笑容说："亲爱的，你来啦，我等你好久。"

我顿时明白他的意思，配合地窝在他怀里对那位美女笑意盈盈。

"没想到你会喜欢这种货色！"美女无尽地羞辱我。

"这说明我们小辞独树一帜，眼光独到。"我顺势摸了一把顾昭辞的脸颊，挑衅地看了看那个嫉妒得发了疯的美女。

美女愤然离开，我调戏他的姿势在只有两个人的空间里显得有些暧昧。他目光灼热地锁住我，我慌忙从他怀里逃脱。他说："你难得放出来。"

"我又不是在坐牢。"

"居然有心思开玩笑，可见是遇到了伤心事。"不知道顾昭辞为何如此懂我，我每次假装轻松其实都因为怀揣巨大的心事，他总能一眼看穿，我无处遁形。

"饿不饿？"他突然问我。

我点头，以为他要请我吃大餐。

他只是从冷藏箱里取出杯面，加了根火腿肠，放进微波炉转了两圈，我吃了一口，他拿过去吃第二口，我吓得骂他："你干吗呢？"

"第一口给你吃代表是真爱。"他开玩笑地咀嚼着嘴里的面，"事实是，我这儿只有一碗杯面了。"

"你为什么不早说！"我有些愤怒。

"我又不嫌你脏。"他回答得理所当然。

资本家的逻辑我们被剥削者永远不懂，只能逆来顺受，默默容忍。

回去的路上，我在门口伫立，顾昭辞去开车，夜里的风特别凉，我的裙摆被风吹起一个小角。有人在我身后给了我重重一击，然后我手里的包被人无情地抢走。

我以最快的速度拽住对方就是不肯撒手，直到明晃晃的刀朝我刺了过来。

顾昭辞替我挨了一刀，倒下的时候他没有交代任何遗言，只是皱着眉头骂我："你怎么总是不让人省心？"

当然他没有死掉，只是腹部中刀，动了手术就脱离了危险。

我站在医院的走廊上想起他护着我的温暖，手里攥着的是那只有些破损的与这个年代非常不符的流氓兔包包。

8

顾昭辞一定不知道，我那么拼命地要抢回的不是包包里面的东西，而是楚西明送给我的这个生日礼物。他和我分手的那天，是全校的毕业季，我刚拍完毕业照片，还在学校的一食堂吃着烤肉，江明月挽着楚西明趾高气扬地出现在我的面前，说："沈非然，楚西明要和你分手。"

她的声音特别大，一点儿都不像是小三的做派。楚西明站在她的身后，像是电视剧里做背景的那个模糊人影，我站起来看着楚西明问："你确定了吗？"

"对不起，小然。"

尽管我的眼泪想要掉下来，自尊却不让我这么做。我头也不回地甩开他们，跑到塑胶跑道上大哭了一场。

当所有的同学都在宿舍里感叹青春流逝时，我像个发疯的神经病，把楚西明送我的东西一件一件地从宿舍的顶楼抛下去。一阵一阵的碎裂声音十分悦耳动听，就好像我爱了他四年的心统统碎了一地。

这个包包是我留下来的唯一东西，我抱着它，想起楚西明送我时候的笑脸，把头埋在那个包包里哭了许久。

我端着我那些微不足道的自尊，却不得不卑微地承认，其实我还爱着他。我舍不得他，可是我连对他说这句话的勇气都没有。

楚西明和江明月出现的时候，我还是有些错愕。

她抓着我问："沈菲然，我哥呢？他怎么会出事的？"

我愣愣地回答不上来，她用力地给我一巴掌："我哥如果有个三长两短，我要你好看。"

楚西明站在江明月的身边拉着她，怯懦的样子和当初那个在学校里不畏强权、不争名利的楚西明相去甚远。那个在我的青春岁月里拥有高大形象的男神，瞬间就变成了一个平凡人。

我捂着脸，看着楚西明，他却连一个安慰的眼神都不敢给我。

时间真的会将那些张牙舞爪的尖锐和傲气迅速地磨平，获得功名利禄之后的楚西明，就连当初我最爱的傲骨和淡然都一并失去了。

我坐在病床前给顾昭辞喂水果，他如画的眉眼，淡淡地看着我问："沈菲然，你为什么不问我为什么要接近你？"

我笑笑："不是因为看中我能成为名作者为你赚钱吗？"

"你为什么不会觉得是因为我喜欢你呢？"

我削水果的手一抖，把手上的皮削了一块。我捂着正在流血的手指对他轻声道："我出去找护士给我包扎一下。"

刚走到门口，我就看到了江明月，她斜眼望着我："原来我哥哥暗恋了那么多年的女生竟然是你。不过你别妄想了，我们家是不会娶一个杀人犯的女儿进门的。"

我笑笑，看来江明月把我的身世查得非常清楚，既然她能知晓，楚西明又何尝不会？所以他才会在一夕之间抛弃了与我的情感，投身到巨贾千金的怀抱。

“杀人犯的女儿”这个头衔跟随了我许多年，我曾经以为，只要我离开那个贫瘠的小城市，岁月就会帮我掩埋那段父亲终身监禁母亲含恨而逝的消息。

可是所谓的事实，总是在你不经意的瞬间，猝不及防地出现在你的面前，杀得你措手不及。

9

我收拾行李准备离开鹭城。

一年以前，我以为我永远都不会走，我渴望在这个城市里混出自己的一片天地，我渴望和楚西明呼吸着同一片天空的空气，哪怕他的怀里抱着的是别人，哪怕我的未来会很艰辛，可是我从未想过离开。

我固执地相信他的背叛只是因为背负不了我是杀人犯的女儿这个头衔，并不是因为现实而放弃我们的爱情。

可是我知道这一切都是我在欺骗自己。

我知道那时候他的创业出了问题。他被人骗了钱，负债累累，在他走投无路之际是江明月的父亲帮他还清了债务，拉拢他到自己的公司好好栽培。他从一个创业失败的青年一下子变成城中人人称道的新贵，老师同学对他刮目相看，父母亲朋也老怀安慰，他突然恋上了这种感觉，哪怕他即将面对的是一个没有爱情的千金小姐都无所谓。

物质的膨胀已经让他放弃了一切，包括爱情，包括信仰，包括尊严。

我只不过是他奔向成功的牺牲品。

而顾昭辞呢，我和他曾经有过一面之缘，在大一入校的时候，他是来接我的师兄。

在青春刚荡漾开的十八岁，他站在楚西明的身旁，我在入学的瞬间，看到了那个穿着白色衬衫笑得阳光灿烂的楚西明，却忽略了当时阴沉而冷漠的那张脸庞。

顾昭辞总在我幻想与楚西明擦肩而过的街道上来回地走着，那样出众的一张脸竟没有引起我的注意。在我表白喝醉倒在楚西明怀里的那日，是他背我回的宿舍。

他说，你每次喝醉的时候总爱唱歌，唱老掉牙的那首《你到底爱不爱我》。慵慵懒懒的声音伴随着眼泪掉下来，让人忍不住叹息。

在楚西明答应我表白的那一天，顾昭辞站在塑胶跑道的看台上轻松地和我道了个别，一个月后他去了新西兰读大学。

一晃四年，他始终注意着我的一举一动。回到国内他接管了父亲的出版公司，在黑饭上一直看我的小说更新。直到他知道我失恋，就把我从那个可怕的夏天解救出来，尽他所有的能力和资源捧红我的笔名，尽最大可能陪在我的身边，帮助我从那个困境中慢慢地走出来。

我从来没有想过顾昭辞的付出竟然如此伟大又悄无声息，我何德何能，我无以为报。

有时候爱情就是这么奇妙，你撕心裂肺地爱着一个人，却又被另一个人温柔以待。这样一想，岁月虽然给了我黑暗无边的童年，至少也给我留了些许温暖。

10

我走的时候没有惊动任何人。

那是鹭城又一年的夏天，我和烤肉只差一层孜然的距离，站在地面上仿佛整个人都会自燃起来。

我拖着行李，叼着车票奔跑在站台上，因为出门晚，检票迟了些许。

鹭城的上空，云层密集，蓝天有种不真实的青色。

我跑得满头大汗。

我终于决定要离开这个我付出了五年青春的城市，并且再也不想踏足此地。

耳朵里听着王菲的《我愿意》，靠在动车柔软的座位上，感受到了空调很足的凉意。

闭上眼睛的时候，我的脑海里闪过的是顾昭辞冷漠而淡然的容颜，俯身时略带暖意的一张脸。他在我悲伤的时候坐在我的身边，在我累的时候为我冲上一壶茶，在我遥望星光的时候陪我抬眼看着星星。

这世界上或许真的有一种爱可以像顾昭辞这样爱得漫不经心，爱得不动声色，爱得成全而包容。

可惜我却要离开他了，离开这场来得有些迟、知道得有些晚的爱情。我已经没有勇气再一次面对爱情、伤害，以及背叛。

请原谅我的胆小和害怕，原谅我的逃避和躲藏。

座位的对面有人仰着面躺着，脸上盖了一本小说。

我看到那个笔名——菲若，书名叫《如果全宇宙为你唱响这首歌》。

我竟然不记得，我曾经取过这样一个名字。

修长的手指把那本书从脸上拿了下来，好看而细长的眉眼，吊着的双眸，如水墨画一般的面孔端端地看着我，顾昭辞的脸色看起来非常不悦。

“你怎么会在这里？”我不可置信。

“来抓我想逃跑的爱人。”他回答得理直气壮。

我面红耳赤，脸颊发烫，他走到我的面前，目光熠熠地看着我说：“曾经我以为爱一个人只要看着她幸福就已经足够，后来我才知道，放弃是一件太过遗憾的事情。所以，沈菲然，就算你没有唱歌的勇气，我也会替你唱出你喜欢的旋律。无论你要去哪里，我都将陪你前往，不管未来的荆棘险阻，我都不会感到害怕，我只希望你能原谅我，没有第一时间出现在你的面前，让你受了苦。可是我保证从今以后，有我的地方，不会再让你感到孤独和哀伤。”

整节车厢的人疯狂鼓掌，我感到自己的眼泪从眼眶里猛烈地掉了下来。

我知道那是幸福的泪水。

这一场纪念青春的哀伤，谢谢你陪我走完。

# 我愿做你**无忧无虑**的小孩儿

可怕的黑夜终于看到了一丝微弱的曙光，惨淡的人生有了生存的希望。

1

在我十七岁那年的暑假，我有了一个悲惨的外号——青春痘小姐。

中考完的那个暑假，青春痘像是可怕的怪兽，袭击了我的全脸，以势如破竹的气势在我的脸上筑起了连绵起伏的丘陵，杀了我一个措手不及。

所有看见我的人都用诧异的目光盯着我的脸，不，是脸上的痘痘，露出怜悯又惶恐的表情说："赵夏欢，你这是怎么了啊？"

我被这种可怕的目光一遍一遍冲击得体无完肤，惨绝人寰。

不知道有多少人有过和我一样的遭遇，一个妙龄少女，本来对青春有着美好的向往，却被青春痘侵略得不堪重负。这么一个小小的东西，可以在最短的时间里把你从一个天真活泼、充满自信的元气少女，变成一个自卑、胆小、不敢与人接触的悲摧小虫。

那时我每天起床照镜子都觉得人生无望，感叹这样的噩梦什么时候会苏醒。

我开始了一段艰难而漫长的"战痘"历程，各种各样被吹得神乎其神的"战痘"神药全都试了一遍无效之后，我深深地感觉到了这个世界对我投来的恶意。

我变得孤僻、自闭、脾气暴躁，没来由地容易发火，又自卑又敏感，仿佛全世界都欠了我五百万。

在我妈妈被我的疯狂折磨得死去活来的时候，她的好姐妹向她推荐了一位皮肤科医生。

全江宁市以自制药膏出名的江海医院皮肤科主任医师——齐枫。

2

齐枫是江海医院最年轻的皮肤科主任医师，在巴掌大的城市里，他的医术算是小有名气。

对于“战痘”一年毫无起色的少女来说，我根本已经完全放弃了治疗。

特别是那时候我眼看着暗恋了两年的校草楚慕和校花白梦手牵手从我眼前走过，我顿时有一种风萧萧兮易水寒的悲凉。

那个暑假我都躺在家里的大床上重复一句话：“妈，我要死了。”仿佛没有一张干净的容颜是多么可怕的绝症。

我妈吓得把我从床上拉了起来，说：“你王阿姨说了，这位皮肤科大夫特别厉害，一定能治好你的。”

“一定能”这句话，我在无数个治疗青春痘的神药广告里已经听到耳朵起茧，我并不相信凭着一个皮肤科大夫就能根治我的毛病。

我死活不肯去，直到老妈在我床边眼泪汪汪我才举手投降。

我戴着帽子和墨镜，把自己包裹得像个明星。其实我只是怕别人看到我的脸会投来异样的目光，掩耳盗铃是我最大的本事。

看病的人很多，挂号、等位，一个小时过去了，好不容易才轮到我。

妈妈拖着我的手，但我闹别扭就是不肯进去。

后来有个女人抱着孩子从走廊那端哭着跑过来，一把推开正在和妈妈抗争的我冲了进去，抓住一个穿白大褂的男人哭着说：“医生快帮我看看，我家宝宝得了什么病，全身都通红，救救她。”

婴儿母亲的哭声听上去那么凄惨，齐枫动作轻柔地摸了摸婴儿的脸，认真地检查了一下她的病症说道：“你不用担心，你的宝宝是被毒蚊叮咬了。我给你开点儿药。”他接过病历单，突然停住，转头冲着我说：“赵夏欢是吗？”

他戴着口罩，看不清楚长相，淡淡的声音像是能安抚人心。

我点点头。

“我先给这个宝宝开点儿药，你在旁边坐一会儿。”我看到他抬眼的目光，卷翘的长睫毛搭在大大的眼睛上，白色的袍子在阳光下使他像天使一般。

刚刚还在和妈妈闹别扭的我，立刻就停了下来，在旁边找了一只凳子，安静地坐下。

妇女抱着婴儿走后，我坐到他的面前，他的目光微微一抬，指了指我包裹得那么严实的样子问：“什么症状？”

“青春痘。”老妈在旁边立刻把我的帽子、眼镜、围巾统统揭开，急忙解释。

“青春痘又不是什么大病，干吗要包成这样？”虽然戴着口罩，我还是看到了他眼底的笑意。

“怎么不是大病！根本就是绝症！”我张牙舞爪地冲他喊。

我说得声音很大，大到外面还在等号的人都听见了。老妈在我的手臂上狠狠地拍了一下，然后嬉皮笑脸地对众人说：“小孩子开玩笑的。”

我看见齐枫摘了口罩，露出一张好看又精致的脸庞，细腻的肌肤在阳光下微微地抖动，像是听到了多搞笑的笑话。

他看着我，眼睛闪亮地笑道：“我第一次听说，青春痘是绝症啊……”

3

我被齐枫的嘲笑狠狠地伤害了。

他这样一个皮肤完美无瑕，连毛孔都看不见的人，怎么知道青春痘对一个少女来说是多大的伤害？这种轻易摧毁人意志，打击人信心的东西对于我来说，和绝症一样令人恐怖。

我想起他全程认真地看着我的脸，目光没有嘲讽和讥笑，只是微微含着温和，然后温吞地对我说“虽然有点儿严重，但是不是什么大毛病。”他看我还气鼓鼓的，便安抚我说，“放心，这真不是绝症，会治好的哦！”

美丽的护士在旁边笑着，好像我说了一个多可笑的笑话。

如果可以，我真的不想再见到那个让我丢脸的医生齐枫。

可是这个世界总是不会朝着你想要的方向去发展的。

当我以为我这辈子都不会再出现在江海医院的时候，妈妈很快又把我带回了那个我闹了笑话的地方。

我不知道妈妈什么时候暗暗地给我交了治疗青春痘的钱。

那是一台在当时来说比较珍贵的治疗仪器，红蓝光波的照射，红光去除疤痕，蓝光抑制痘痘再生，配合中药的调理，在医院非常盛行。

我第一次坐在一个小房间里等待接受治疗的时候，又看到了齐枫。他这次没有戴口罩，穿着白大褂走了进来，我坐在床沿，他看到我，说："我认得你，你是赵夏欢，上次和我说青春痘是绝症的小姑娘。"他说得那样漫不经心，仿佛我的笑话让他记忆犹新，整个人像是从阳光里走出来，含着笑，带着情，让人怎样也无法生起气来。

二十七岁的齐枫有着一张好看而完美的脸庞，笑起来牙齿洁白，穿白大褂的样子一点儿也不输我的暗恋对象楚慕。可是我每次看到他总想扑上去狠狠地给他一拳，打歪他那张让人看了就嫉妒的脸孔，让他再也不能把我那个无知的事情一次一次拿出来羞辱我。

我咬牙切齿地回击他："能忘了这事儿吗，医生叔叔？"

他的脸在听到我喊他叔叔的瞬间垮了下来，俊脸上闪过一丝的不协调，这正是我打击报复所要的结果。

当我躺在那个治疗仪的床上，接受红光照射的时候，齐枫却站在我的旁边，不甘心地问我："我看上去真的那么老吗？"

他大概是我这辈子见过的最爱美的医生了吧。

## 4

为了阻止我叫他"叔叔"这个可怕的称呼，在我第一次治疗结束之后，他请我吃了根波板糖。

“叫哥哥知道吗？”他像哄小孩儿一样地哄我。

“等你把我的脸治好了，我就喊你哥哥。”作为等价交换，我说出了一个公平的交易。

“就你这波澜壮阔的小山丘，我要等到什么时候去啊。”他叹息。

你能相信这是来自一位医生与患者的对话吗？连个大饼都不给我画，接二连三地不断打击我，这真让我感到忧伤。

可是他是刀子嘴豆腐心，不给我画大饼却认真地帮我治疗，仔细地检查我的症状，写了很多注意事项给我。

我每周都会准时出现在诊室的门口，用我最甜的声音喊“医生叔叔”。每到这时候他的脸就会不自然地抽搐片刻。

小护士们都在旁边捂着嘴笑，他对我总是无可奈何。

我喜欢他每次都会催眠似的告诉我：“赵夏欢，脸上的痘痘好了许多呢。”

“真的吗，那我去看看。”

“千万别，最近都别照镜子，等好了就会有奇迹了。”

齐枫总不让我照镜子，他说镜子是所有仇恨的来源，尤其是长了青春痘的人，每天照镜子只会增加自己的烦恼，让青春痘更加迅猛地发展。

去的次数多了，我渐渐对他熟悉起来。我知道他是江海医院最年轻的皮肤科主任，毕业于上海医科大学，毕业之后不顾大医院的挽留毅然决然地回到江宁造福百姓！

对于这样有伟大节操的医师，我总是特别佩服。

那时候我还是个特别馋嘴的姑娘，为了治痘痘，戒掉了喜欢的油炸、辛辣食品，每次去都在半路上买一袋水晶粉丝包解馋。

有时候我去得晚，做完光波治疗正好他下班，他会叫住独自回家的我，顺便载我一程。路过卖水晶粉丝包的店，他会停下来帮我买几个塞到我怀里。

我很惊讶他竟然记得我这些细微的举动。

他问我："为什么你觉得长痘的人青春就是暗淡的呢？"

"因为我要谈恋爱呀。"我回答得理所当然。

"长痘就不能谈吗？"

"不漂亮的人哪有资格拥有恋爱？"

"每个女孩都有资格拥有恋爱，无论她长成什么样。"

齐枫总把我当成小孩儿，连和我说的话都是心灵鸡汤，看我的目光都充满了对待小孩儿的调侃。很多时候我知道他是在故意逗我，看我生气，看我耍赖，可是我突然喜欢上了这种感觉，一种没有美丽容貌也能和一个男生和平相处的感觉。

那个暑假因为齐枫的出现，我自卑而无趣的生活终于恢复了一丝丝的欢快。

曾经讨厌医院的味道，闻到消毒水气味就挣扎逃避的我，对去医院有了一种奇怪的期待。

只有在面对齐枫这个见多识广的皮肤科医生时，我才可以不用自卑地低着头掩耳盗铃。像是在可怕的黑夜终于看到了一丝微弱的曙光，惨淡的人生有了生存的希望。

5

治疗青春痘除了仪器的辅助、药物的内服之外，饮食上齐枫也严格地叮嘱我妈照顾我。

不能吃辛辣油炸的食物，鱼、虾、蟹也少吃，饮料不要碰，我活得简直像不食人间烟火的小龙女。

在开始面对清单食物的第一个月，我每天都觉得生活索然无味，吃饭如同嚼蜡，但是为了美丽我豁出去了，可见爱美能让一个爱吃的人丧失了乐趣也不为所动。

我坐在医院里看着齐枫抱怨："医生叔叔，你知道不让爱吃辣的人吃辣是件多么残忍的事情吗？"

他的眼睛在我脸上扫了一遍："不想让脸恢复了是吗？"

我只好垂头丧气地继续吃清淡的。

这时候水晶粉丝包就成了我生活中最亲近的，也是唯一被齐枫所允许吃的“违禁”食物。

这种治疗方法持续了两个月之后，我终于拿起了已经两个月没有触碰过的镜子。

脸上的痘痘真的消下去许多，虽然没有完全恢复，但是已经看到了平坦的肌肤，虽然皮肤毛孔粗大、黯淡无光，但是对于一个很久没有看到平滑的肌肤的青春痘患者来说，这样的成果算是非常让人喜极而泣了。

我急着将这个好消息和齐枫分享，急匆匆地往医院赶去。在我抵达门诊室门口的时候，美丽的护士告诉我："齐主任今天去相亲了。"

我忘了齐枫已经二十七岁，差不多也到了适婚的年龄。不知道为什么，我的心里第一次有了一种很奇怪的失落感，我甚至忘了我这次到来的目的是什么。

仿佛一个能和你分享心事的人突然没有了，这种感觉特别难受。

从那天开始，我就再也没有去过江海医院。有一种奇怪的情绪在我内心滋生，找不到病因。

高二一开始，我就回到了学校，一头扎进学生的生涯。我觉得我应该很快就会忘了齐枫，忘了那种奇怪的感觉。

可是分班的那天，我抱着书包站在走廊上，望着廊外的屋檐发呆。熙熙攘攘的人群竟然没能带走我一点点的忧愁，也没有让我忘记齐枫，而是要命地想念他的笑容。

分班的时候走廊上的人很多，大家挤来挤去，我的书包被挤掉在地上，撞掉我书包的女同学在帮我一起捡东西的时候，突然看到了那封写给楚慕的信。

那是我在几个月前写的，却没有勇气拿给楚慕，一直放在书包里面，长到忘了将它拿出来。

"赵夏欢，你也暗恋楚慕啊……"那女生的声音很大，走廊上的人都听见了，好事的男生冲过来一把抢过我的情书，好玩儿似的拿起来就在走廊上念出来。

不怕神一样的敌人，就怕猪一样的同学。

我一把抢过那个男同学拿在手里的情书，当着他们的面把情书撕烂，丢到垃圾箱。他们都被我愤怒的眼神震慑到了，再也没敢放肆。

不长痘之后，我连脾气都变得越发傲了起来。

6

全校的人都知道我暗恋楚慕这件事。

这本来也没什么，反正全校女生有百分之九十九都暗恋他。

可是我的情书内容被人传得乱七八糟，版本各种各样，连我自己都不记得我到底写了什么。

我好像突然对暗恋楚慕这件事失去了浓厚的兴趣，那个我在初三一场篮球比赛上一见倾心的校草，和齐枫一比，顿时黯然失色。

我不得不承认，时间并没有让我忘了齐枫，而是把他记得更牢。

我总觉得我们接触的时间不多，也没有太大的交集，可是自从我不再见他之后，我每天都很焦虑，提不起精神，很多时候我甚至暗暗地希望我的痘痘能再长出来，这样我又可以理直气壮地出现在他的面前对他说：“你看，医生叔叔，你的治疗没有效。”

可是我的痘痘就是那么神奇地好了起来，不仅没有再长，而且渐渐地从我的脸上消失了，只留下一些不太清晰的印记代表它曾经出现过。

这并没有让我高兴起来，见不到齐枫，我整个人都像失去了水分一样惆怅。我还是在学校独来独往，对人越发冷漠。我不想承认却又不得不承认，这个笑起来阳光灿烂的皮肤科医生，像对我施了魔法一样，让我没来由地抛弃了一切矜持，没来由地分外想念。

可是想念又怎么样呢？他大了我十岁，君生我未生，我生君已老。小女孩爱上大叔，这件事让我觉得难以启齿。

直到那次学校组织健康讲座，我又看到了齐枫。我才知道，有些事情总是命中注定，让你无处遁形。

他是校长请来为我们说一些健康常识的。

偌大的阶梯教室里，座无虚席。他这次没有穿白大褂，而是穿了一件很休闲的衬衫。学校的牵牛花从窗户外开进来，鸽子从天空中飞过，他就那样目光淡然地站在那里，干净而从容，像别人都不存在了一般。

我缩在人群里，断定齐枫肯定认不出我来。前排的女同学非常积极，特别是白梦，我看到她不断地举手问齐枫一些问题，那花痴的样子简直当楚慕不存在。

我曾经那么迫切地希望齐枫只存在于我一个人的记忆里，我从未想过，他会暴露在所有人的面前。当这一切已经发生的时候，我根本无法阻止。

我有些莫名的沮丧。

讲座结束之后，很多女生缠着齐枫问问题。

楚慕一把拽过白梦，白梦用力地甩开他说："干吗呀你！"

大庭广众之下，白梦一点儿情面都不给楚慕留，齐枫还在旁边做好人："你们有话好好说，干吗动手动脚的？"

"还不是因为你啊，什么鬼医生！"楚慕愤怒地大喊。

"不许你骂齐医生。"白梦和楚慕争吵起来。

战况一发不可收拾，楚慕觉得白梦会这么对他，都是因为齐枫从中作梗，一把端起旁边的凳子就要砸上去。

我不知道从哪里来的勇气，一下子挡在了齐枫的面前。

凳子从我的脑袋上狠狠地砸了下来，当时我就眼冒金星，站不住脚。

有人接了我一把，他的胸膛宽阔而温暖，我闭上眼睛之前，听到他说："赵夏欢，怎么是你？"

怎么不是我呢？除了我，还有哪个傻姑娘会愿意为你奋不顾身？可是我没有把这句话说出口，就倒下了。

醒来的时候我已经在医院的病床上，齐枫坐在我旁边给我倒水。他说：“你是不是疯了？挡在我前面干什么啊你？”

我看着他的脸，还是半年前那样看待小孩子似的目光，紧张、愤怒，带着难以掩饰的关心，让我感觉那么熟悉。

我才意识到，这半年来，我这么萎靡不振的真实原因是什么，我竟然不知道什么时候喜欢上了这个帮我治疗青春痘的医生，喜欢到自己无法回避，几近疯狂。

“我想吃水晶包。”我说。

他不紧不慢地从袋子里拿出一袋：“刚买的，趁热吃。”

“为什么后来不来了？我记得你还有一次治疗没做。”他喂我喝水。

“她们说你去相亲了，”我望着他，“我感到很伤心。”

“你伤心什么？”他笑起来。

“因为我喜欢你。”我终于鼓起勇气大声说出来。

气氛凝结，齐枫给我喂水的手突然顿住了，包括他脸上刚刚还很淡定的表情。

半晌之后他拍拍我脑袋说：“小孩子，不许胡闹。”

“小孩子就不能喜欢你了吗？”既然说了，我也就豁出去了。

“我比你大十岁。”

“我不介意。”

“我介意。”

我们俩的对话到这里不欢而散，因为就在此时我妈妈走了进来。他很有礼貌地和妈妈道别，拿着他的外套离去，都没有转过头看我一眼。

他一定是被我突如其来的告白给吓坏了，连我自己都觉得不可思议，我本来没想要告诉他，可是我相信这一切都是上帝的安排。

7

我在医院住了一个礼拜，齐枫都没来看我。

倒是楚慕从第二天开始来得特别频繁，带鲜花，带水果，又是道歉又是付医药费，搞得我都有些不好意思了。

我偷偷摸摸地去齐枫的门诊室看他，护士小姐说他这个礼拜手术太多，不会过来问诊。

我沮丧地在医院里度过了七天，其间楚慕帮我把这周的笔记带来，辅导我把作业做完，他说这是为了弥补我的损失。

如果换在两年前，我会为这个突如其来的幸福高兴得不知道如何是好，可是现在我竟然提不起一点点兴致。

齐枫不理我，这让我感到无比哀伤。

我的病好了之后，成绩一落千丈。我不明白为什么齐枫在我表白完之后就再也不理我，可是他明明曾经对我那么好，那么关心。

我去医院找他，像个疯子一样向所有人打听他，医院的人都知道有个叫赵夏欢的姑娘喜欢他们的皮肤科主任，可是我根本不在乎别人的目光，爱情突然让我变得疯狂。

我好不容易才在医院堵到他，他很无奈地看着我说："赵夏欢，你别闹了。"

"我是真的喜欢你，齐枫。"我连名带姓地喊他。

"喊我叔叔吧，这个称呼更适合我。"他对我无比冷漠，掉头就走。

我在后面追他，可是他走得太快了，像是故意要把我丢下。我在路上绊了一跤，整个人跌在地上，号啕大哭起来。

齐枫无奈，走到我身边，蹲下来看着我说："怎么有你这么无赖的姑娘啊？"

"我真的是认真的。"我抽搐着，可怜巴巴地看着他。

"你知不知道我们相差几岁？"

"我知道我们差了十岁，我知道我会给你带去困扰。我这段时间刻意不找你，避开你，可是我就是喜欢你啊，我能怎么办？我每天都想你……"我作势又要哭。

“别哭别哭……”他打断我，“真是个小孩子，叽叽喳喳就能说那么多。”他帮我擦了擦脸上的泪，“那你好好读书，考上医科大学。”

“那我考上医科大学，你是不是就会接受我了？”

“你真是个赖皮鬼。”齐枫拍拍我的脑袋，把我扶起来。

我这才笑起来，拽着他的胳膊说：“说好了，不许反悔。”

这一次他没有再拒绝我，目光沉沉地看着我，瞳仁里全是我的影子。

那天他再一次送我回家，车子上在放午夜电台，江宁的名DJ（电台音乐主持人）春城在念拜伦的诗歌：“我愿做无忧无虑的小孩儿/栖身于广阔高原的洞穴/在朦胧的旷野里游荡/在蓝色的波浪上腾跃/撒克逊浮华的繁文缛节/正与我自由的意志相别/坡道崎岖的山地令我眷念/狂涛澎湃的巨石让我神悦。”

我转过头问他：“你会让我成为那个无忧无虑的小孩儿吗？”

他的目光沉寂，好看的侧脸被夜晚的光线筛出迷离的光影。他说：“如果可以，我希望你是那个无忧无虑的小孩儿。”

我就着昏昏沉沉的夜安静地睡着，内心充满着说不出的希冀和快乐。

8

我发奋努力地读书，下滑的成绩很快就恢复了起来。

所有人都感叹我的突飞猛进，连老师都在年级大会上点名表扬我的成绩。

彼时我已经高三，留着长直的黑发，穿白色的校服衬衫、齐膝的短裙，脸上不再有可怕的青春痘，皮肤越来越光滑透亮。

心里拥有信仰和幸福的女生总是越发美丽和与众不同，我依然独来独往，可是心怀骄傲和坦荡。

我知道这一切都是齐枫给我的。

他治好了我自卑的内心，带我走出暗淡的阴霾，我爱着这个人，如同爱着我另一半的生命。

他和我约定在我高考完之前不能去找他，我遵守这个属于我们俩的约定。

学校里开始有人给我写情书，在下课后跟我表白，我充耳不闻。

这些只贪图外貌的人，配不上我心底那份最纯粹的美好。

楚慕成了我无话不谈的好朋友，在那次事件之后，他和白梦彻底分手，白梦哭着喊着找过他几回，他总是把我当作挡箭牌搪塞过去。

我变成了楚慕在学校里的冒牌女友，可是我的成绩在年级里居高不下，老师同学都拿我们做不了文章。

楚慕不止一次地感叹说："以前他们都说你暗恋我嘛，为什么现在都不正眼看我一眼？"

"因为有一个人，比你更早就来了，并且是在我最糟糕的时候。"我回答得异常笃定。

楚慕永远都不会懂，齐枫对于我来说是如何珍贵。

高考的那三天，齐枫给我打了一个电话，嘱咐我要好好考试，声音温柔却透着疲惫。

在考场上，我顺利地做完所有的试卷，几乎看到医科大学的通知书在向我招手，看到齐枫在冲我微笑。

考完最后一科的时候，我迫不及待地坐车到江海医院去找齐枫，想给他一个惊喜。

听说医院给他分了房子，他再也不用每天开车上下班了。

我跑到他的宿舍楼下，向别人问了他的住址，手里拎着一袋新鲜的水晶包，欢天喜地地敲开他的房间门。

我没有想到开门的是个女人，她没有特别漂亮的容貌，微卷的长发，眼眸婉约，笑起来很善良的样子。

"你找谁？"她问我。

"我找齐枫。"

"他出门买东西去了，你找他有什么事？"

“你是谁？”我问道。

“我是他的未婚妻。”她笑着回答，一切都那么顺理成章，充满真实感。

我不相信这是真的，我觉得这一定是她骗我的谎话，可是我抬头，看到客厅里他们巨大的婚纱照那么醒目地挂在墙上，宁城湖畔的荷花开得正艳，他们站在好看的景色之中，甜蜜的笑容刺痛了我的眼。

我踉跄地离开齐枫的家，一路捏着水晶包往回走，在医院的门口，我看到齐枫在斑马线对面。他看到我了，我掉过头用力地朝前面跑，夏天的风又热又稠，汗水顺着我的额头一路滑到我的身体里，湿湿黏黏的好像我此刻的心情。

有一辆摩托车朝我开过来，我站在原地动也不动，在它快要撞向我的时候，齐枫一把把我拉过来，紧紧地抱在怀里。

“不要命了！”他冲我喊，语气里全是担心。

“你这个浑蛋，浑蛋！骗子，大骗子！说好要等我，为什么和别的女人好了？”我拼命地打他，使出我全身的力气，手里的水晶包掉落一地，仿佛我摔碎的心。

齐枫任我打，任我骂，任我在他的脸上、臂上凶狠地划出一道道伤口。

我开始撕心裂肺地哭，像个疯子一样毫无形象地大哭起来。齐枫抱着我，在我的耳边轻轻地说：“对不起。你要的爱，我给不起。”

他的头落在我的头发上，温暖的怀抱像有久违的温暖。在他面前我永远任性得像个孩子，肆无忌惮得像个精神病患者，我总觉得他是医生，会治好我一切的疾患，可是如今，他竟让我崩溃，歇斯底里，痛入骨髓。

9

他把我带回家，拿出药箱帮我擦药，我的腿蹭破了皮，走路一瘸一拐。

他的未婚妻看到我的到来不仅没有生气，还特别温柔地接纳了我。

上药的时候齐枫去厨房煮鸡蛋，她笑着对我说：“你就是赵夏欢呀。”

“你认识我？”

“我刚来医院的时候就听别人对我说，有个特别喜欢齐枫的小姑娘，每周都会来找他。”

“你不介意吗？”

“有什么可介意的，他长那么帅，有人喜欢不是很正常吗？”

“那你为什么还要和他结婚？”

“因为他想安定，正好我也有这个念头呀。”她熟练地帮我包扎伤口，目光温柔地看着我说，“你知道吗？其实很多时候，生活不仅仅有爱情的，我们会面对舆论，面对未来，生活远比爱情复杂而平静。”她摸摸我的头，“现在你还小，以后你就会懂了。”

齐枫走过来，拿着煮熟的鸡蛋，他的未婚妻把鸡蛋的壳剥去，裹在纱布里帮我揉搓额头上的伤疤。

她的眼睛里有一种洗净铅华的恬静样子，和齐枫站在一起那么般配。我突然明白了自己和她的不同，她的爱是给予，而我的爱是索取。

她比我伟大多了。

他们两个一起送我离开，在等公交车的时候齐枫帮我重新买了一袋水晶包。他说：“小朋友，以后读大学了要好好学习，忘了我这个大叔吧。”

“不，是哥哥。”我冲他笑笑，忍着不让自己的眼泪掉下来。

公交车颠簸驶离的时候，我转头看了看身后，他们两个人互相依偎的背影还是让我心里泛着酸楚，握着的水晶包，却没有打开，眼泪一颗一颗地落在那袋水晶包的塑料袋子上，晶莹的，像是我那闪闪发亮的青春。

10

我去了上海读大学。

这里是齐枫曾经读大学的地方。

楚慕和我一起来到上海，他在附近的音乐学院学表演，每周都会来学校找我。

所有人都羡慕我有这样一个男朋友，我也慢慢开始接受楚慕对我的示好。

我在他面前安静内敛，甚至有些难以接近的古怪，我不会对他撒娇，不会对他发脾气，就连很多女生想要和他搞暧昧我都不会吃醋。

他们说我懂事乖巧，长得也漂亮，是最佳女友，而只有我知道，我的任性和孩子气，早已埋葬在那个高三结束的傍晚，无法给予别人了。

我并不觉得这是一件喜事。

大三过年的时候楚慕陪我回家，妈妈对这个男朋友非常满意。

他们闲聊的时候我在厨房刷碗，刷到一半的时候听到妈妈在和楚慕说："我们家欢欢当年偏要喜欢那个皮肤科医生，真是吓死我了。后来那医生找到我，对我说为了不耽误欢欢学习，暂时拿承诺骗欢欢。我当初也很担心，后来发现他也订婚了，欢欢彻底对他死了心，这才放下心来。"妈妈顿了一下，"其实我看得出他是喜欢欢欢的，只是两个人的年龄真的差了太多……唉……"

妈妈像是在诉说往事，可我不知怎的，却渐渐地红了眼眶。

握在手里的碗掉在水池里，碎裂成两半，我去捡的时候碎片割破了我的手指。

楚慕走过来，帮我把手从水里拿起来，心疼地握在手心里。

"是不是很疼？"

我摇头。

"还死撑，都哭了。"楚慕帮我擦去眼泪。

我摸了摸我的眼角，三年都没有掉泪的地方，不知道何时已经无法抑制地落下泪来。

窗外有鸽子飞过，牵牛花开了。我似乎看到那个寂静的夜晚，我坐在齐枫的车上，他转过头温柔地注视着我。我突然抱着他的脖子，在他的脸上亲了一口。他眼中有错愕的表情和一闪而逝的幸福，我相信，那是他喜欢过我的证据。

我记得车子里在放电台广播，DJ春城念诗的声音散落在我的耳际：

现实！你何必用可憎的明亮，
把我引导到这样一个俗界，
请还给我原有的青春和爱情，
遁离这熙攘的世界。
我也要展翅凌空，
飘然远行，安宁永久……

# 星光月光，不如晨光

时光终究会带走我们的思念，带走那些青春的曾经，留下深埋的秘密，在彼此的心底。那道属于我们的晨光，会随着时间，渐渐埋藏。

这么多年，我拥有了星光，他拥有了月光，可是即使星光再璀璨，月光再烂漫，都不如十七岁那年，我们一起看过的晨光。

## 1.再见夏晨

我没想到在阔别六年后我会再见到夏晨。

2012年的9月，秋季的落叶铺满了整条城市的街道，空气里略带着一丝道不明的凉意。

我陪王思思去参加电视台的相亲节目面试。

大龄剩女王思思在老妈的各种威逼利诱下，终于踏上了电视相亲的路途，这不是重点，重点是她非要拉上我陪同不可。

我陪王思思参加相亲节目，纯粹是一个打酱油的角色，所以我去的那天只是随便地穿了一件T恤、牛仔，化了个简单的妆，就和王思思同去了。节目组的人把我们安排在电视台大厅的一个咖啡吧里，进行简单的一对一回答问题。

我无聊地剥着指甲边上的硬皮。

夏晨就这样毫无预告地坐到了我的面前。

他说："郑欣，真的是你！"

我抬起头来，夏晨干净的脸就印在我的眼前，杏色的瞳孔温和平静，还微微闪着光。我下意识地看看自己的穿着，衣着有些简单，还好妆容还算精致。我对他笑笑，感觉到自己脸上肌肉的僵硬。

“你也是来相亲的？”我脑海里第一时间反应过来的是这句话。

“我是来面试相亲者的。”一句话，就和我拉开了很长的距离。

我有些沮丧，面对夏晨，我曾经想过一千、一万次见面的情况，都不如这一次诡异。

我记得六年前我坐在伦敦飞回上海的飞机上，曾经发誓，一定要找个比夏晨更优秀的男生。

六年过去了，我在工作上努力拼搏，靠自己买楼置业，走马观花似的约过几个男生。他们并不是不出色，只是他们没有一个能替代夏晨。

有热热的咖啡放在桌子上，温柔的声音在我耳边响起：“晨，喝点儿咖啡暖暖胃吧。”

我抬头看去，一个温柔的女生含情脉脉地看着夏晨。夏晨站起身，拉着她的手说：“郑欣，这是唐苏，你见过的。”

2.初见夏晨

回去的路上，我抛掉了雨伞，把自己浸润在湿蒙蒙的雨中。

关于夏晨的记忆像翻滚的海水，波浪一般蜂拥而至。

那时候的夏晨还是清榕出了名的富二代公子哥儿，好玩儿，生活懒散，开着摩托车满城跑。

可是他的成绩优异，长相俊朗，很多女孩子为他疯狂。我没见过其人，却对他的事迹早有耳闻。直到那天，王思思拉我去附中吃一家很有名的拉面。

我们两个不是附中的学生，坐了一个小时的车跑到附中。

那天夏晨和一个女生在拉面店门口拉拉扯扯，我和王思思正要进入，夏晨一把搂过我的肩膀，笑着冲对面的女生说：“我真的有女朋友了，只是不是我们学校的，你看还不远千里跑来找我。”说完冲我眨眨眼，示意我配合点儿。

我和王思思两个人哪儿见过这种场面啊？我们可都是良家妇女啊，现在居然被人勾肩搭背，冒充人家女朋友。

夏晨本来以为以他的魅力我会鼎力相助，没想到我只是笑笑，不经意地挪开他的手，在对面姑娘诧异的眼神中，轻轻地说道："姑娘，你不要慌，我这个人向来很大方。这个男人嘛，送你好了。我现在正式宣布，我和他，就此分手！从此男欢女爱，互不干涉。"

在所有人诧异的目光中，我很坦然地拉着王思思走进去，泰然地坐下，点了一碗牛肉拉面。

王思思佩服得对我竖起大拇指："附中小霸王夏晨的账你都不买，看来你的好日子是要到头了。"

这是我初次见到夏晨，买单的时候服务员说已经有人帮我们付过钱了。

夏晨站在门口，用他那双含笑的眼睛说："我记住你了，我们后会有期。"

我突然打了个冷战，有种不祥的预感。

3.相亲节目

王思思接到电视台打来的电话通知她去参加相亲节目，这早在我的意料之中，毕竟畅销书女作家的头衔是一个不错的噱头。

没想到的是我竟然也接到了上节目的电话。

这让王思思非常吃惊。

"后门啊，这根本就是后门！你一定是给夏晨塞了好处费！"王思思大呼。

我明白王思思这么喊的意思，本来嘛，这种相亲类节目只是娱乐而已，大部分是不出名的小模来这里露露脸，其余的要么口齿伶俐，要么没有逻辑，要么争议性强，反正很少让一个路人上节目的。

像我这种规规矩矩上班，简简单单生活，没有特别经历的人，是很难上节目的。

我一方面痛恨自己陪王思思参加这个无聊的节目，一方面又有些感谢这个节目。

如果不是它，我根本不知道夏晨回来了，悄无声息地出现在我的眼前，让我平静的心又起了一层涟漪。

刚走进化妆间，那个叫唐苏的女生就热情地朝我走过来，她笑着说："郑欣，你来了？"

我第一次在伦敦看到唐苏，并没有仔细看她的容貌，那时候我一心哀伤在自己的心思里。

现在我仔细看过去，才发现唐苏是一个很美丽的女子，俏丽的短发显得干净利落，轮廓分明的一张脸有种英气。

"晨一直很挂念你们这几个老同学呢。"她喊夏晨很亲昵，提到的时候满脸的甜蜜。我有些失落，或许我在夏晨的眼中不过就是一个老同学。化妆间的灯光有些晃眼，我坐在镜子前，任化妆师拿着粉扑在我脸上一层一层地打着粉。

闭起眼，时光仿佛一下子回到了十七岁。

4.转学的第一天

夏晨转到我们学校来的那一天，我在食堂附近做值日。

早课的钟声已经敲响了，我拿着扫把在扫梧桐树的落叶。

夏晨是翻墙进来的，在学校的一棵棵梧桐树下，我仰着头看着他半条腿搭在墙这边。

我大叫了一声："有贼啊，捉贼啊……"

"你给我闭……"他后面那个字还没有说完，就"啪"的一下摔在了我跟前。

这是在表演空中摔人？可是我分明听见骨头断裂的声音。

他捂着腿哇哇乱叫："啊……好痛……"

这下我确定他出事了，而不是在表演杂技，我惊慌失措地说："怎么办啊，怎么办？"

"你弱智啊，还不快扶我去保健室！"他忍着疼朝我喊。

我看这阵仗有点儿像要闹出人命，赶紧丢了扫把去扶他。

他并不重，却把整个人的重量都搭在我身上，路上直哼哼，边哼边说：“你一定是故意的。”

我睁着无辜的双眸：“这次我真不是故意的。”

夏晨突然就笑了，他问：“四眼妹，你还记得我吗？”

我看到他那双含笑的眼睛，突然就想起来了，冷不丁打了个冷战：“你怎么跑我们学校来了？”

“来找你呗。”他大言不惭，像开玩笑。

不过这个玩笑一点儿也不好笑，我自然不会当真。

由于夏晨的脚受伤，他那天是由我扶着进入教室的。所有同学包括老师都瞠目结舌，王思思更是睁大了眼睛，夏晨一只手还搭在我的肩膀上，对着全班嬉皮笑脸地说：“大家好，我是夏晨，请多指教。”

从此学校多了一个传闻，说小霸王夏晨转校是出于我的原因。就因为这个，我几乎每天都能收到学校无数女生利剑般的目光。

只不过在许多年之后，他们发现我和夏晨并没有在一起，都轻轻地嘘一口气，事后诸葛亮地说：“我就说他们是普通朋友关系，夏晨怎么会看上郑欣那个路人啊？”

5.真正地喜欢一个人，不会计较她的长相

第一次录节目的时候，我才发现做导演的不容易，一会儿要注意这个，一会儿要处理那个。个个女嘉宾都巧舌如簧，提问男嘉宾的问题犀利而尖锐。

我不会举手发言，干脆低下头来玩儿手指。小时候我指甲盖旁边容易脱手皮，就此养成了剥去硬皮的习惯，每次当我无聊的时候我就会干这件事。第一次见夏晨的时候，我刚剥好手皮，剥得有点儿过了，漫出了一点点血迹。他说：“郑欣，你以后能不能别干这种伤害自己的蠢事儿啊！”

抬起头，我看到夏晨站在摄影机对面。再次看到夏晨，他没有了以前的散漫和不羁，做事认真，表情严肃，对每一个画面都要求很高。他不再像以前那样，会和我开玩笑，骂我四眼妹，他总是很有礼貌地喊我郑欣。那种口气，仿佛距离十万八千里。

唐苏在给他扇扇子，手里还拿着半瓶他没喝完的水。唐苏这样柔情似水的女生，才配得上如今的夏晨。

"郑欣，你来说说对男嘉宾的看法吧？"主持人响亮的声音一下子把我从回忆的深处拉了回来。

我一时之间并不知道要说什么，半天问了一句："您说什么？"

台下的观众哄笑起来，主持人说："刚才这位男嘉宾说，他并不喜欢戴眼镜的女生，你怎么看呢？"

"男嘉宾请看看这台上的姑娘，如果我们拿掉美瞳，穿上平底鞋，擦去脸上厚重的脂粉，撕掉双眼皮贴，脱掉黑丝袜，还剩几个美女？我们都只是普通人，卸去华丽的光环都只是普通的姑娘，简单，平凡，渴望爱和幸福的情感。我记得曾经有个男生对我说，如果你真正喜欢一个人，是不会计较她的长相的，她在你心中，就是最美的那一个。"

观众们静默了一会儿，然后爆发出了巨大的掌声。夏晨直直地看着我，远远地，我看到他的眼睛里有莫名的忧伤。

我不知道他是否还记得这句话，这句在我那个有着莫大自卑感的年华里，撑起了我整个青春，让我努力地去改变，努力地去争取，努力地想去站在他的身边，和他肩并肩的话。

6.夏日里的晨光

和夏晨熟稔之后，我才知道了他的一些情况。

他爸爸长年在外地做生意，很少回来，他妈妈在生他的时候难产死了。他从小没有人管，没有人理，所以养成了这种放荡不羁的性格。

他上课从来不认真听课，来不及的时候才抄我的笔记和作业。他总是游戏机不离手，放学了还去学校附近的游戏机房打游戏。

我每次都和王思思把他从游戏机房拉出来，有一次他不肯走，我抄起隔壁的一只凳子就砸在游戏机的屏幕上。机子死机，老板拨打了110。

那天，学校老师把我爸爸和夏晨的爸爸都叫来了。

“你这个不孝子，就知道给我惹麻烦。”他爸爸“啪”地给了他一巴掌，所有人都愣住了。

可是夏晨哼都没哼一声。

我记得他从墙上摔下来的那次哼哼了一路，他爸爸那一巴掌并不轻，一张脸都打出了五指印，但是他只是倔强地看着他爸爸。

我想解释这个机器其实是我打坏的。

夏晨却抢先一步说：“对啊，在你眼里我就是一个坏事做尽的孩子。”

夏晨跑掉了，我在后面追他。我本来是想拿凳子吓唬吓唬他的，没想到搞出这么大的事情，我对他有很深的愧疚。他跑到了芒山的山顶上，整个人倒在草坪里。我坐在他的身边，不知道用什么话来安慰他，一直坐到日落，星星和月亮都出来了。

他指着天空说：“他们说仰起头，眼泪就不会掉下来了。可是我只有在看星星和月亮的时候才会掉眼泪。”

我看到夏晨的眼泪顺着亮晶晶的眸子落了下来，他的心里有巨大的伤无从诉说，堆积成愤恨，所以肆意地挥洒自己的青春年少。

我安慰他。我说：“可是当星星和月亮都消失之后，迎接我们的就是一抹晨光。那就代表了希望。”

夏晨默默地笑了，眼中有难得的温柔，他说：“四眼妹，你少在那里搞文艺台词了。”

“我哪有文艺啊，我说的是事实。”

后来他问我：“你喜欢什么样的男生呢？”

我盯着他有些不好意思，像我这样平凡的女生从来没想过这个问题。

他似乎看出了我的想法，拍拍我的肩膀说："像你这么出色的好姑娘，肯定会找一个像我这么优秀的男生的！"

"拜托，不带这么夸自己的。"

他静下来，一本正经地说："郑欣，真正喜欢你的人，是不会计较你的长相的。因为你在他的心中，无论是什么样，永远都是最美的那一个。"

我们那天就这样聊着，等到了日出。我累得靠在他的肩膀上看太阳初升，夏晨的脸浸润在晨光里，带给我一种幸福的美好。

我想，我就是在那时候开始喜欢上夏晨的。我并不喜欢他的外表，我喜欢的是他内心温柔的世界，掩藏在不羁帅酷的外表下面的孩子气和纯真，以及那一些体贴的关怀。

7.尴尬的夜宵

下了节目，王思思非要让夏晨请我们吃夜宵。

夜里的清榕漫在凛冽的寒风里似霜刀一样侵蚀我的心脏，我走在四个人的最边上，紧紧地抱着胳膊不敢去看任何人。

王思思一直在和夏晨聊天，她把手搭在夏晨的肩膀上："我说大导演，你当年走的时候明明说会回来的嘛，怎么后来就这样消失了！"

王思思望了我一眼。

夏晨是在高三毕业前去的英国，走得有些匆忙。

我记得他走前两天来找我，我们在这条路上走了一遍又一遍。那天也是这样出奇地冷，他把外套披在我的肩膀上，我一动也不动地看着他，似乎看出他有什么话要对我说。

他突然抱着我的肩膀说："郑欣，我要走了，我真舍不得你啊。"

我听到夏晨深深的叹息和自己深深的失望。

那天我才发现，我不知何时开始对这个天之骄子夏晨有了一种莫名的情愫，他牵引着我的一举一动。但那时候自卑的我并不相信那个外表帅气、家世富裕的夏晨会喜欢我这样一个平凡普通的女生。

喜欢夏晨的女生那么多，可是我灰头土脸，毫不艳丽。

第二天我们翘课出去，把夏晨以前喜欢玩儿的东西都玩儿了一遍。他开着摩托车载着我，风呼啦啦地从我耳边吹过。我陪他一起去打游戏机，激动的时候高声乱叫，最后夏晨掏出一部相机说："郑欣，我们拍张照片啊。"

夏晨递过来一支冰激凌："拿着。"

我傻傻地拿着冰激凌，夏晨把相机放在前面："对着镜头，茄子……"

我咧开嘴，突然感到脸上有温热的触觉，我一愣，相机"咔嚓"了一下。我再转头的时候夏晨笑嘻嘻地看着我，嬉皮笑脸地说："附送你一个香吻。"

"夏晨，你这个王八蛋！"我下意识地把冰激凌丢到他身上去了。

时光流转回来，现在我眼前的夏晨，沉静、内敛，和以前判若两人。

他帮我们把鱼刺挑出来，把鱼肉分到我和王思思的盘子里，任王思思不停地说话，他始终态度良好地保持微笑，即使回答问题也是轻缓不着痕迹的。

"对了郑欣，听说你是做股票基金的，什么时候给我透露点儿信息，让我也赚赚钱。"唐苏突然和我搭讪。

"好……好的。"我只能艰难应下。

"那什么时候我和夏晨就过去找你了啊。"

"我先去上个厕所，你们慢慢聊。"我站起身，吃饭的氛围真的快让我崩溃了。

我转过身的时候与送菜的服务生撞了个正着，他手里的鱼汤没拿稳，眼看着就朝我的手臂倒下来。

夏晨拉了我一把，鱼汤整碗洒到了地上。

"对不起小姐，真的对不起。"服务生有些惶恐地道歉。

夏晨拉着我的手那样紧，瞳仁里有担忧的神色，由于拽得过猛，我看到他的袖子口露出了一大截的肌肤，上面有扭曲的疤痕。

他松开我的手，眼中那一闪即逝的关怀很快就消失了。我隐隐地察觉到有什么不妥，可是我不知道那是什么。

8.记忆里最后一次见到夏晨

我最后一次看到夏晨，是在大一的暑假。我考上了南京大学，学金融。

夏晨走后我才知道他家里发生了巨大的变故，他父亲的公司被查封，数亿家产瞬间转了手。

偶尔来信的夏晨也有连续三个月没有来过信，我打电话过去也没有人接。

我日思夜想的都是这件事，不知道夏晨发生了什么变故。

我只好写信到他学校，告诉他我在一个月之后会去英国找他，请他务必要和我电话联系。

一个月之后，我用借来的钱真的踏上了去英国的路途。

那一场旅行，是我觉得最糟糕的，我没有心思游览风景。我在夏晨学校附近的旅馆住了下来。

后来夏晨来了。他带着唐苏，亲昵地搂着唐苏的腰，冷冷地对我说："这是我的女朋友，唐苏。"

夏晨就像变了一个人，变得阴冷决绝，没有一丝感情。他带着唐苏，似乎就是在对我宣示，我已经有女朋友了。

我只好笑笑说："打电话你没接，写信也没回，怕你发生什么变故。"

"我很好啦，虽然我们家的产业不在了，但是生活的钱还是有的，你不用担心。"他从口袋里掏出五千块人民币，"这是我兑换好的人民币，你回去的路上带着吧，以后没事不要来了，我的学业也很忙，可能没什么时间给你写信和打电话了。"

那天我狼狈地离开了伦敦，一句质问的话都没有说，我只是觉得自己特别可笑。我在飞机上哭到眼睛都肿了，我恨夏晨的冷漠，更讨厌自己的自作多情。那天我就暗暗发誓，我以后一定要靠自己活出个好的样子。

我再也没有和夏晨联系。我摘掉了有框眼镜，把头发蓄到腰间，努力地减到苗条的身材，课余时间上一些彩妆课。我开始做兼职，赚来的钱用来买漂亮的衣服。

我将自己变成了另一个人，连王思思都惊叹的小美女。

多年以后，我凭着姣好的容貌和不错的专业知识在金融界有了一席之地，追我的男生都很优秀，可是我始终觉得孤独。

9.摆脱夏晨，遇见李斯奇

我的脑海里想起夏晨最后一次和我见面的决绝。

即使我现在见到他，是在我人生最鼎盛的时候，可是我依然有一种深深的自卑。他还是那样优秀，并且他的身边还有一个唐苏。

我突然衍生出一种强烈的争斗欲，我很想找一个和夏晨一样出色的男生，让他看看我即使没有他也能过得很幸福。

节目在两个月后播出，我的大多数的镜头只是发呆和剥手指，我唯一争论过的那一次，却让我单位的电话几乎被打爆，很多人来证券公司，就为了看我一眼。

媒体的力量就是这么神奇，由不得你不赞叹。

在追我的人里面我注意到了一个男生。

他叫李斯奇。

他每天都会来等我下班，不像别人开着车，他是走路来的。他把西装外套挂在手上，只穿白色的衬衫，就站在证券公司门口等我。我起初并没有注意到他，直到有一次下了大雨，他撑着伞，手里还拿着一支冰激凌。雨太大，他的背部都被淋湿了，冰激凌却完好如初。

我接过那支冰激凌，一口一口地吃着，觉得那阵凉意，直直地戳到心底。

王思思第一次看到李斯奇，都有些忍不住惊叹。李斯奇是标准的好男生，帅气的外表，优渥的工作，为人处事得体妥帖，重点是对我关怀备至。

我对于自己终于可以摆脱夏晨而感到庆幸。

人生处处有转机，并不是只有夏晨这一个。

既然决定和李斯奇在一起，我决定退出那档相亲节目。

我觉得我应该和夏晨断得彻底，所以连夏晨的面都没见，我直接和监制打了一声招呼就走了。

出电视台的时候我居然撞到夏晨，他说：“听说你不做节目了？”

我知道肯定是王思思给他透的风，点点头说：“是啊。我找了个男朋友，就不打算在电视上相亲了。”

“他对你好吗？”夏晨突然问。

我觉得他这个问题特别可笑，好与不好与他又有什么关系呢？

“现在很好，以后的事情，谁又知道？”我笑笑，“比不得你和唐苏，那么多年了，还不离不弃地在一起。”

夏晨低着头，似乎想要讲什么，可是他抬头的时候只说了一句话：“郑欣，作为老同学，我真的希望你是幸福的。”

他这句话很真挚，不像是嘲讽。

我离开电视台那天还是下着雨。刚见到夏晨的时候我对他还有期望，我以为我们之间可能会有转机，可是相处久了，我看到他和唐苏在我面前晃来晃去，竟然快要失去理智了。夏晨还是这么容易牵扯我的情绪，不论何时何地。

我转过头，隐约看见夏晨站在大大的落地窗的后面，朦胧的水汽把玻璃洇染上一层雾。他的脸孔影影绰绰，透着我看不见的哀愁。

## 10.那一场火

我和李斯奇在一起一个月后，李斯奇就向我求婚了。

他说他父母都在国外，他已经和他爸妈说过了，只要我同意就可以。

我点点头就算答应了。

像被魔鬼驱使，想尽早地结束这思念的生涯，泅渡到彼岸。

我和李斯奇领证的前一天，他带我和他的同学吃饭，我竟然不知道他在清榕也是有同学的。

他说那是他的大学同学，我坐在江南春的包厢里，拿着一杯水，看着里面的柠檬浮浮沉沉。

这样就要嫁了，那样仓促，似乎是为了和夏晨赌气一般，似乎为了向他宣示我的幸福。我竟然没有一丝快乐。

他们喧喧闹闹地进来，我再一次看到了夏晨和唐苏。

清榕说大不大说小也不小，但是想避开的人总是避不了。

“这是我在英国读书时候的同学夏晨，在相亲节目组做导演，你的地址电话我还是问他走后门偷偷要的呢。”李斯奇不好意思地说。

所以，夏晨他早就知道李斯奇追我的事情，或者换一种说法，我的这一切，都是他牵线搭桥的？

我有些恼怒，仿佛又扮演了一回小丑。我站起身说：“我去上个洗手间。”借尿遁来逃离现场。

在洗手间我不停地拿水泼自己的脸，一直提醒自己不要生气，要冷静。

后来我闻到一股浓浓的烟味，看到有烟顺着门的缝隙钻了进来。外面哄闹成一团，隐约听见有人在喊：“着火了，着火了……”

我想拉开门，却发现门锁不知道何时被锁住了。我拼命地敲门，根本没有人来帮忙。

是啊，这时候所有人都只顾着逃命，谁还记得这个厕所里有一个小小的我？

这时候我的电话响起，居然是夏晨急切的声音：“郑欣你还在厕所吗？”

“厕所的门坏了，我出不去。”

“你别着急，先找块布弄湿捂住鼻子，防止浓烟呛入。我马上来救你。”

整个厕所已经浓烟滚滚了，我撕了身上衣服的一块布，弄湿了捂住嘴，但是已经吸入了大量浓烟，神志有些不清。

我没想到，在临死关头，我接到的最后一个电话是夏晨打来的。这是不是就是天意呢？

我想起夏晨最后给我吃的那支冰激凌，我还是没有吃到；想起我十七岁的时候夏晨把头靠在我的肩膀上，喊我：“四眼妹，你真是蠢死了。”

那时候的他嘴巴那么恶毒，可是我一点儿也不讨厌他。我的脑海里不断想起往事，甚至看到了模糊的影像。有一个人把我抱在怀里：“郑欣，要撑住啊。撑住。我不会让你死的。”

我的手触及他的皮肤，似乎是一片扭曲不平整的疤痕。我想说什么，却晕了过去。

## 11.那些我不知道的真相

我醒过来的时候旁边坐着的是李斯奇。

“你没事就好了。吓死我了。”他握着我的手。

“是你救了我吗？”

“不，是夏晨。”

“他怎么样了？”

“他把你救出来之后就晕倒了，现在还在抢救中。”

我掀开被子踉跄地想往下走，李斯奇一把扶住我：“郑欣，其实你心里爱的人是夏晨对吗？”

他说：“我开始并不知道，我一直以为夏晨爱的是唐苏，可是他晕倒的时候口袋里掉出来一张你们的照片，我就什么都明白了。”

李斯奇把照片递到我的面前，那张照片是夏晨临走的时候我们拍的，他好看的侧脸，温热的唇印在我的脸上，我一脸的错愕。

我从未见过那张照片，夏晨一直对我说底片报废了。

“我问过唐苏了，我知道夏晨在六年前遭遇家庭变故，他自己也差点儿葬身火海，救出来的时候除了脸部和颈部完好，其余的皮肤都烧坏了。他一直在接受治疗，边治疗边读完了大学的课程。唐苏是他的主治医生，这么多年鼓励他，陪着他，夏晨和她在一起是为了报答她而已。所以他这么多年不和你联系，是不想成为你的负担。”

我推开门，跑去抢救室。

唐苏在门口，眼睛哭得和核桃一样，我安慰她：“夏晨一定会没事的。”

“我明明知道夏晨从来没爱过我，我明明知道他心里一直只有你，可是我就是那么自私地希望留在他身边。连他要回清榕，我明知道他是为了看看你，我也跟他来。郑欣，只要夏晨没事，我就把他还给你。”

抢救室的灯终于暗了，医生出来说：“还好病人抢救及时，暂时没有生命危险，只是身上的伤疤复发了，以后一定要注意恢复。”

唐苏喜极而泣。我也松了一口气。

## 12.自此以后，只留晨光，永不散去

我和李斯奇在夏晨还没有苏醒的时候离开了清榕。

我嘱咐唐苏，不要将我知道的告诉夏晨，就让这个秘密深埋在烟火之中。

我把我和夏晨的照片带走了，走之前我最后去看了看夏晨。

他闭着眼睛，睡得像个天使。我把夏晨的手贴在我的脸颊上，我摸到他皮肤上那些可怕的伤疤，滚烫的眼泪顺着眼眶流了下来。

我知道唐苏很快会带夏晨去做植皮手术，她出身于医学世家，有很多医疗的资源，她一定会想办法治好夏晨，让他健康。

她才是最适合夏晨的那一个人，她会很好地照顾他，爱他，给他幸福。

时光终究会带走我们的思念，带走那些青春的曾经，留下深埋的秘密，在彼此的心底。

清晨的太阳缓缓升起，透过舷窗，我看到第一缕晨光照射过来。

我知道，自此以后，你有唐苏这束月光，我有李斯奇这道星光，我们永远不会陪着任何人去看属于我们的那道晨光。那道属于我们的晨光，会随着时间，渐渐埋藏。

# 你是我的眼

要有多勇敢，才能连死亡都不再惧怕；又要有多勇敢，才能去面对你和别人的幸福。记忆里的快乐总是忘记得特别快，只有痛苦才能让人更加刻骨铭心。

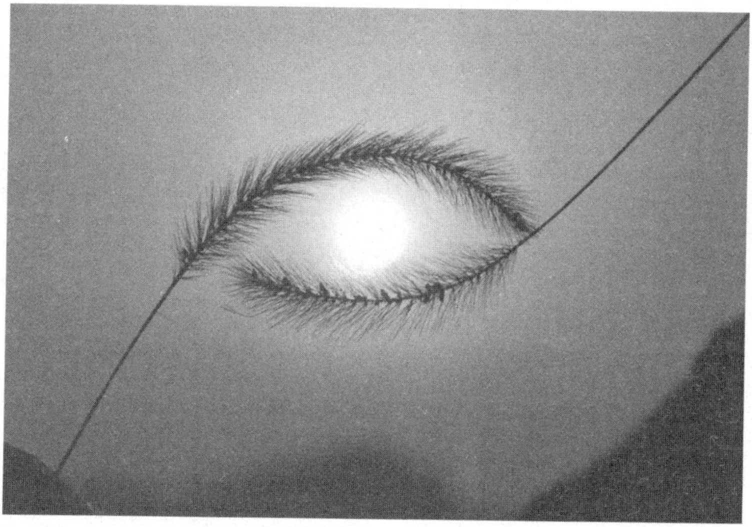

Part 1 我要做你的眼

萧煌奇唱《你是我的眼》，是在2002年，风靡了全台湾。他戴墨镜，从不介意媒体称呼他为盲人。他说要将这首歌送给曾经感动过的人。

2002年以后，我每次唱这首歌，都会唱得落下泪来，千回百转的曲调在口中停滞，漫散，是我眼里最久最深的痛。

夏天的阳光是和蜂蜜一样的颜色，把整张脸放在阳光中，心里也是甜蜜的。屋子里在放CD，萧煌奇深情地唱：如果我能看得见，就能轻易的分辨白天黑夜……

我站在藤萝架下，听到展时说："如果你看不见了，我就做你的眼，还会带一桶蜂蜜和你去周游世界。"

我想那时候，世界肯定美得不像话，灰姑娘的水晶鞋丢了，四十大盗从了良，美人鱼也不用变成泡沫。

而那个时候，朝夕还没出现。

Part2 展时 朝夕

我和展时之间，最不想提到的人，就是朝夕。

朝夕有一种洒脱的漂亮，她从来不穿校服，衣服永远有五种以上的颜色，头发很长，从不束起来，上英文课和老师用英文对骂，向来我行我素，逃课，带一罐泡泡吹得满层楼的窗户上都是。

这就是朝夕在外国语学校的精彩人生。

当然，最重要的一环，早恋，她也没省略。

而她早恋的对象，就是展时。

展时高朝夕一届，相貌端正，身材挺拔，喜欢击剑，是学生会主席。传闻他上高一的时候，要从十二个班的班长中选出一个市优秀班干部，展时在年级七百个人里面成绩是第一名。

颁奖的是市长，他拍着展时的肩膀说："好，孩子有前途。"

而这个被市长说"有前途"的孩子却喜欢上了全校都头痛的问题少女朝夕。

这是多么轰动一时的校史，而这惊人的壮举也曾让学校在两年半里经受了惊心动魄的考验。

学校的成名，和朝夕的性格有一种互助互利的关系。朝夕痛恨学校的制度，学校恼怒朝夕的自我。只因朝夕有个有钱的老爸，这一切就只好这样相互怨恨地存在下去。

那时候朝夕就会说："世界上的一切都是相互利用。单纯的东西太少，像一个沙子流逝的沙漏，你想抓住，却总在缝隙中一点点流走。你只能干看着，没有一点儿办法。"

我一边坐在椅子上抄黑板上的函数题解，一边说："比如感情呢？比如展时，你觉得他追你，算单纯吗？"

朝夕笑了两声说："展时嘛，他不能算单纯，他简直是傻。他是我见过的最傻又最让人心疼的男生。"

展时喜欢朝夕，我是第一个知道的。在朝夕转来的第三个月，展时在一次学生会的例会后找到我。我心存欢喜，但他和我随便寒暄了几句后，便切入主题问："你和朝夕，熟吗？"

眼神闪躲，怕被人戳穿，我想极力掩饰，却更加明显。

我整颗心都坠到最深处，点头说："熟。"

展时开始旁敲侧击地问我关于朝夕的一切，爱好，血型，生日，兴趣。他像一个认真听话的孩子，用心地记下我告诉他的每一样。在日落西山后，他终于伸了伸臂膀说："青檬，谢谢你。"

我垂下眼，转身去学校边上买香草酸奶糖。老板说现在吃这种糖的人很少了，已经不卖了。

我和小店老板大闹了一场，吓跑了所有的客人。朝夕把我从商店里领出来的时候我精神恍惚，她牵着我的手，说："青檬，如果你想吃那种糖，我翻遍整个临城也给你找来好不好？"

Part3 青檬 朝夕

我把卡带倒回，再听一次《你是我的眼》。幼年的藤萝架下面，我在一盆温水前用洋甘菊洗眼，有个人站在我旁边帮我递来干净的毛巾。那是哪一年呢？连我自己都记不清了。

我的眼睛好了之后，记忆就开始生疏了。我一直保留着听卡带和CD的习惯，我买过一个黑色的旋转CD架，是送给朝夕的第一份生日礼物。我想如果没有展时，我会很喜欢朝夕。

那时候她问我："青檬，你喜欢谁？"

我回答她："我没有喜欢的人。"

朝夕狐疑地给我丢来一个橘子，说："你不可以撒谎哦，否则明天就会被动物园里的老虎吃掉。"

朝夕自从和我成为好朋友之后，很少外出打架，她爸爸也很喜欢我和朝夕待在一起，因为我能管住她。

朝夕从小就没有妈妈，爸爸也很少管她，但她天资聪颖，对英文有独特的爱好和天分，高一就把雅思、托福考了，还考了高分，外加她漂亮，多多少少就有些骄傲、自我、任性和不听管教。

没认识我和展时之前，她在外校打架也是出了名地狠，何况还是个漂亮的女生，以至于很多人都对朝夕略有所闻。

没人敢靠近朝夕，我是第一个主动靠近朝夕的人。

那天晚上朝夕和人打了一架，意识不清楚地倒在路边，衣服上全是血。我立刻拨了120找人来救她，救护车来之前，我和她一直坐在马路边，像两个萧索的茄子。我问她："疼不疼？"

她摇头。

我把我的耳机分一只给她听："你是我的眼，带我领略四季的变换……"

她说："你怎么听这么悲伤的歌曲？"我特矫情地说："这叫深情，不叫悲伤。"

她说"哦"，然后拿出一支烟来抽，我一把抢过，丢在墙脚，说："你现在需要的是救护车，而不是烟。"

在救护车上，她对我说："这下搞大了，长这么大没坐过救护车去医院，听说叫救护车还要花一百块呢。"

那天我买了毛巾在医院里帮她擦血，她的样子本来很狼狈，被我清洁过后，漂亮的样子就露了出来。灵动的大眼睛、水嫩嫩的皮肤在我手上的毛巾作用下一点儿一点儿地显出来，精致得像一幅田园油画。

朝夕开始和我有了很密切的往来，她给我买很多好吃的，带我去很多好玩的地方。我们一起在街头领养过一只猫、两只狗，在窗台上放小米喂小鸽子，一起去月光赛场打排球。我的眼睛常常要滴眼药，她特意去医院帮我配了许多。她说："青檬，你如果真的看不见了，我就做你的眼睛。"

这句话太遥远，回忆的时候夹着疼。

我记得展时告诉过我他喜欢朝夕的真正原因，是他觉得朝夕有一颗永远纯真的心。我想这颗纯真的心我是不是也曾经有过呢？

我和朝夕的感情，在许多年以后我都很难言明，从在街角看到她的第一眼，我就仿佛看见了另一个自己，任性，暴戾，我行我素，有古怪的想法、疯狂的性格。她有太多缺点，而这些缺点，都是我内心潜伏的不安分子，多面的光环让我将这些分子镇压下去。

而朝夕，把我不能做的一切，都做到淋漓尽致。

所有人都觉得她糟糕透了，只有我对她充满了欣赏。

Part 4 展时 青檬

十六岁再次遇见展时，我穿着校服衬衫，黑色裤裙，站在全年级的大群学生之中，为了竞选学生会宣传部部长。演讲稿背了不下百次，还是紧张得在楼道里瑟瑟发抖。

展时递给我一块香草味的酸奶糖，是我小时候最喜欢的那种口味。他说：“以前我有个妹妹，只要一紧张我就给她吃香草味的酸奶糖，她立刻就不紧张了。”

多年之后，我再次见到展时，他已有书生意气，文雅俊秀。他的侧脸在阳光下有最精致的白，和许多年前在草地里滚得满身是泥的小男生已经不太一样。

他那种气质，使你在第一眼看到他的时候，就很容易让自己沉沦下去，翻天覆地。

我一眼就认出了他，他却没认出我，这让我有些沮丧。

竞选的时候，我脱稿背的演讲词。我说：“大家好，我是高一（7）班的夏青檬。”展时坐在第一排的评委席上，蓦然抬起头来看我，目光里有惊讶和怔忡。那是记忆里最好的目光，眉目浅秀。他凝视你，万物在你眼中都是祥和的。

整个演讲下来，我的词最精彩出色，没有争议地多票当选。

竞选结束后，展时走到我跟前，我在一片嘈杂的人群里看着他。

他微笑着看我，说：“青檬妹妹都长这么大了？”

他和我讲话的口气是长辈式的关爱，我不喜欢。我自认这几年安静美好，脾气好了，乖巧听话，再也不是小时候那个任性刁蛮的小丫头。

可是他与我，客客气气，再也不复往日的亲昵。

他要做我的眼，带我去周游全世界。这是我一生都不会忘记的动人诺言。

Part 5 展时 演唱会

展时能把朝夕追到手，是经过我的提点。

那时候他追朝夕追得昏天暗地，校长也训话了，父母也打了，通通无济于事。而朝夕，依旧对展时不理不睬，铁石心肠。

我知道朝夕的心里是有些挣扎的，展时怎么说也是个美少年，对她倾注了所有的爱，并且为了这份爱，摒弃了周围所有的情感。这是少年的痴狂，一旦陷入，无法挽救。

看他被众人鄙弃的可怜模样，说不心动，是绝对不可能的。

而我心疼展时，这样的付出却还是得不到朝夕的点头。在学校里看到展时落寞的眼神，我的心也是疼的。那段时间，我无缘无故地讨厌朝夕，偶尔因为一些小问题和朝夕生气。

展时的学生会主席被撤那天，情况有些滑稽。我在食堂吃着最后一只鸡腿，年级主任走到我面前甩了一句话给我："吃好饭到校会议室来开会。"

我以为是我新负责的广播站出现了什么问题，新闻内容不符合领导要求？或者播的情歌有损学校风气？这事弄得我内心诚惶诚恐。

我迅速地把鸡腿放进饭盒里，跟在主任后面直奔校会议室。到的时候才发现会议室里满满的全是学生会各部门的部长、学校领导级人物。

展时站在我的左边，脸上还有一块淤紫的伤痕，明显是被他父亲打过。主任威严地说："介于某某同学多次不遵守纪律、违反校规，现在学生会主席暂时由夏青檬接任。"

连竞选都省略了，我直接被主任提拔成主席。在当时，对于掌管宣传部和广播站的我来说，算是天大的喜事。

散会之后，我跟在展时后面下楼，大家走路都特别快，展时的腿却像灌了铅一样。我内心有愧于他，仿佛是我抢了他学生会主席的位子。

我喊他："展时。"

他转过头来。他的脸素净明亮，永远那么好看。

我说：“对不起啊，我不知道怎么会变成这样。”

展时笑了笑：“这和你又没关系，再说，学生会交到你手里，我也比较放心。”

他说话的时候，学校的广播在放歌曲，是《My Way》（我的方式）。我突然好像想到什么，又好像要对他弥补什么。我说：“展时，如果你想打动朝夕，在下个月的歌唱比赛中唱《My Way》或许有用。”

展时暗淡的目光在听到朝夕的名字之后瞬间明亮起来，一扫所有的阴霾。

他说：“谢谢你，青檬。”

一时间，我又开始痛恨自己的心软。

楼道里有凉风吹来，磨砂玻璃上印出一张表情扭曲的脸。音乐里唱：I did my way,no oh,not me（我用自己的方式，噢不，不是我）……

歌唱比赛上展时特别听话地唱了《My Way》。他穿了小西装，优雅地拿着话筒唱歌，我硬是把朝夕拉到最前排，展时的目光一下就锁住朝夕，他深情款款：“And now,the end is near/so I face the final curtain（现在，我的末日将近/面临人生的最后落幕）……”

朝夕捏我胳膊说：“夏青檬，你出卖我。”可她说话的语气已经泄露了她的娇羞，我知道，朝夕终于决定卸下盔甲，接受展时。

一首《My Way》将所有的感情都吸附进去，让从来不相信爱情的朝夕，下定决心去接受一个美少年的爱恋。

虽然这段爱并没有多漫长，但是，我想，一定让所有人都刻骨铭心。

## Part 6 展时 青檬

那一年，如果你去过展时家的藤萝架下，你就很容易找到我。我会熟练地从井中打水，熟练地把CD的声音开到整个院落都听得清楚，轻松地躺在藤椅上抬头去看展时房间的窗户。他家是一栋两层楼的洋房，牵牛花、月季、蝴蝶花正在生长。

而那个曾经说要带着一桶蜂蜜带我去周游全世界的展时却不会像这些爬开的记忆那样能倒回去了。

十一岁以前，我未搬离这个院落，展时就是带我满临城跑的那个人。我们同吃一根棒冰，一起提一小桶水，坐在葡萄架下把蜂蜜一点儿一点儿地搅拌在冰凉的井水中，灌下肚。

十一岁那年，我查出有青光眼。父亲四处借钱要带我到大城市去治疗，那个时期我变得脾气暴躁，情绪化，不好好吃饭。我的眼睛时好时坏，看人全是微散的影子，有时候和展时说着说着话就晕过去。

这不是我期望的童年。我期望的童年是可以和展时一起长大，相亲相爱，绝对不是在注射药物和吃维生素却时好时坏中度过，连喝水量都受到控制。

有一天我大哭了一场，歇斯底里地和爸爸吵架。爸爸焦急地把展时叫过来，他说医生说这病千万不能情绪激动，否则就更难治了。

展时开始说他知道的所有笑话哄我。我越哭越大声，我说："你不明白的，我不想动手术，如果手术失败，我就失明了。我不想看不见你。"

展时说："如果你失明了，我就做你的眼睛。我还带你周游世界。"

那天我看不清楚他的脸，但是他的眼睛明亮得闪到我流泪。我家二楼的窗台上落下一只白鸽，一些微弱的影子让我的心暖暖的。

展时是我心里最暖的一捧清泉，也是我克服对手术的恐惧的勇气。

他说他会做我的眼睛，我想牵起他的手周游世界，哪怕整个世界都是黑暗。

有你在，我就什么也不害怕。

要有多勇敢，才能连死亡都不再惧怕；又要有多勇敢，才能去面对你和别人的幸福。

## Part 7 有些事，已经不记得

我见证了展时和朝夕的整个高中时期，在所有人都束手无策的情况下，只能容许他们这样甜蜜地好下去。朝夕变乖了，不打架不闹事，改邪归正。展时依旧拿着全年级第一的成绩，穿着干干净净的衣服，牵着朝夕的手走在临城的每个角落。

我跟着他们，是一千瓦的电灯泡。从城南走到城北，我的眼睛常常莫名地流泪，站在路中央不前不退。我对朝夕说我常常梦到自己眼疾复发，看不见日月天光。朝夕抱着我安抚说："现在有我和展时在，我们就是你的左眼和右眼。"

多年后，我每次想起这句话，还是会难过得流眼泪。

朝夕是后来才知道我和展时很早就认识的，只是我在十一岁离开临城去了北京做手术，手术后在北京待了几年才返回临城。

朝夕打趣说："你和展时才叫青梅竹马。"

展时急着撇清："我从小就把青檬当妹妹。"

他说这句话的时候，我正从藤萝架下的井里打水洗手。几年过去了，这个院子里只住了展时他们一户人家，他的父母长年在外地谋生，很少回来。

我假装笑脸，说："你紧张什么？其实我暗恋你很久了。"

展时的脸红了，这么多年，他还是那么容易害羞。朝夕跑到展时身边，抱住展时的脖子，在他的脸上亲了一下。她说："我才不怕你呢。展时对我的心无坚不摧。"

她的幸福全世界都能证明，有那么一瞬间，闪得我的眼睛疼痛起来。

我把整张脸浸在脸盆里，怕他们看到我的眼泪从眼角滑出来。

夜晚来临的时候，展时在客厅里放CD。我拿了一张我听了几百次的《你是我的眼》放进CD盒子里，像许多年前一样。那时我们都不够高，每次展时都要站在小板凳上帮我放卡带。他曾经从小凳子上摔下来过一次，我心疼了好几天。

我把CD放好之后，展时看着我说："现在的你真的和小时候不一样了。"

我在夜晚灯光纷乱的客厅里笑着回他："现在的你也和小时候不一样了。"

朝夕在院子里喊"展时，快出来"，眼前两个幸福的人让我无休止地疼痛。我的眼睛，我的心，我全身的细胞，无时无刻不叫着疼。

我上高三的那一年，朝夕和展时的爱情进入稳定期。朝夕变成了小女人，展时疼惜她，所以只考了临城的理工大学就读。

我养成了一个很坏的毛病，每周一定要偷偷去展时家的院子里打水回家洗眼睛。洗眼睛的时候会放很多洋甘菊，眼睛浸泡在里面，所有的伤心流泪统统看不见。它们被水清洁了，泡散在洋甘菊里，谁都找不出蛛丝马迹。

我不再是曾经的那个我，对世界、对童话还保留美好幻想的我。在展时的眼里只有朝夕的那一天开始，我已经扭曲了自己。

从北京回来的这几年，我和爸爸一直住在一栋很小的旧楼里，青光眼的手术费外加复查、吃药、住院的钱花掉了爸爸一大笔钱。我们没了房子，租住在临城这样一栋旧楼里，夏热冬冷。我养了一盆含羞草，放在窗台上，有时候会有鸽子安静地飞过来，我再喂些小米给它吃。

整个房间里，最惹眼的就是我的CD架子。上面一排一排的老唱片，有邓丽君的、蔡琴的、谭咏麟的。它们整个铺散在地上的时候，我一下就坐在地板上，眼前一片昏沉。

我突然想起一句话，记忆里的快乐总是忘记得特别快，只有痛苦才能让人更加刻骨铭心。

## Part 8 生命里无法承受的痛

又一个夏日轰轰烈烈地来了，朝夕的生日在高考前的一个月。朝夕的爸爸禁止朝夕和展时见面，怕影响朝夕高考。

可是朝夕生日前一个星期，我给朝夕出了一个主意，由我找借口把朝夕从家里带到展时家去过生日。生日很简单，只有我们三个人，简单地庆祝。

2004年夏天，一切注定不能简单收场。

我学会了网购，买了一条手链当礼物送给朝夕。展时特意请假从学校回家来，精心地布置了整个院落。星光点点，我手间的链子隐隐作响。

幸福是悲伤的开始，只是所有人都要到最后才会察觉。

展时和朝夕一起许愿，是朝夕说的，她说愿望要两个人许才好。

他们俩一起闭眼的时候，藤萝架上掉下了一朵寂寞的小花在我的头上。我看到长大的展时，他已经英俊挺拔，和我小时候想象的一样帅气。

可是他不会和我相亲相爱，不会带一桶蜂蜜陪我周游世界。永远不会。

这场爱，在朝夕出现的那一天，全部毁灭、破坏。

我送了礼物给朝夕，端了啤酒给他们。我吃了一块蛋糕，然后早早地离去，把美好的二人世界留给他们。

医生说我不能脾气暴躁，我要安静、保持好心情，注意休息，这样眼睛才会好，手术后才不会再复发。我曾经想过无数次我失明后的悲惨遭遇，每一段都比现在糟糕百倍，可是每一段都没有现在这样悲伤。

没了你，再好的遭遇都只是生命的黑白片段，没有惊喜，没有生趣。

后来，就发生了临城史上最不堪提及的片段，展时和朝夕被学校主任当场抓在床上。朝夕神志不清，身上有浓重的酒味。所有人都将此定为酒后乱性，一时间传得满城风雨。

朝夕被学校开除，展时也被记大过处分。在高考到来前，朝夕就被她爸爸急急地送到了美国。

所有人在看到我的时候都投来询问的目光，我镇定自若地做了几份高考套卷，内心寂寥。

朝夕出国前最后一次来找我，我们约在学校的月光赛场。我和朝夕打了一场排球，她的排球狠狠地砸到我的眼睛上，我坐在沙地上，没有睁开眼。

朝夕说："青檬，原来友情那么容易让爱情摧毁。"

我说："不是的，世间所有的情感都容易互相摧毁。"

朝夕说："青檬，如果时间能够倒回，我还愿意做你的眼睛。"

这是我最后一次见到朝夕。十八岁之前的人生停在朝夕这里，成为一张遗弃的CD唱片，不再聆听。

展时在远处看着我，他说："青檬，再见。"

我知道你不会原谅我给予你的生命第一次无法承受的痛，你永远失去了你最爱的人。

2004年，一切在藤萝架下的那个夜晚走到终点。

Part 9 上帝在我眼前遮住了帘　忘了掀开

北京时间晚上九点三十分，展时、朝夕，让我给你们说一个关于我的故事。

我曾经很喜欢一个男生，以为能和他在一起一辈子。他说他会带一桶蜂蜜与我周游世界，要和我一直相亲相爱。

我十一岁那年离开临城去北京做了一个治疗青光眼的手术，在北京待了四年。我希望我康复之后又可以牵起我喜欢的男生的手陪他一起成长。

我非常努力地学习，考上了他所在的中学，我让自己变好，变乖，我希望慢慢地重新认识他，终于在上高一的时候顺利地进入学生会让他对我印象深刻。

我以为一切终于可以重新开始，可是朝夕出现了。

有时候人的际遇真是很难讲的，不是吗？我拼命努力要争取的东西，别人不费吹灰之力就得到了。我接近朝夕，生活在你们两个人之间，我看着你们幸福，却让自己更痛苦。我也曾想过停止这一切，可是感情一旦开始，谁都没办法喊停。

我看着他们一天天幸福，看着我曾经期望的所有一点点地流逝。一切像朝夕说的沙漏，越想抓住沙子，就越快流走，除了干看着，毫无办法。

这辈子，我都得不到他。

对不起，我做了最错误的一个决定。

我在网上买了无色无味的催情药，下在他们两个人的酒里，看他们喝下之后，再悄然离去……

我拨通了学校主任的电话……

一切悄无声息。一切到此结束。

Part 10 青春里最漂亮的一双眼

高考完，我考到北京的一所医科大学眼科专业。每周六我都会去后海的一家酒吧听怀旧老歌。我穿五颜六色的衣服，化浓艳的妆，很少笑。我谈了几场糟糕的恋爱，是眼科系最不受管教的学生。

我以为我忘了临城，忘了被我伤害的朝夕，忘了遗忘我的展时。

有一天在西单的书店听到林宥嘉翻唱的《你是我的眼》：“因为你是我的眼，让我看见世界就在我眼前。”他的声音干净饱满，没有萧煌奇的悲伤。

我想起朝夕临走时说如果时光倒流，她还是愿意做我的眼，我想起展时说“青檬，再见”。书店里有一个小孩子打翻了一杯水，我又想起我和展时的小时候，想起朝夕和我养的猫和狗以及藤萝架下我们三个人曾经拥有过的快乐。

我突然明白，我所有的快乐，早已截止在十八岁的藤萝架下，被那些童年的回忆、仇恨的决心以及幸福的明亮遮盖了。

在十八岁那年，我已经失掉了我这一生中，展时和朝夕这双最珍贵、最漂亮的眼。

# 左岸迎着**时光**右转

我们什么也不能做，我们只能靠自己，努力地离开这个地方，不需要依靠任何人，等有一天强大到可以保护自己保护别人，就再也不需要忍受，再也不需要挣扎。

1

暑假前，杨晓晓打电话说：“左岸放出来了，你要不要回来看看他？”

彼时我蹲在小饭店的后门抽一支南京，破烂的手机在杨晓晓说完这个问句的同时自动关机了，我怎么开它都无动于衷，于是我有些恼火地狠狠骂了一句：“去你的。”随手把这只烂手机摔在墙脚。

有一个眉清目秀的男孩子坐在小木头凳子上洗碗，他皱了皱眉转过头来看着我，目光里难掩诧异。

我想他应该是被我这个粗鲁的女人吓坏了，在左岸被关进去之后的这么多年，我以这种大姐头的姿态吓过很多人。

老板在外面喊：“轻音，人呢？死哪里去了？”

我狠狠地抽完手里的烟，调整好自己的超短裙，啤酒衣，步履缓慢地走回那间小饭馆。

“等等，你的手机……”洗碗的男生好意地提醒。

我看了一眼在墙脚摔得四分五裂的手机，淡淡地说：“不要了。”

说完这句话的时候，夕阳刚刚落下来，浓烈的金红色把整个后巷照得灿烂而暧昧，冗长的巷子，逼仄的甬道，散落的肮脏凌乱的杂物，一切在金红色的笼罩下，像是有了一些淡淡的生气，我忍不住在这样的景色中多留恋地看了一眼。男生的背影消瘦而挺拔，侧脸干净，手指泡在白色的泡沫里，“哗”的一声，像能扯出一片虚幻的世界。

我突然就想起左岸，十七岁的左岸，蹲在我们家的家禽摊位旁边，看那些鸡鸭被人割开喉咙，挣扎到死。

那个过程看似短暂，其实无比漫长，就像我们这么多年的岁月，仿佛一眨眼就过了，可是那些我们心中所承载的疼痛，只有我们自己最清楚那是多漫长的一种煎熬。

2

左岸曾经和我说过："轻音，你知道什么叫挣扎吗？就像一个人在油锅里慢慢地被煎着，开始是微微的疼，后来是剧烈的疼，你奋力地想逃开，可是却被人狠狠地按住，只能眼看着自己被煎熟，烤焦，最后放弃挣扎，和这个世界妥协。"

那一年，我和左岸都只有十三岁。他妈妈带着他改嫁到我们这里，对方是一个大富人家，老婆早年死于非命，一直孤身一人，别人介绍了无数女人都不为所动，最后在出差的旅途中遇到了左岸的妈妈。一时间惊为天人，不顾她有一个小孩儿，不顾家里人的反对，一定要和左岸单身的妈妈喜结连理。

富豪遇到落难女的故事天天在电视上上演，但是富豪狂爱单亲妈妈的故事却在生活中难得一见，于是，左岸的妈妈就带着左岸嫁了过来。

我初识左岸，因为他被家中的哥哥戏弄。

他的挂名哥哥纪文希以游玩为理由把他骗到了这个离家很远的街市，然后把他丢在这里，开车远去。左岸身无分文，在街市里走到了傍晚，他没有求救，也没有慌张，他只是在我家的店里蹲下来，看妈妈杀鸡。

我正在屋里做作业，开着广播听王菲的歌，那一年满大街都是王菲天籁般的声音，唱《红豆》，唱《我愿意》，广播信号不好，总是夹杂着"沙沙"的声响，我捧着收音机走到门口去找信号。

于是那一天，我就看到蹲在店门口的左岸。

他穿极蓝的短袖短裤，衣服是很昂贵的牌子，肩膀宽而扁。他抬头的一瞬间我看到了一双沉静而温润的眼睛，琥珀色，在夕阳下有微微的透明。

妈妈喊我来帮忙，我端着碗去帮忙接那些鸡血，妈妈说："今天杀一只鸡给你过生日。"我才想起来那天是我的生日，我端着那只碗的时候左岸突然说："能让我拿吗？"

妈妈指着左岸问我："这是你同学？"

左岸有些期待地看着我，我怕妈妈赶他走，不知道出于什么原因我说："是啊，我们新同学。"

"叫什么？没听你说过。"妈妈有些疑惑，"站在门口很久了，怎么都不喊你。"

他笑起来，笑容恬淡："我是新转来景安一中的，知道今天是轻音生日，想来给轻音一个惊喜。谢谢她在学校教我功课。只是来得匆忙没带什么礼物。"

这下换我瞪大双目，他怎么知道我的名字？

妈妈这才放松警惕："原来是轻音的同学，轻音在学校一直都没有什么朋友，也从来没有人来我们家过，谢谢你来给轻音过生日啊，进来吃饭吧。"

3

左岸就这样以我同学的身份来到我的家里吃饭，在我甚至不知道他叫什么名字的情况下。

因为左岸，在我看到他的一瞬间我的内心就涌起了奇怪的悸动，这种悸动迫使我靠近他，顺从他，哪怕生性从不结交朋友的我，也为他破了例。

因为从看到他的一瞬间，我仿佛看到了另一个拒人千里的自己，冷漠而枯燥的眼神，对这个世界的排斥，对生活的抗拒，使得你想去心疼他照顾他。

在妈妈煮饭的时候我问他是怎么知道我的学校和名字的，他有些得意地说："我刚才听到你妈妈喊你名字，还有你穿景安一中的校服。"

我不得不佩服他细致的观察能力。

那天妈妈煮了一大锅面条，放了很多鹌鹑蛋，炒了几碟精致小菜，炖了一锅鸡汤，我们围在我们家不足十平方米的小房间里分鸡肉。

我和左岸都不喜欢鸡腿而喜欢鸡翅膀，妈妈说你们俩都是想要飞的人，我们面面相觑，我在他眼中看到了一种逃离的渴望。

吃完饭我和左岸坐在家门口的凳子上看对面卖菜的阿姨收摊，每天一到晚上，这里的人便开始陆续收摊，白日里的叫卖和讨价还价的热闹荡然无存。

左岸说："轻音，如果你感觉你的人生掉入了一个旋涡，你只能不断地挣扎，退让，隐忍，你该怎么办？"

我想了很久，抱着收音机站起来，就着星光点点，对左岸说："这个问题我曾经也想过，但最后的答案就是，我们什么也不能做，我们只能靠自己，努力地离开这个地方，不需要依靠任何人，等有一天强大到可以保护自己保护别人，就再也不需要忍受，再也不需要挣扎。"

那天晚上我看到左岸的眼睛里有微微的液体在闪动，我抬起头假装看天上的星星，他问我："是不是只要抬起头，所有的悲伤就会随着眼泪逆流回身体里？"我没有答话，但是我突然觉得他是懂我的，这个世界上找到一个能说话的人不难，但是要找一个懂你的人，那真是一种奢望，我的人生中第一次感觉遇到了一位知己。

4

我向老板辞职，本来是想请假的，但是老板说，你请一个月还不如直接滚蛋算了。我想想他的话也不是没有道理，干脆直接辞职了。

你看，在我离开景安的这几年里，我靠自己在葵远生活，像当初我和左岸商量好的那样离开了景安来到葵远，逃离了那里的一切，但是我活得依然孤独，我不和别人接触，拒绝所有人的接近。我把大学过得封闭而枯燥，我每天除了打工、上学就是蹲在路边抽烟，毕业之后我跳槽过很多家公司，最后在一家设计公司定下来，职场的风云比想象中更甚，我最终在那家公司挣扎了一年还是忍不住离开了。

我开始靠在夜店打工赚钱，偶尔也去做酒促小姐，忍受男人的咸猪手和老板的谩骂，我多想告诉左岸，其实外面的世界和我们想象的不一样，我们曾经以为只要我们逃离景安那个地方，就能看到光明，其实我们只不过是从一个井跳入了另一个井，我们依然在挣扎，永远都不能停止。

在火车站的时候，我只背了一个松垮的兔子小包，没有买到座位票，就靠在吸烟区看窗外次第而过的树木。

我很自然地想起我和左岸曾经骑了三个小时的自行车去路港小镇看飞鸟，那是在新学期的第一个十一长假。左岸转到了我们班上，在他转来的第一天，杨晓晓就惊叹地在班级里宣布，她一定要追到左岸这个帅哥。

杨晓晓的父亲是景安一个私营企业的老板，她不仅长得好看还很高傲，虽然她的成绩不好，却不影响她对生活的骄傲。

放学的时候，左岸在我每天都会经过的奶茶店门口等我，递给我一杯香芋味的奶茶，自己吃着一根柠檬味的棒棒糖。

在快到我们家的那个菜市场门口，左岸突然说："轻音，我们十一去路港小镇看飞鸟吧？"

我欢快地点点头，不知怎么的心里溢满了快乐。因为我知道，那个地方，总是相爱的人携手同往的。

火车颠簸了一下，我没站稳向后倒去，跌在一个人的怀里，他的身上有微微的汗味，却透着清新的温暖，他的眉目间有温暖的信号，张开嘴笑的时候，像清晨的雨露。

"怎么是你？"他显得很惊喜。我认出来，是在小饭店后面洗碗的那个男生。

"端木，你认识她？"刚才穿粉红色衣服的女孩面色不悦地问道。

"她是……"

"我不认识你。"我推开那个叫端木的男孩子，朝另一节车厢走去。

没想到他尾随过来，站在我的对面，笑起来露出一排整齐的牙齿：“我知道你叫轻音。”他有些得意，“没想到在这里遇到你，我叫端木翎。葵大的学生。”

我没有搭理他。微微地闭上眼。

5

火车开了十个小时，终于到达景安，其间，我对面的端木翎殷勤地给我送水和食物，都被我冷眼瞪回去了。穿粉色衣服的女孩装作若无其事地跑过来看我和他，表面上是上厕所，实际上我知道她只是不放心。

一个女孩喜欢另一个男孩，所有的感情全写在眼睛里，谁也欺骗不了。

可是端木翎只是非常礼貌地和她保持距离，和我套近乎。

“你也是去景安的吗？你应该是景安人吧？你大学在哪里读的？不要不说话嘛，理我一下撒……”端木翎就像一个要不到糖吃的小孩儿，对着大人尽情地释放他的孩子气，若是在以前我一定呵斥他离开，但是不知道是不是这车上的时光太无聊，我竟然像欣赏一场表演一样看着他那张赏心悦目的脸沉默着。

我想我需要拥有一个愉快的心情去面对六年没见的左岸，但是我实在无法给予自己这种心情，我想尽量表现得快乐一点儿，好让左岸觉得他这几年的牢狱生活换来我逃离的梦想，是多么值得。

下了火车，我直接坐上去往路港小镇的黄牛车，端木翎拉拢同学和我一起拼车，大家正好也要去路港小镇，在我还来不及换车的时候。他们就挤爆了那一辆小小的面包车。

车子开到路港小镇的时候，已经是九点钟，天色有些暗淡，我沿途走路去杨晓晓家的面馆。

杨晓晓大专毕业之后回到路港小镇开了一间面馆，她说这里离监狱比较近，可以每周都去看看左岸，那时候的杨晓晓已经没有了当年的嚣张跋扈，她电话里的声音是平淡而宽容的，她说：“我只想照顾他，不管他心里想着你还是别人，都不重要。”

还没走到那间面馆，远远地我已经看到杨晓晓和左岸在打扫店面，他们好像要收摊了，杨晓晓扎着一个温婉的发髻，在给左岸喂水，昏黄的灯光有些模糊，我站在阴恻恻的树枝下，仿佛看不清楚眼前的画面。

我转过身去，逃离了这个画面。我知道我不是看不清楚，是我没有勇气看下去。

我想起高二的那个十一长假，我和左岸准备一起骑车去路港小镇，车子却被杨晓晓弄得面目全非，她指着我的鼻子大声对我说：“阮轻音，我杨晓晓要的人你也敢碰，我会要你死得很难看。”然后转头对左岸那个毫无血缘关系的哥哥纪文希说：“你必须帮我看紧左岸，不许他国庆外出。”那时候纪文希很喜欢杨晓晓，对她的话几乎言听计从。

那天我们到路港小镇的时候，几乎累坏了，他用兜里唯一的十块钱买了一碗面条，然后躺在草地上看星星，我靠着他的肩膀，他握紧我的手，他说：“轻音，当有一天我们离开这里，我们就再也不要回来了。”我很用力地点点头，对他说：“会的，我们会离开这里，并且很幸福。”

6

现在我并不知道幸福是什么样子的，我只是坐在秋千上，哪里都不想去。水中的倒影里，我额头上的伤疤依然明显。

从路港小镇回来之后，杨晓晓就开始变本加厉地对付我，往我身上泼水，让所有的同学排挤我，到处散播我的谣言。但这些都不是最关键的，最关键的是，她让纪文希在我常常去的秋千上做了手脚，让我从秋千上摔下来，当场头破血流。

那是我第一次看到左岸暴躁的样子，他把纪文希按在学校走廊的墙上，拳头差点儿就要落下去。

“你有什么好得意的，你妈是狐狸精，专门勾引人家老公，你也不是什么好货。就知道找这么一个满身鸡屎味的丑女。你和你妈都一样下贱。”纪文希根本不怕左岸，那副嘴脸充满了丑陋。

我捂着包着纱布的头，从教室里走出来，走到左岸面前，安抚性地拍拍他：“左岸，没事的。”然后我转过头，看着纪文希，一扬手，一个巴掌甩在他脸上，“在你没学会尊重别人之前，别人也没有义务要尊重你。”

围观的所有人都唏嘘了一下，我拉着左岸的手大步离开人群。

我觉得我身上凝聚了一股强大的力量，让我来保护我喜欢的人，别人伤害我中伤我都没关系，但是我绝对不允许他们伤害我所爱的人。

走到校门口的时候，左岸看着我，突然紧紧地将我抱在怀里，他说：“轻音，如果以后有人敢伤害你，我一定会和他拼命的。”

左岸从来没和我说过肉麻的情话，但是这一句，却比情话更肉麻。

从那之后，虽然左岸在家里过得更加艰难，我在学校更加举步维艰，但是因为有了彼此，我们都不害怕面对困难，有时候我看到纪文希和杨晓晓站在操场上拉拉扯扯我甚至替他们感到悲哀。

艰难困苦都不算什么，没人爱才最可悲啊。

我想这个道理在最后我们都懂得了，却没有一个人获得了幸福。

我掏出一支烟，坐在草坪上，点燃它，在纪文希变成植物人之后的很长一段时间，左岸就这样坐在监狱里面看着高墙外面的景色发呆，左岸因为误伤他人而被判了十年，因为不满十八岁，之前无前科，法院轻判给予了六年监禁。他进去之后，只见过我一次，只对我说过一句话：“轻音，我们分手吧。”那时候杨晓晓就站在我身后，她说：“轻音，你不能和左岸分手，他和你分手了，就什么都没有了。”

可是我只是站起来，拍着手说：“左岸，我正好不知道怎么和你说分手呢，谢谢你成全我。”我头也不回地走了，六年来再也没有来看左岸一次，决绝得连一封信也没有。认识我的所有人都说我阮轻音忘恩负义，就是妈妈也觉得我对左岸太残忍。

可是他们都不懂，这六年，我守着我和左岸的回忆，每一天都在痛苦中煎熬。

7

第二天我在小镇的糕点店一边翻着那些糕点，一边踌躇怎么去看左岸和杨晓晓。

“小姐，买一盒吧，特好吃呢。”端木翎的声音从糕点店传出来。

他真是无处不在，我望着他，不知道他要干吗。

“你是不是要去见朋友？我昨天看你站在桥对面盯着面馆看了半天，要不要我陪你去？”他大胆提议。

我看看眼前这个孩子，虽然带着一点点的稚气，却把事物看得透彻。

我付了两盒糖的钱，把糖放在他手里，然后一把拉过他说：“走。”

“喂喂喂，虽然我很帅，但是你也不要这么心急嘛，哎，你这是干什么，是绑架吗？”

“不愿意？”我要松手，他却拉得更紧了：“哪有拉好手还松开的道理。”他笑起来，有孩子气的天真。

“轻音？”我听到身后有一个熟悉的声音在喊我。我缓缓地转过头去，是左岸和杨晓晓，他们都变了，左岸不再是当年那个穿着白衬衫的少年了，他苍老了，眼神里多了一份我从未见过的淡然。而杨晓晓呢，褪去了以前的棱角，却更婉约柔美。他手里拿着一个大大的火腿，杨晓晓手上提着一些菜，真像一对神仙眷侣啊。

端木翎安静下来，笑着说：“轻音，这就是你说要探望的朋友吗？”

我有些尴尬，不知道怎么应，我看到左岸和杨晓晓的目光都落在我和端木翎的手上，我只好微微地点头：“左岸，听杨晓晓说你出来了，这是我男朋友，我们来看看你。”我说得轻描淡写，心却早已经烦躁不堪了。左岸的眼神渐渐暗淡，杨晓晓似乎有话想说，却被左岸制止了：“进屋坐吧，难得大老远来一趟。”

因为不是旅游的旺季，店里的人并不多，但是店面极其干净，墙上还挂着简单的油画，杨晓晓在下面条，左岸熟练地装了些凉菜端上来给我们。

“轻音，你过得好吗？”很久之后，左岸才说话。

“很好。”我想了很久，只能回答出这两个字。

杨晓晓把面条端上来了，我推给端木翎吃，他真是饿了，大口大口地吃起来，也不顾好不好看。

“你男朋友比你小？”杨晓晓问。

“嗯。”我不敢看他们的眼睛，继续撒谎，“但是对我很好。”

我们又沉默了，在我回来之前，我准备了很多话，想要对左岸说，我觉得在这个世界上，我所有的话都没有人会懂，只有左岸明白，可是现在左岸就在我的对面，我却一句话都说不出来了，原来，时光过得这样快，快到已经把我们曾经的那份默契都消磨殆尽了。

端木翎吃完饭，左岸说：“我去洗碗。”

杨晓晓按住他的手：“你坐下吧，我去。”

我看得出杨晓晓还是很爱左岸，这么多年从未改变。我坐在这个不算小的空间里，居然有些气闷，我只好拉着端木翎站起来：“看到你很好，我就放心了，那我先走了，你们，多保重。”我把买的那两盒薄荷粽子糖放下，几乎是逃一样地拉着端木翎离开了那里。我不敢看左岸的眼睛，我觉得他的眼睛里包含了太多的火焰，像熊熊的烈火，炙烤着我的身体。

我跑到一座桥上，端木翎站在我身旁，他说：“你爱他，对吗？”我没有回答，他继续说：“可是你害怕面对他对吗？”

我狠狠地咬住唇，让自己忍着眼泪，端木翎把我的脑袋扳正：“你知道的，同类很容易相爱，却很难永远在一起。看他过得还算幸福，就应该好好地祝福他，不是吗？”

我不知道这个小孩是怎么看出我心里的想法的，我只是眼泪汪汪地看着他，第一次露出自己的软弱，他像变戏法似的掏出了一瓶酒：“喝一口，明天依然灿烂。”他露齿一笑。

我就这样靠在端木翎的肩膀上睡了一夜，嘴里含着淡淡的酒气，我想起左岸和杨晓晓站在一起煮面条的和谐画面，我知道我应该退场了。

8

我离开的那个早上，杨晓晓来旅馆找我。

我背着包点着烟和她在门口的秋千架上坐着。

杨晓晓说：“读书的时候我特嫉妒你，我觉得你成绩好长得好左岸又那么爱你，你们穷，没有社会地位，但是你们内心富足，你们有美好的将来，所以我不甘心，我想尽一切办法伤害你，我想破坏你的一切，纪文希成植物人之后，你真的一次都没有来看望左岸，狠得连头都没有回，狠得连一句话一封信都没有，你真狠，轻音，你们曾经那么相爱，你居然可以这么残忍？”

我吸了一口烟，转过头去看杨晓晓，我说：“杨晓晓，其实纪文希之所以会强暴我，是你指使的对吗？其实你这么多年一直留在景安对左岸不离不弃，只是因为你觉得亏欠他。”

杨晓晓脸色发白：“你都知道了？”

“你放心，我不会告诉左岸的，我知道你为了他，吃了很多苦，你知道，其实真的爱一个人，就要无条件地包容他，照顾他，在他身边，使他幸福，只可惜，我们可以很相爱，却不能长相守。”我拍拍杨晓晓，“我想，你比我更适合照顾他，给他幸福。”

我丢掉了剩下的烟，转身看到端木翎站在我身后，他笑着说：“宝贝，我们要回去了吗？”

“是啊，走吧。”我亲切地拉起他的手，对杨晓晓说，“你看，现在我们都已找到各自的幸福了，请你一定替我，好好照顾他，祝福你们。”

转过头，不知道是哪里来的风把眼睛吹得生疼生疼，仿佛那些沉淀在时光中的幸福，一下子都被吹散了，心里空空的什么都没有。

在回葵远的车上，端木翎拿出一块很小的蛋糕，他说：“轻音，这是左岸让我带给你的，他说他知道这么多年你过得一点儿都不好，你不知道如何面对他，你害怕他知道他的自由却没有换来你的幸福。你们都害怕看到彼此挣扎，只好提前放弃。”

我想起纪文希出事的那天，是高考前的一个周末，我在左岸的房间里看书，纪文希进来了，下午的蝉鸣有些吵闹，他把我推在床上用力地撕开我的衣服，我极力挣扎，在推拉之间，我错手将他从露台上推了下去。他的头撞在钝物上，人没死，却变成了植物人。

是左岸帮我顶了这一切，宣称是他做的，我这个真正的凶手，却逍遥法外。

我知道左岸想用他的自由来换取我的未来，他在入狱之后选择和我分手，而我是这个世界上最了解他的人，所以我要离开他。

许多人都不明白这是一种怎样残忍的爱情。

因为你知道他爱你，他希望你朝更好的地方飞去，而不是留在他的身边，看到彼此遥遥无期的挣扎和痛苦。

可是现在，一切终于过去了，我们都不再把彼此当成生命中的记挂，我们都可以迎着时光转身离开，不再挣扎，痛苦，煎熬。

拉开汽车的车窗，不知道旁边谁说了一句：“你们看，飞鸟。”

“一，二，三，四，五，六……”那些被我们遗留在煎熬里的时光，竟然不知不觉过去了六年。

# 《意林》“松果阅读”

松开过去的自己，改变一生的结果
在别人的故事中找寻自己的影像
读过他们，你的青春才真正完整

**《世界那么大，**

**命中注定遇见你》**

作者：马叛

定价：29.8元

爱是索取，是等待也是信任。人与人之间的猜忌最终转化为你我之间难以逾越的鸿沟。马叛笔下的光头女友诠释怎样的爱情？请关注这本书。

韩寒“一个”APP热门作家、九大顶级文学赛事获奖者、白金级畅销书《陪伴是最长情的告白》作者马叛最新作品《世界那么大，命中注定遇见你》，路过叛逆青春，笑到抽筋，痛到断肠。

**《我不怀念你，**

**我只怀念有你的往昔》**

作者：冷亦蓝

定价：29.8元

《左耳》之后，最深入骨髓的疼痛青春。一本国内真正意义上的心理成长情感小说。

这本书借用一个个鲜活的人物，讲述着属于你我的故事。当你翻过这本书的最后一页时，你会发现，爱是人一生都在解的难题，而成长才是青春中最重要的意义。愿你有爱，愿你永远拥有一颗少年的心。

**《错过爱情，遇见你》**

编者：《意林》编辑部

定价：28元

一本看似浪漫絮语，细思却极恐，回味却感动的怪异之书。学会独立，感悟人生。

周德东、庄秦、蔓殊菲儿、青罗扇子等最会讲故事的作家联袂书写，孤独絮语，只有自己才能体会。羽翼丰满，终将化蝶。

**《我记得你说过的每句美好》**

编者：《意林》编辑部

定价：28元

这本书记录你从未见过的纯净之爱，却感同身受的青春之殇。荆棘女王独木舟亲笔作序，讲述写作的惶恐与自得。

夏七夕、籽月、七微等深入骨髓地剖析疼痛中的微甜，以此凭吊终将逝去的青春。微小如尘埃，却是我最盲目的爱情，最真实的青春。

意林 YILIN
松果阅读
大阅读
懂“升学党”的阅读
正在改变你的同龄人命运的阅读潮流！
意林
松果阅读
脑洞君，请收下我的膝盖
意林
松果阅读
一生心事 只得一人来解
意林
松果阅读
我心有猛虎，而你只要一枝蔷薇
单本定价
28.90元
“大阅读”
系列丛书
逃离枯燥的传统阅读，
开启阅读“新风尚”。
在阅读中提升审美，
给世界一个不一样的你。
拓展
“知识面”
提高
“审美力”
强化
“阅读能”
为你的作文添彩，
为你的阅读加分！
购买可登录天猫“意林励志图书专营店”（https://yllzts.tmall.com）订购电话：010-51900446

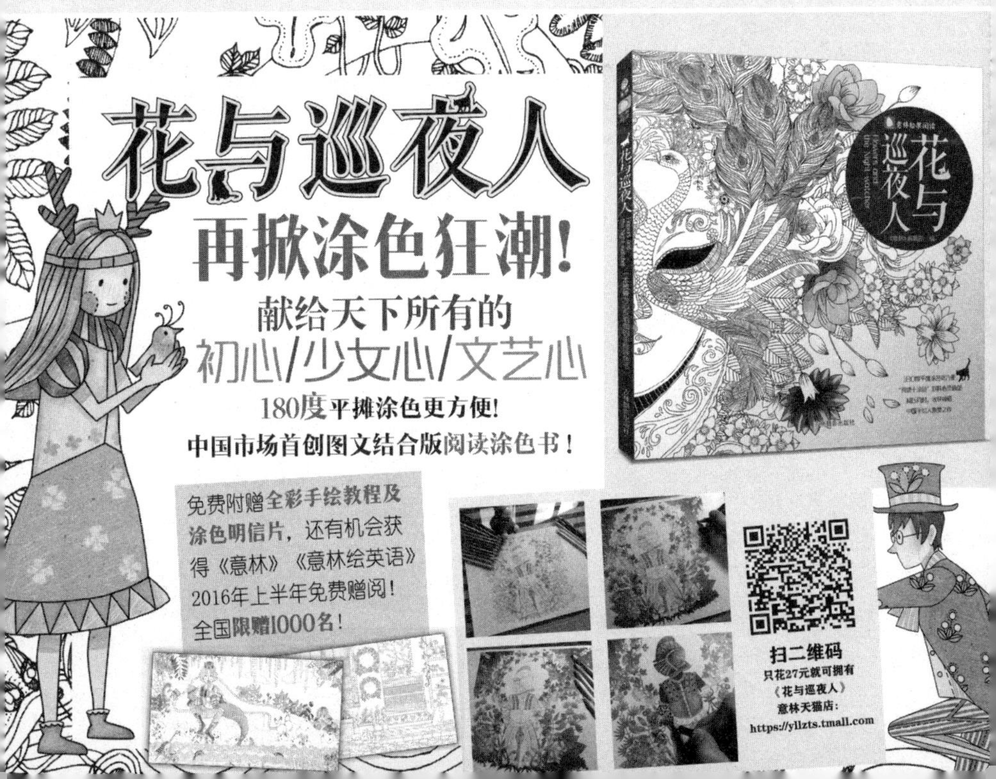
花与巡夜人
再掀涂色狂潮！
献给天下所有的
初心/少女心/文艺心
180度平摊涂色更方便！
中国市场首创图文结合版阅读涂色书！
花与巡夜人
免费附赠全彩手绘教程及
涂色明信片，还有机会获
得《意林》《意林绘英语》
2016年上半年免费赠阅！
全国限赠1000名！
扫二维码
只花27元就可拥有
《花与巡夜人》
意林天猫店：
https://yllzts.tmall.com